Write No Matter What

공부하는 사람들을 위한 글쓰기

Write No Matter What

공부하는
사람들을 위한
글쓰기

스트레스 없이,
생산성 있게 쓰고 싶은
사람들을 위한
매뉴얼

지은이	졸리 젠슨Joli Jensen
옮긴이	임지연

한겨레출판

아버지

도널드 D. 젠슨(1930~2003)을

추억하며

생산적인 글쓰기에 관한 연구와 조언은 다음 한 문장으로 요약된다. 생산성 있게 글을 쓰려면 스트레스가 낮은 환경에서 좋아하는 글쓰기 과제를 자주 접해야 한다. 그런데 실상은 그와 정반대로, 스트레스가 높은 환경에서 부담스러운 글쓰기 과제를 드물게 접한다.

언뜻 대학은 글을 쓰기에 좋은 환경처럼 보인다. 사실은 그렇지 않다. 대학은 학기 중에 단기방학이 있고, 여름방학도 길고, 수업도 하루에 몇 개만 있다. 하지만 급하고 강도 높은 업무들이 많아 집중하기가 힘들어 글쓰기에는 좋지 않다. 글쓰기에 대한 부담은 크지만 그 과정에 대해서는 거의 알려진 바가 없다. 글을 쓰려는 사람은 오로지 혼자 힘으로 논문이나 책을 많이 게재하거나 출판하고, 강의하고, 학생 및 교수들과도 잘 지낼 수 있어야 한다.

보상이 큰 상황에서 관심 있는 연구 과제를 자주 접할 수 있는 방법을 찾아 학계를 글쓰기에 더 좋은 환경으로 만들어나가는 일은 학자들에게 달려 있다. 상황을 탓하거나 자기 비하에 빠져서는 안 된다. 학계가 글쓰기에 불리한 환경이라는 건 업무가 과중하다거나 자신이 게으르고 훈련이 덜 된 듯하여 겁이 난다는 등 으레 있을 법한 불만을 제기하는 게 아니라 그보다 심각한 이유가 있다는 뜻이다. 이를 해결하기 위해, 우리는 통찰력을 기르고 방법을 개발하며 무슨 일이 있어도 학술적 글쓰기를 해야 한다.

이 책은 학술적 글쓰기의 내용이 아니라 과정에 초점을 둔다. 학술지 논문이나 학술서를 게재하고 출판하는 과정과 형식에 대해서는 이미 유용한 책들이 많이 나와 있다. 이 책은 어떤 이유로 우리가 학술적 글쓰기를 완성하지 못하는지 알아본다. 열악한 글쓰기 환경에서 글이 안 써져서 실망하더라도 그에 굴복하는 대신, 관심 있는 글쓰기 과제를 스트레스가 낮은 상황에서 자주 접하는 환경을 만들고 유지하는 방법을 모색한다.

생산성 있게 글을 쓰려면 이상적인 장소에 있어야 한다거나 이상적인 능력자가 되어야 한다는 환상을 버려야 한다. 왜 글을 기분 좋게 자주 쓸 줄 모르냐고 자책하지 말아야 한다. 시간을 허비하고 에너지도 바닥낸다며 강의나 학사 업무 탓을 하지도 말아야 한다(학생이나 교수 탓도 하지 않는다). 온갖 합리화를 그만두고 터무니없는 믿음에서 벗어나 우리가 갈 길을 막아서는 장애를 해결해야 한다.

이 책에서 나는 글쓰기 과정에 도움을 주지만 한편으로 방해도 되는 학자들의 전형적인 모습을 언급할 것이다. 그리고 내가 글을 쓰려고 분투하며 들인 노력, 교수로서 30여 년을 보내며 얻은 통찰, 털사대학교 교원글쓰기프로그램Faculty Writing Program을 개발하고 운영하면서 얻은 경험도 함께 다룰 것이다. 여기서는 우리 대학 및 다른 기관에 근무하는 인문학, 사회과학, 자연과학 등 다양한 전공의 동료 교수들에게 효과를 거두고 있는 방법이나 제안할 점을 소개한다. 우리는 분명 글을 써야만 한다. 학계처럼 글쓰기에 힘든 환경에 있더라도 기분 좋게 생산성을 내며 글을 쓸 수 있다. 이제 내가 그 비법을 알려주겠다.

1부

공부하는 사람의
글쓰기

1장

글은
저절로 써지지
않는다

학계에 있는 사람은 대부분 "지성을 추구하는 삶"을 꿈꾸며 이 길에 들어섰다. 마음껏 사색하고 의미 있는 발견도 하며 조용하게 살고 싶었다. 동료와 창의적인 아이디어를 교환하며 늘 함께할 줄 알았다. 영화를 보면 교수라는 사람은 늘 고풍스러운 연구실에 앉아 어려운 이야기를 하고, 담쟁이덩굴이 늘어진 교정을 거닌다. 시간이 많아 글도 많이 쓸 것처럼 보인다. 어떻게 하면 그럴 수 있을까?

교수의 삶에 대해 가진 이러한 환상에서 깨어나더라도 희망 한 조각 정도는 간직하고 싶을 것이다. 연구 실적을 줄기차게 내야 하니 글쓰기에만 집중하기는 힘든 현실이다. 그래도 나중에 정년 트랙으로 임용되거나, 정년을 보장받거나, 정교수로 승진하면 글이 더 잘 써지리라는 희망을 놓지 않는다. '더 좋은' 대학에 들어가면 연구 지원을 받을 가능성도 커질 것 같다. 학계에 있다면 글을 많이 써내고, 학자로서 존중받고, 연구를 지원받을 수 있는 유토피아를 꿈꾸는 건 당연하다.

나 역시 마찬가지였다. 대학이 상상과 다르고 영화처럼 멋진 곳도 아니라는 건 이미 경험으로 알았지만(미디어학을 전공하는 학자인 나에게는 교수인 아버지가 계셨다), 책이 가득한 연구실에서 마음껏 읽고 쓰고 생각하며 동료와 소통하는 삶을 꿈꿨다. 언젠가 필요한 조건을 갖추고 나면 많은 글을 더욱 수월하게 쓰게 될 거라고 믿었다. 힘겹지만 참아내면 결국에는 천국에 입성해 자유롭게 학문을 추구할 수 있게 되겠지.

그러던 어느 날, 꿈은 꿈일 수밖에 없다는 사실을 깨달았다. 글을 정말 쓰고 싶다면, 학계라는 현실을 인정하고 그에 맞추어 효율적으로 쓰는 것 말고 딴 방법이 없음을 깨달았다. 일단 환경 탓하기를 그만두고 나니 글을 쓰는 데 필요한 시간·공간·에너지를 확보할 방도가 보였다. 비이성적인 미신 때문에 글쓰기가 더욱 힘들었다는 점을 인지한 뒤에는 해결하는 법도 알아냈다.

많은 학자가 끊임없이 불안해하고 자신을 믿지 못해 괴로워하는 이유가 학술적 글쓰기에 있다. 기본적으로 논문을 출간하느냐 아니면 그렇지 못해 도태되느냐의 문제이기 때문이다. 정년이 보장된 교수도 글쓰기는 부담스럽다. 동료 교수에게 존중받느냐에만 국한되는 게 아니라 자기 존중감이 달린 문제이기에 그렇다. 저술 능력이야말로 누구나 안간힘을 다해 모으려고 노력하는 학계의 법정 화폐다.

시원스럽게 글을 쓰다가 불현듯이 막막해 중단하기도 한다. 그런가 하면 관심도 없고 별로 내키지 않는 분야의 논문을 충실하게 쓰기도 한다. 연구비를 지원받아야 하니 연구 제안서는 쓰지만, 실은 연구 과제를 맡아 마감 기한을 맞추고 수정본을 고쳐 쓰느라 허덕이고 싶지 않기에 차라리 채택되지 않기를 바라기도 한다.

원고를 넘겨야 하는 시점까지 버티며 회피 전략으로 일관하다가 더는 미룰 수 없어지면 마지못해 일어나 얼른 해치워버리는 때도 있다. 이력서에 연구 실적 몇 줄을 더 써넣어도 여전히 무언가 대단한 한 방은 없어 보인다. 학계에 몸담은 사람이라면 누구나 더 많이 쓰려고 끊임없이 노력하면서도 '충분히' 쓰지 못했음에 불안해하며 그런 자신을 부끄럽게 여기지 않나 싶다.

나는 내가 무얼 잘못하는지 알아내면서 여러 해를 보냈다. 글을 많이 기분 좋게 쓰면서도 시간과 에너지를 남겨 강의도 잘하고, 학사 업무도 유능하게 처리하고, 가족이나 친구들과 원만하게 지낼 수는 없었던 걸까? 도대체 '생각대로' 되지 않는 이유가 무엇이었을까? 이 질문에 대한 답을 찾던 중 학계에 대한 어떤 환상에 사로잡힌 나머지 현실에 발붙인 채 효과적으로 글을 쓰는 법을 찾지 못했기 때문이라는 생각이 어렴풋이 들었다.

자신의 무능을 비웃으며 괴로워하고 싶지 않았고, 학술 서적을 출판하거나 논문을 게재하지 못한다는 이유로 학과에서 '상한 가지'처럼 잘리고 싶지도 않았다. 다른 능력이 있더라도 연구 실적이 충분하지 않은 교수들을 경멸스럽게 다루는 방법인데, 잔인하지만 흔하게 일어난다.

동료들이 글쓰기가 잘되지 않을 때 하는 행동을 보고 있으면, 마치 내가 경고를 받는 듯하다. 어떤 이는 '글을 쓸 시간이 부족해서' 다른 업무를 맡지 않겠다고 하면서도 아무 성과도 내지 못한다. 보람을 느끼지 않으면서도 이를 악물고 글을 써 게재하는 교수도 있다. 누가 봐도 논문은 거의 혹은 전혀 손도 대지 못하고 있는데 마치 연구 과제가 잘 진행된다는 듯 과장해 떠벌리는 사람도 있다. 누가 글을 어떻게 쓰는지를 두고 당연하다는 듯이 불쾌한 판단을 해대는 풍토에서 글쓰기라는 행위를 현실적으로 들여다보기란 쉽지 않다. 실제로 자신이 어떤 과정을 밟아 글을 쓰는지 혹은 자신이 쓴 글에 대해 스스로 어떻게 생각하는지 인지하면서 쓰는 사람은 극히 적다.

학계에 대해 가지고 있던 환상에서 깨어나 현실을 알게 될수록 배신당했다는 느낌만 강해졌다. 내가 그동안 학계에서 얻게 되리라 믿었던 것과 실제로 이 세계를 경험하며 알게 된 사실은 굉장히 달랐다. 여기서 느낀 환멸은 이른바 일류 대학교에서 박사학위를 받아 경력을 쌓으며 더욱 커졌다. 게다가 시기가 좋아 책을 출판하고 공동으로 집필하고 논문을 발표했으며, 명문 주립대학교 세 곳에서 교수로 가르쳤고, 큰 어려움 없이 정교수로 정년도 보장받았다. 누가 봐도 별 어려움 없이 학계에서 꿈을 이루며 사는 듯 보였을 것이다.

하지만 실제로 내 삶은 그렇지 않았다. 슬럼프에 빠져 몇 달을 보낸 끝에야 겨우 효과적으로 글을 쓰는 방법을 몇 가지 알아내 박사학위 논문을 끝낼 수 있었다. 그 이후로도 연구 과제와 관련된 글을 쓰다가 알 수 없는 이유로 머뭇거리기도 했고 중단하기도 했다. 어떻게든 써보려고 '당근과 채찍'을 번갈아 구사하는 방법을 찾아 스스로 적용해봤으나 대부분 오래가지 않았다. 동료들과 협동 연구 과제를 하며 관련된 글을 쓰느라 좌절하고 진이 빠진 나머지 정작 전공 분야는 손도 대지 못한 일도 있었다.

글이 잘 써질 때는 일에 몰두한다고 가족이나 친구와 같이하지도,

일상에서 소소한 행복을 누리지 못했다. 일과 삶 사이의 균형을 잡겠다는 터무니없는 목표를 향해 힘겹게 싸우다 보니 몸과 마음이 너덜너덜해졌다. 글을 쓸 때나 안 쓸 때나 똑같이 스트레스를 받고 초조했다. 그렇게 꿈꾸던 "지성을 추구하는 삶"은 도대체 어떤 건지 알 수 없었다. 그런 게 진정 중요한지, 말하자면 정말 그만한 가치가 있는지 의문스러웠다.

내가 몸부림치며 얻은 경험을 토대로 쓴 이 책은 글쓰기로 고통받는 학계의 동료에게 도움이 되고자 하는 마음에서 시작되었다. 아버지는 획기적인 입문 교과서를 집필해보자는 계약을 지키느라 오랫동안 자유롭지 못하셨다(그러다 계약은 결국 파기되었다). 작은 규모인 우리 과에서도 조교수 몇 명이 글쓰기와 관련한 문제를 해결하거나 극복하지 못해 끝내 종신교수 심사에서 탈락했다.

대학에 있다 보면, 전통적인 학사 일정에 명시된 각종 방학을 알뜰히 이용하면 마치 "지성을 추구하는 삶"이 가능할 듯 보이지만 실상은 그렇지 못하다는 반전을 경험한다. 연구일, 주말, 겨울방학, 여름방학, 안식년 등 충분히 여유 있어 보이니 학자가 처한 현실이 어떠한지 정확히 파악하기가 더 어렵다. 이렇게 시간이 많아 보이는데도 여전히 글쓰기로 문제를 겪는다는 현실이 더욱 당혹스럽다. 남들은 '시간'이 주어졌다고 부러워하지만, 글을 끝내지 못하고 절망한다.

연휴, 여름방학, 안식년 동안 글을 쓰려고는 하지만 막상 그렇게 되지 않는다. 관련 자료는 읽어도 키보드를 두드리지는 않는다. 아니면 계속 써나가질 못한다. 수정만 거듭하다 끝내 제출하지 않거나 마감을 미룬다. 죄책감을 느끼며 보낸 "자유" 시간이 끝날 무렵이 되면 마감날이나 학기 시작을 앞두고 정신없이 자신을 밀어붙인다. 또다시 정반대의 길로 들어선 것이다. 말하자면, 스트레스는 높고 보상은 적은 상황에서 하고 싶지 않은 연구 과제와 관련된 글을 자주 쓰지 않는 것이다.

　글쓰기가 힘든 건 당연하다. 이제껏 "공부하는 사람들"은 (마감 기한이나 종신 임용이나 심사 보고서 등) 위험이 눈앞에 닥쳐야 스트레스를 아슬아슬하게 버티며 드문드문 억지로 글을 썼다. 이제 그런 비극적인 글쓰기는 없어야 한다. 수치심이나 압박감 없이도 학술적인 글은 쓸 수 있다. 효과적인 글쓰기 방법을 활용하고, 글쓰기를 방해하는 잘못된 미신을 깨부수고, 글쓰기의 기세를 일정하게 유지하고, 내게 필요한 지원군을 조성하면서 글을 쓸 수 있다. 이어지는 장에서는 이런 이야기를 하고자 한다.

2장

글쓰기 투쟁을
음지에서 양지로
가져오자

오랫동안 학계에 있는 사람들은 학술적 글쓰기에 관한 사항을 비밀에 부치면서, 글을 쓰다가 생긴 자신의 문제는 조용히 감추고 힘들어하는 사람이 보이면 공개적으로 망신을 줬다. 이제는 달라져야 한다. 글쓰기를 힘겨워한다고 이 직업을 가질 자격이 없는 건 아니다. 가치가 없다거나 능력이 부족하다는 걸 은밀히 알려주는 신호도 아니다. 부끄러워할 일이라고도 할 수 없다.

글이 안 써지면 그렇다고 인정하고 도움을 청해야 한다. 글쓰기는 특정한 연습을 통해 숙달하고 배울 수 있다. 학술적 글쓰기가 배우고 익힐 수 있는 하나의 기술이라면, 그 기술을 연마할 수 있도록 스스로 북돋우고 다른 사람을 돕는 임무를 훌륭히 완수해야 한다. 이것이 말을 아끼고 조용히 수치스러워만 하던 우리가 생산성을 갖춘 학자로 변모할 수 있는 유일한 방도다.

우리는 매 순간 정신적으로나 감정적으로나 학술적 글쓰기가 버겁다. "우리만" 힘들어하는 것도 아니고, 힘든 게 "우리 잘못"도 아니다. 따라서 서로 글쓰기에 대해 질문하고 조언할 수 있다면 큰 도움이 될 것이다. 슬프게도 학자에게 가장 중요하고 어려운 요소인 글쓰기를 잘하도록 서로 돕는 분위기가 학계에는 없다.

그게 꼭 옳은 것인지는 모르겠지만, 앞으로도 학자는 저술하고 출간하는 능력으로 평가받을 것이다. 저술과 출간으로 대학원생이 자기 자리를 굳히고, 박사후연구원 자리를 얻거나 첫 직장을 잡고, 정년 심사 대상이 되고, 최종적으로 운이 따라 정년을 보장받는다. 이후로도 전문가로서 어떤 위치를 차지하는가와 어떤 업적을 이룩했는지를 가늠하는 지표이자 동료에게 존경받는 근거가 된다.

이게 전부가 아니다. 글을 쓰다가 힘든 순간이 와도 도움을 청하기가 마땅치 않다. 글을 잘 쓰게끔 가르치고 이끌어주기는커녕 지도교수와 멘토는 처음부터 알아서 잘 쓰지 못하는 제자를 결코 좋게 보지 않는다. 대학원생이나 아직 자리를 잡지 못한 교원이라면 그런 위험을 감수하기가 쉽지 않다. 그런 상황에서 글이 안 써진다고 도움까지 청하면 불리해지는 건 뻔한 일이다.

경력이 쌓여 정년 트랙 교수가 되어 누군가를 지도할 만한 자리에 올라도, 자신이 어떤 도움도 없이 짐작만으로 글을 썼다거나, 잘 모른다 싶은데도 어떻게든 끝까지 썼다거나, 글쓰기로 인해 낙담하거나 절망할 때가 있다는 사실은 여전히 인정하려 하지 않는다. 글을 쓰는 과정에서 내 탓이든 시스템 탓이든 장애에 부닥치면 어떻게든 방법을 찾아내 결국 게재하거나 출판하기도 하지만, 늘 성공하지도 않거니와 "만족스럽지도" 않다. 아무리 연구 실적이 출중해 성공을 거둔 학자라 해도 글을 쓰느라 감내하는 힘든 과정은 알리고 싶어 하지 않는다.

글을 쓰다 생기는 문제는 저절로 해결되지 않으며, 겁을 내고 감추면 더 나빠진다. 대학원생이라면 저절로 글 쓰는 과정에 통달해서 전임 교수처럼 논문을 투고하고 게재할 줄 알아야 하며, 박사후연구원이나 정년 트랙 교수라면 당연히 글을 쓰고 출간하는 비결에 정통해야 한다는 통념은 잘못된 것이다. 학계에서 글쓰기에 대해 조언을 구하는 사람은 "혼자서 글을 못 쓰다니 학계에서 버티기는 힘들겠다"라는, 말하자면 자질이 부족하다는 말을 듣는다.

글을 쓸 때 겪는 장애를 숨기는 학계의 풍토를 고려하면, 정년을 보장받은 교수 역시 글쓰기 문제 따위는 없는 척하며 최대한 버틸 수밖에 없다. 하지만 정년을 보장받았다는 것은 글쓰기의 달인이라는 인증이 아니라, 아직은 글쓰기로 인한 문제를 겪지 않았다는 의미일 뿐이다. 사실 정년 트랙 교수들은 "생산성의 저하"를 수치스럽게 여기기 때문에 글쓰기 문제가 있어도 그게 어떤 것이든 잘 드러내지 않는다. 학생이나 신임 교수에게 멘토로서 도움을 줘야 하는 선임 교수조차 학술적인 글을 쓰는 과정을 통달하지 못했다.

자기 불신, 두려움, 좌절, 회피, 슬럼프, 초안 다듬기, 수정하기, 다시 투고하기, 거절 통보받기, 다시 시도하기 등 실제로 글쓰기 과정에서 일어나는 일을 솔직히 알려주는 조언자가 있는 사람은 별로 없다. 생산성 있는 동료가 있다고 해도 자신이 어떻게 난관을 극복하고 견디며 글을 쓰는지 털어놓진 않는다. 어떤 기술이 가장 유용한지, 학문적 생산성을 유지하는 것에 관한 연구가 있는지 없는지도 알지 못할 수 있다. 자주 있는 일이지만 우리를 어떻게 도와야 할지 모를 수도 있다.

그러므로 학술적인 글을 편안하게 쓰는 생산적인 학자가 되고 싶다면 훈련이 필요하다. 글쓰기에 도움이 되는 기본 기술을 배우고 자신에서 비롯된 장애를 극복하는 데 전념해야 한다. 로버트 보이스Robert Boice의 《작가이자 교수Professors as Writers》(1990)와 폴 J. 실비아Paul J. Silvia가 쓴 《교수처럼 써라How to Write a Lot》(2010; 강남희 옮김, 홍문관 2011)가 내게는 큰 도움이 되었는데, 구석구석 저자들의 영감들로 알차게 구성된 책이다.

글쓰기 투쟁을 음지에서 벌이지 말고 양지로 끌고 와 공론에 부치자. 운 좋게 학문적 재능이 있는 사람이라면 글은 그냥 쓴다는 미신은 버리자. 글이 잘 써지는 척 가장하는 건 결국 누구에게도 좋지 않다. 학술적 글쓰기가 주는 부담감은 여전할 것이며, 직업상 부과되는 업무들의 성격도 변함없이 제각각인 데다 가짓수도 줄지 않을 것이다. 그렇다 하더라도, 우리는 일단 글쓰기로 힘겨워하는 현실을 인정하고, 다음에는 생산적으로 글을 쓰는 효과적인 방법을 알아내 사용할 방법까지도 찾아야 한다.

3장

글쓰기는
숙련된
기술이다

학문과 관련한 일로 불안에 떨더라도 **숙련도**craftsmanship가 있으면 평정심을 찾을 수 있다. 글쓰기를 특수한 기술이라고 본다면, 학문 연구는 도제가 기술을 연마하는 과정과 상당히 유사하다. 학술적 글쓰기를 배우고 익혀야 하는 과정이라는 사실을 받아들이게 된다. 따라서 (기술이 있는) 서툰 아마추어가 숙련공으로 성장하듯이, 학술적 글쓰기에 효과적인 방법을 찾아 적절하게 쓸 줄 알아야 한다.

학자를 숙련공에 비유하다니 별로 내키지 않을지도 모른다. 뛰어난 학생이라면 응당 지적인 언어를 구사해야 한다는 믿음이 지배적이니(또는 교수도 마찬가지다) 자신의 서툴고 어리석은 모습은 감추고 고도의 지성을 갖춘 듯 연기하는 데 익숙해졌기 때문일 수도 있다. 글쓰기를 표현 능력이 아니라 깊은 인상을 남기는 능력을 평가하는 잣대로 여기고 있었다는 뜻이기도 하다. 생산적인 글쓰기 기술과 기법을 조금씩 습득하기 위해 끈기 있게 노력하는 일 자체를 창피하게 여기는 건지도 모른다.

일전에 동료 교수가 학계 사람들은 잔재주로 살아가는 것 같다는 말을 한 적이 있다. 성공하기 위해서는 거의 지적 능력만 있으면 된다는 의미다. 마치 언변이 뛰어난 사기꾼과 마찬가지로 우리는 겉보기만 전문가라서 실은 자기 분야에 통달한 척하거나 자신의 원래 수준보다 더 나은 척하는 데 뛰어나다는 뜻이다. 이와 정반대되는 개념이 숙련공의 태도craftsman attitude다. 기술을 더 높은 수준으로 끌어올리기 위해 가식을 버리고 배움에 헌신하는 태도를 말한다. 숙련공의 윤리는 모르는 것이 있으면 곧바로 체계적으로 집중하여 기술을 계속 발전시키면서 작업한다는 직업관이다.

글쓰기를 가르치는 책들은 숙련공의 태도를 두고 관점에 차이를 보인다. 이 책들은 대부분 문학fiction 글쓰기를 다루는데, 문학을 기술이 아닌 예술의 한 형태라고 본다. 문학 글쓰기에 관한 책들은 특별한 부류의 사람만이 상상력을 연금술처럼 구사하여 글을 창작하고 읽는다는 견해를 기본으로 한다. 그런데 저널리즘, 잡지 기사, 논문 등 이해하기가 더 쉬운 사실적 글쓰기를 가르치는 책조차 창의적인 과정을 거쳐 생각을 자유롭게 확장하면 글이 나온다는 논리를 펼치고 있어 별로 도움이 안 된다.

사회학자 찰스 라이트 밀스Charles Write Mills는 〈지적인 숙련공On intellectual craftsmanship〉이라는 논문에서 학계에 숙련공의 태도가 필요하다는 의견을 피력했다. 밀스는 사회과학이라는 학문을 기술로 간주해야 한다고 대놓고 주장했다. 그에 따르면 독자는 자신만의 "좋은 솜씨를 습관으로" 발전시켜야 한다.

사회학자인 동시에 뛰어난 목수이기도 했던 밀스는 아이디어, 계획, 인용, 증거를 주의 깊게 기록하고 정리하기 등 사회학적인 작업에 쓰이는 도구를 열거한다. 그는 연구 문제를 정리하는 법과 자신이나 다른 사회학자의 이론과 연구 방법을 수집하고 정리하는 방법을 기술하고, 사회학 연구에 서면 기록을 활용하는 방법을 설명했다(지루할 정도로 자세히 설명하면서도, 세 명의 아내 가운데 둘이 자신의 연구에 지대하게 공헌했음은 언급하지 않았다).

밀스는 논문에서, 주로 "난해하고 음절이 긴 전문용어"를 다루는 학술적인 글을 쓰는 과정에서 겪는 고충도 토로했다. 그는 "먼저 학문적인 허세를 해결해야 학술적인 글로 인한 문제를 극복할 수 있다"라고 인정했다. 학문적인 허세가 있으면 글쓰기에 불리하고 글을 방해하는 미신에 빠지게 된다. (나 역시 동의하지만) "지적인 작업을 하는 숙련공은 기술의 완성도를 높이며 작업하는 과정에서 자신의 정체성을 형성한다. …… 유능한 숙련공의 자질이 인격 형성의 중심이다"라고 밀스는 믿었다.

또 다른 설득력 있는 견해는 퍼트리샤 리머릭Patricia Limerick이 숙련공의 태도는 글쓴이와 학술 저술의 수준에 지대한 영향을 미친다는

＊ 이 논문은 밀스의 대표작인 다음 책에 수록되어 있다. *The Sociological Imagination*(New York: Oxford University Press, 1959). 컬럼비아대학교 사회학과 교수인 밀스는 오토바이를 타고 다니기로도 유명한데, 다음을 비롯한 많은 저서를 남겼다. *White Collar*(New York:Oxford University Press, 1951); *The Power Elite*(New York: Oxford University Press, 1956).

내용을 골자로 논문 〈교수와 춤을: 학술적 글쓰기로 겪는 고충Dancing with professors: The trouble with academic prose〉에서 밝힌다. 미국 서부의 역사를 연구하는 역사학자인 리머릭은 글 쓰는 사람들은 목수를 비롯해 여러 분야의 숙련공을 "감정 모델"로 삼아야 한다고 제안한다. 이들 숙련공이 작업하는 자세를 본받아 글쓰기를 "실존을 위협하는 트라우마가 아니라 고난도 기술"로 보라고 조언한다.

직업적인 허례허식이라곤 없는 리머릭의 논문은 꼭 한번 읽어보는 게 좋다. 교수는 학술적인 글이 어떻게 우리에게 해악을 끼치는지 내부자의 시선으로 서술하며, 더 나아가 교수들이 불안감을 느끼는 이유도 허심탄회하게 털어놓는다. 교수들이 "명료하고 단순명쾌하게 글을 쓰기보다는 내용을 위장하거나 포장"하는 이유를 영화 〈외로운 비둘기Lonesome Dove〉에 나오는 서로 다를 바 없이 멍청한 두 사람, 고등학교 시절에 추는 춤, 배경이 되는 대머리수리 등의 예를 들어 설명한다. 리머릭은 학자들이 "난해함을 숭배하는 신흥 종교"에 빠진 듯한 태도로 글을 쓰는 데 공포(수치심, 거절, 공격)라는 숨겨진 이유가 있다고 분석한다.

리머릭과 밀스는 학자가 자신을 숙련공으로 규정하면 허세를 부리지 않게 되므로 지적인 작업을 더 잘할 수 있다고 믿는다. 초점을 어디에 두느냐가 조금 다른데, 밀스는 인격적인 측면을, 리머릭은 강박적인 자기 과장에서 벗어난다는 측면을 더욱 중시한다. 스스로 숙련공이라 생각하면 좀더 겸허하게 자신을 바라볼 수 있으므로 더욱 효과적인 사고나 글쓰기가 가능하다. 한편 리처드 세넷Richard Sennett ●●와 매슈 크로퍼드Matthew Crawford ●●●는 육체노동으로 얻은 습관이나 가치를 지성을 추구하는 삶에 응용해야 한다고 주장한다.

리메릭은 "실존을 위협하는 트라우마"라는 말로 학자가 특히 글을 쓸 때 겪는 감정 상태를 표현했다. 감정 환기 파일(4장 에서 자세히 설명한다)은 이렇듯 글을 쓸 수 없을 만큼 격렬하게 고통스러울 때 느끼는 실존적 불안을 배출하는 곳이기도 하다. 이렇게 부정적인 감정을 느끼는 건 지적인 작업을 과대평가하기 때문이다. 숙련공의 태도로 글을 쓰면 드라마의 주인공이 된 듯한 극적인 감정을 제거할 수 있어(8장에서 논의한다) 자신이 거창하고 고상한 일에 종사한다는 허세가 생기지 않는다.

정말 허세가 없는지 확인하고 싶다면 책장을 만들거나 잡초를 뽑느라 글을 쓰지 않을 때 자신의 모습이 어떠한지 살펴보자. 먼저 글을 쓰려고 앉아 있을 때 머릿속에 들끓는 온갖 부정적인 감정들을 죽 적어본 뒤, 이어서 써야 하는 글을 "책장"이나 "정원"으로 바꿔보자. 그렇게 바꾼 뒤에도 밀려드는 감정적인 격동이 합리적이거나 타당하게 느껴지는가. 목수나 정원사도 자기를 불신하고 좌절하며 괴로워하

* 1993년 10월 31일 〈뉴욕타임스〉에 기고한 논문이며, 출처는 다음과 같다. Limerick, Patricia. *Something in the Soil: Legacies and Reckonings in the Old West*(New York: W.W. Norton, 2000).

** 언급된 세넷의 출처는 다음과 같다. Richard Sennett, *The Craftsman*(New Haven, CT: Yale University Press, 2008).

*** 참고한 크로퍼드의 문헌은 다음과 같다. Crawford Matthew, *Shop Class as Soulcraft: An Inquiry into the Value of Work*(New York: Penguin Books. 2009).

지만, 자신의 능력에 자신감을 잃고 불안해하는 건 학자들이 더할 것이다. "이미 완성된 전문가"처럼 보이고 싶은 소망이 너무나 강하기 때문이다.

우리는 학술 연구를, 특정 기술을 연마하는 과정이 아니라 내적 가치를 평가하는 척도로 여긴다. 글쓰기 능력으로 "학문적 자질"을 인정받는다고 믿으면 마음이 괴로워진다. 타고난 지적 능력은 현재 학술적 글쓰기 능력을 근거로 증명할 수 없다. 다만 효과적으로 글을 쓰는 방법과 습관을 배우거나 경험한 적이 있는지 판단하는 근거일 뿐이다. 만일 목공 작업소가 아닌 대학이나 예술가의 아틀리에를 계속 고집한다면 밀스가 제안하듯이 숙련공다운 태도로 글을 쓰며 발전하기보다는 리메릭이 경고한 "실존을 위협하는 트라우마"에 시달리게 될 가능성이 크다.

최상위 엘리트에 걸맞은 대작을 쓰겠다는 야심으로 가득한 학자는 오히려 온갖 극적인 감정의 먹잇감이 되어 글을 쓰지 못한다. 야심가가 자신의 능력과 선택에 대하여 회의할 때 숙련공은 작업 방법을 배우는 데 집중한다. 숙련공의 태도로 글을 쓰면 학술적 글쓰기가 적합한 기술을 체계적으로 실행하는 일이라는 사실을 깨닫게 된다. 환희에 넘쳐 "목표 달성"을 추구할 것까지는 없다. 숙련공의 태도에 따라 자아실현이 아닌 작업 실행에 집중한다는 점이 중요하다.

학술적 글쓰기를 기술로 규정하면 훨씬 효과적으로 글을 쓰고 사고할 수 있다. 매일 글을 쓸 때마다 집중력이 흐트러지고 기분이 나쁘거나 진척이 되지 않거나 슬럼프에 빠지는 것이 아니라, 매일 스트레스는 낮고 보상은 큰 상황에서 연구 과제를 할 수 있게 된다. 학술적 글쓰기를 기술로 받아들이면 겁을 먹거나 허세에 들뜨지 않고 "평정심"을 가지게 된다. 거창한 목표를 세우거나 불안감에 시달리는 것이 아니라 소박한 희망을 품게 된다. 일어나지도 않은 일을 상상하며 시간을 허비하는 것이 아니라 글쓰기에 집중하게 된다.

그러므로 기꺼운 마음으로 자신을 학계에서 수련하는 도제라고 여기자. 기술 연마에 헌신하는 도제가 되자. 자신이 아니라 연구에, 즉 꼭 필요한 데만 집중하자. 유능한 장인들과 연대하여 효과적인 방법(다음 장에서 자세히 설명한다)을 알아보고 효율적인 습관을 기르자. 글 쓰는 데 필요한 시간, 공간, 에너지를 끈기 있게 확보하자. 숙련공처럼, 할 일을 하자.

2부

효과적인
글쓰기 방법

연구 과제와 관련된 글은 매일 쓰지 않으면 쓰기가
더 힘들어진다. 글쓰기가 나를 물어뜯을 기회만
노리고 있는 포식자처럼 느껴지는데 누가 쉽게 쓸
수 있겠는가. 글은 한번 멈추면, 수만 가지 이유로
결국 안 쓰게 된다. 하지만 글쓰기를 멀리하면
상황은 더 나빠진다. 글쓰기를 피하지 말고
안정적으로 꾸준히 글을 쓸 방도를 연구해야 한다.
다음 장에서는 위협적인 포식자처럼 느껴지는
글쓰기 과제를 순하게 "길들일" 수 있는 세 가지
주요 방법을 소개한다. 그다음에 이어지는 장은
글을 쓰기 위한 시간, 장소, 에너지를 확보하는 법을
알려준다. 2부에서 다루는 구체적인 방법을
잘 활용하면 글쓰기를 꾸준하게 진행하며 보람을
느끼게 될 것이다.

4장

날뛰는
불안감을 길들이는
세 가지 방법

나는 박사학위 논문을 쓰면서 힘들어하던 중 우연히 데이비드 스턴
버그David Sternberg 박사의 고전인 《박사학위 논문 공략하는 법How to
Complete and Survive a Doctoral Dissertation》(1981)을 읽고 간단한 글쓰기 방법
을 세 가지 알게 됐다. 내가 두려움을 딛고 성공적으로 논문을 완성
할 수 있었던 건 그 세 가지 방법 덕분이었다.

　이때 배운 방법을 지금도 학술 논문이나 책을 쓸 때 쓴다. 걱정과
불안으로 갈피를 못 잡다가 스턴버그 박사의 세 가지 방법을 쓰면 다
시 원래의 침착한 나로 돌아간다. 내가 이 세 가지를 "길들이기 방법"
이라고 부르는 이유는 날뛰는 불안감을 다독여 차분한 마음으로 글
을 정리하고 계속 쓰게 해주기 때문이다. 이 방법을 쓰면 글쓰기에
대한 부담감이 줄고 매일 자주 편안하게 글을 쓸 수 있게 된다. 우리

에게 무엇보다 필요한, 스트레스가 낮은 환경에서 자주 연구 과제를 접해야 한다는 조건을 갖추기 위한 토대가 마련되기도 한다. 세 가지 길들이기 방법이란 다음과 같다.

- 연구 과제 상자를 만들자
- 감정 환기 파일을 쓰자
- 매일 최소 15분 동안 글을 쓰자

연구 과제 상자project box는 먹구름처럼 무질서한 연구 과제를 깔끔하게 정리하는 방법이다. 일련의 파일을 조직적으로 정리하여 더 작은 단위로 구분하고, 주요 요소를 수집해 모아놓는 것이다.

나는 옛날 사람이라 20달러가 넘지 않는 문서 보관용 종이 상자를 구매해 연구 과제 상자로 쓴다. 덮개가 있고 라벨을 붙인 파일을 보관할 수 있는 상자다. 손으로 자료를 넘길 수 있고 종이 뭉치를 파일로 정리할 수 있어 좋다. 하지만 용도에 맞게 사용자 이름을 따로 만들어 컴퓨터에 전자식 "연구 과제 파일"을 만들어 정리하는 방법도 좋다. 아니면 노트북을 따로 마련해 학술적 글쓰기 용도로 사용할 수도 있다. 중요한 점은 언제든 접하기 쉽게 연구 과제를 정리해두고, 다른 업무와 섞이지 않게 하는 것이다.

책과 관련된 파일은 대략 개요, 질문, 다음 단계, 참고문헌, 장별 노트, 투고 계획, 첨가할 말, 감정 환기 파일로 구성한다. 개요는 다양한 개관을, 연구 문제는 이 연구 과제를 통해 해답을 찾고자 하는 질문을, 장별 노트에서는 개념과 개요를 장마다 혹은 단락마다 정리한다. 하지만 해당 연구 과제에 관련된 요소를 모두 정리하여 담을 수만 있으면 어떤 파일을 쓰든 상관없다.

학술적 연구 과제는 규모가 커지면서 변이를 겪는다. 동시에 일어나지 않는 변화무쌍한 가능성이 덩어리를 이루고 있어 혼란스럽다. 컴퓨터에 저장된 각종 파일은 아주 복잡해 보여서, 실제로는 별 진척이 없는데도 연구가 진행되는 것처럼 보인다. 하지만 문서 보관 상자에 개요와 질문을 넣어놓으면 연구 과제가 아무리 변이를 거듭하더라도 연구의 중심을 잡을 수 있다.

연구 과제 상자 없이 글쓰기를 해보려고 한 적도 있는데, 허술하게 마무리하고 잘못 시작하기를 거듭하는 등 잘되지 않았다. 연구 과제 상자 안에 혼돈에 빠진 과제를 단락별로 나누어 정리해두고, 필요한 부분이 있으면 덮개를 열고 꺼내 쓰자.

예전에 쓴 책도 그렇고 이 책 역시 그렇게 썼는데, 나는 출력한 라벨을 붙인 파일이 상자 안 가로대에 총총히 걸려 있는 옛날 스타일의 종이 파일 상자를 책상 옆에 놓아두고 글을 쓴다. 쌓인 책과 학술지 더미, 알 수 없는 제목의 파일이나 버려둔 개요가 잔뜩 저장된 노트북, 반도 못 쓴 원고 등 정신없이 나를 불러대는 것들은 없다. 노트북에다 글을 쓰고 파일로 저장하지만, 전체 연구 과제 관련 자료는 종이 상자에 정리해둔다. 내겐 이 방식이 잘 맞는다.

하지만 아무리 잘 정리해둔 연구 과제라도 위험하고 허무하다고 느껴질 수 있다. 과제를 피하거나 이걸 꼭 써야 하는지 의심하며, 저항감을 느끼는 것이다. 바로 이때 **감정 환기 파일**ventilation file이 필요

＊ "콜로라도대학인이여 글을 쓰자CSU Writes!"의
설립자 크리스티나 퀸Kristina Quynn의 견해에
감사한다.

하다. 감정 환기 파일은 적대감, 원망, 글을 쓰려고 할 때 느끼는 부정적인 감정을 쏟아내는 비밀스러운 공간이다. 스턴버그의 말대로, 파일에 감정을 표출하면서 내 글쓰기 인생은 획기적으로 변했다.

연구 과제 상자에 글쓰기 자료를 정리하고 하루에 최소 15분은 할애하는데도(다음에 나오는 내용 참조), 여전히 글을 쓰는 일이 힘겹게 느껴진다면 정말 중요한 문제가 생겼다는 신호다. 하루에 15분은 글쓰기에 꼬박꼬박 쓰고 있으니, 문제는 정리도 시간도 아니다. 뭔가 다른 일이 벌어지고 있다. 이 시점에 "뭔가 다른 일"을 그냥 넘기면 그 정도로 그치지 않을뿐더러 다른 형태로 끈질기게 나타날 것이다.

감정 환기 파일의 가장 큰 장점은 내가 느끼는 글쓰기에 대한 저항감을 인정하고, 이를 연구 과제에 그대로 반영한다는 데 있다. 감정 환기 파일을 쓰면 글을 쓰다 생기는 문제를 숨기거나 모른 척하거나 억지로 극복하려 하지 않고, 관심 있게 다루게 된다. 매일 15분씩 연구 과제에 대해 글을 쓰면서 나는 왜 그것마저 쓰기 싫은지 탐색하게 됐다.

글쓰기 과제가 재미없고 마음에 들지 않으며 내가 왜 이러고 사는지 모르겠다는 말 따위를 떠오르는 대로 마구 썼다. 15분간 자유롭게 다듬지 않은 거친 어조로 마구 쓰고 나면, 하루를 잘 보낼 수 있다. "형기를 다 채우고" 출소한 셈이다. 내일은 훨씬 가벼운 마음으로 연구 과제 상자를 꺼내 열어보겠지.

나는 거의 날마다 이렇게 한다. 연구 과제에 대해 (혹은 나 자신이나 삶에 대해) 느끼는 적대감을 자유롭게 표현하면 그다음 단계로 나아가기가 훨씬 쉽다. 억눌린 감정을 자유롭게 표출해서 그런지 연구 과제가 훨씬 덜 힘겹고 순해지고 조금 편해진다. 감정 환기 파일은 독자들에게 가장 강력하게 써보라고 추천하고 싶다. 정말 도움이 될지 의심도 되고 부자연스럽다거나 체계가 없어 보일 수 있지만, 일단 한번만 써보면 좋겠다. 감정 환기 파일은 글쓰기에 정말로 놀라운 변화를 가져온다.

감정 환기 파일은 나 자신에게서 끊임없이 솟아나는 여러 문제를 주의 깊고 안전하게 다루는 방법이다. 일단 글을 쓰기 싫은 이유를 전부 쓰고 상황을 객관적으로 보게 되면, 이어서 상담, 친구와의 대화, 동료의 조언 등 다른 방법으로 문제를 해결할 수 있다. 감정 환기 파일을 쓰면 지금 내 앞을 가로막고 있는 무언가를 해결할 방법이 생기고 글쓰기 과제도 계속 해나가게 된다.

감정 환기 파일에는 학술적인 글을 쓰는 과정에서 흔히 경험하는 의구심과 불안감을 마음껏 털어놓아도 비판받을 염려가 없다. 쓰고 난 뒤에 다시 읽지 않아도, 지워버려도, 찢어버려도 괜찮다. 다만 현재 맡은 연구 과제, 자신의 능력, 자신이 처한 상황을 진정으로 어떻게 생각하는지 다시 읽어보면서 깨닫게 된다. 글쓰기에 대한 자신의 태도를 정확히 아는 것이 중요한데, 그 문제는 3부에서 좀더 자세히 살펴보겠다. 감정 환기 파일을 쓰면 글쓰기에 대한 저항감을 글쓰기 과정에 반영할 수 있고, 글을 쓰는 데 방해가 되는 미신을 알아내 이에 대응할 수도 있다.

이처럼 연구 과제 상자를 사용하면 정리가 되고 감정 환기 파일을 쓰면 자신을 위험으로 몰아가는 감정이 정화된다. 그럼 **매일 15분 글쓰기**는 어떤 효과가 있을까? 학술적 글쓰기가 과연 매일 몇 분씩 쓴다고 완성되는 일인가?

완성된다. 정말 매일 15분씩 쓴다면, 가능하다. 매일 15분 글쓰기라는 방법은 버지니아 밸리안Virginia Valian이 쓴 논문 〈일하려고 배우기Learning to Work〉＊을 읽다가 처음 알게 됐다. 처음 학계에 들어섰을 때 밸리안은 심한 불안으로 인해 15분 이상 글을 쓸 수 없었다. 남자 친구에게 부탁해서 시간을 재달라고 했지만, 글을 쓴 지 15분이 지나자마자 쓰러지고 말았다. 하지만 계속해서 시간을 엄수하며 글을 썼고 불안을 덜 느끼게 됐다. 결국 밸리안은 안정적으로 지적 작업에 몰두할 수 있게 됐고, 심리언어학자이자 작가가 되어 학문적으로도 성공했다.

밸리안이 불안을 해결한 경험은 글쓰기 생산성에 관한 연구로도 설명할 수 있다. 로버트 보이스(《작가이자 교수》의 저자) 및 그 밖의 학자들은, 짧은 시간 동안 매일 글을 쓰는 것이 가끔 오랫동안 글을 쓰는 것보다 창의력이나 생산성 측면에서 훨씬 더 효과적이라고 한다. 달리 말하자면, 흔히 대학생들이 그러듯 (제출 기한에 맞춰 밤을 새워 쓴다거나) 한 번에 방대한 분량을 써내는 글쓰기는 길게 보면 효과적이지 않다는 것이다. 글을 오래 써야만 하는 건 아니다. 자발적으로 편안하게 "몇 분 동안 글 쓰는 시간"을 최대한 자주 가지는 것이 가장 효과적이다.

15분이라도 매일 글을 쓰면 글을 쓰지 못할 만큼 힘든 정신적 문제가 생겨도 어떻게든 넘길 수 있다. 상황에 따라서 그 15분 동안 감정 환기 파일을 쓰면서 글쓰기를 방해하는 요인들을 마음속에서 끄집어내 표현한 뒤 떨쳐버리게 된다. 일주일마다 일곱 번이 아니라 여섯 번 감정 환기 파일을 쓴다고 정해두는 게 좋다. 하루를 빠뜨리고 안 쓰더라도 죄책감 없이 계속할 수 있기 때문이다. 무엇보다 글을 자주 쓰되 스트레스는 낮고 보상은 큰 상황을 만드는 것이 가장 중요하다.

일단 15분간 매일 쓰는 습관이 자리 잡으면, 학술적 글쓰기에 더 많은 시간을 들이고 싶어질 것이다. 다음 장에서는 시간을 확보하는 여러 방법을 제시한다. 하지만 학기가 운영되고, 다른 업무가 쏟아지고, 글에 대한 적대감과 저항감으로 몸이 안 움직일 지경이라도, 매일 15분씩 꾸준히 글을 쓰는 습관이 붙으면 잘 정리된 글쓰기 과제에 차분하게 몰두하면서 생산성을 내고 자신감도 생기게 될 것이다.

특히 연구 과제 상자와 같이 앞서 언급한 방법을 잘 활용하면 글쓰기에 더욱 관심을 가지게 될(그리고 완전히 해방될) 것이다. 언제나 "글을 쓰고 있어야만" 한다는 압박감도 훨씬 덜할 것이다. 글쓰기 과제 문제를 해결할 수월한 방법은 이것 말고는 없다. 계속 불안해하면 글에 대한 열정이 꺾이거나 변한다.

지금까지 세 가지 방법, 즉 **연구 과제 상자, 감정 환기 파일, 매일 15분 글쓰기**를 활용하여 침착하게 학술적인 글을 쓰는 방법에 대해 이야기했다. 평생 이 세 가지 방법만 있으면 생산성 있는 학자가 되는 걸까? 그렇기도 하고 아니기도 하다. 체중 감량을 위해 가장 많이 하는 조언이 "적게 먹고 많이 움직여라"라면, 글을 쓰는 사람에게는 "겁내지 말고 많이 써라"라고 말해주고 싶다.

가장 먼저 세 가지 길들이기 방법을 적극적으로 실행해야 이 책에 나오는 다른 방법도 이어서 효과를 거둘 수 있다. 학술적 글쓰기

° 버지니아 밸리안의 일화는 Ruddick, Sara. eds. *Working It Out: 23 Women Writers, Artists, Scientists, and Scholars Talk about Their Lives and Work.* New York: Pantheon, 1977.에 실렸다.

가 두렵거나 혐오스럽거나 피하고 싶을 때는 이 세 가지 방법을 통해 초심으로 돌아가게 될 것이다. 먹잇감을 물어뜯을 기회만 노리며 숨어 있는 야수가 아니라 주인에게 다가와 밖으로 나가자고 열심히 꼬리를 흔드는 강아지처럼 글쓰기를 편하게 여길 수 있게 될 것이다. "겁내지 말고 많이 쓸" 수 있게 도와줄 간단하고도 검증된 방법이다. 이 세 가지 길들이기 방법을 꾸준히 실행하면서 어떤 일이 일어나는지 기다려보자.

5장

글 쓰는
시간을
확보하라

교수들은 학기 초에 연구 시간을 빼놓는다. 운이 좋으면 매주 특정 요일 또는 아침이나 오후 서너 번 정도를 연구에 할애할 수 있다. 이 대로 잘 지키고 싶지만 학기마다 수업이 없는 시간을 다른 업무에 쓰게 된다. 글쓰기 시간으로 정해놓고도 "딱 한 번만"이라면서 채점도 하고 학과 회의 시간으로도 쓴다. 나중에는 결국 그 시간에 온갖 학사 업무를 한다. 다음 주(아니면 다음 달이나 다음 학기일 때도 있다)는 무슨 일이 있어도 글을 쓰겠다고 다짐한다. 일단 이번 주는 정말 정신이 없으니까 그런 거다.

글을 쓰지 않는 날이 계속되면 실망하며 자책한다. 그렇게 몇 주가 이어지고, 글을 못 쓰는 건 외부적인 이유 때문이라는 생각이 든다. 이러다가 쉽게 자기연민에 빠지거나, 수치심을 느끼거나, 망상으로 머릿속이 어지러워진다. 수업, 학사 업무, 가족 일만으로도 버거워하는 자신이 안쓰럽다. 아무리 바쁘더라도 몇 시간 정도는 글을 써야하는데 무능력한 자신이 수치스럽다. 이번 주만 잘 넘기면 틀림없이 글을 많이 쓰게 될 것 같다는 망상도 한다.

교원 글쓰기 워크숍이나 상담에 온 동료 교수들은 소속 학과, 연차, 행정적 지위와 상관없이 모두 "시간" 문제를 겪는다고 토로했다. 교수들은 학술적 글쓰기는 긴 시간이 필요하다고 생각하며, 이번 주, 이번 달, 이번 학기는 도저히 일주일에 서너 번, 대여섯 시간이나 낼 수는 없다고 입을 모은다. 그들은 이번 주만 다른 업무를 하면 다음 주는 몇 시간 정도 글을 쓰겠지 생각한다. 이러다 보면 글 쓰는 시간은 오늘이든 내일이든 다음 주든 생기지 않는다.

무엇보다 글 쓰는 시간을 **확보**하는 것이 중요하다. 시간은 (언제나 시간은 있다) 찾는 것도, 만드는 것(시간 만들기는 우리의 영역이 아니다)도 아니다. 주어진 24시간을 조정하여 다른 일로 방해받지 않게 보호할 수 있을 뿐이다. 나는 "시간 확보"라는 말을 좋아하는데, 소중한 무언가를 보호한다는 의미가 담겨 있어서. 그렇다면 이제 빡빡한 학사 일정을 진행하면서 글 쓸 시간은 어떻게 확보할 수 있을까?

첫째, 시간을 실제로 어떻게 쓰는지 파악해야 한다. 무엇을 하며 시간을 보내는지 정확하게 조사하기란 말처럼 쉽지 않다. 대부분 사람은 스트레스를 받으며 바쁘게 살면서도 자신이 시간을 효과적으로 쓰지 못한다고 생각한다. 그러면서도 자신이 실제로 어디에다 시간과 관심을 쏟는지 추적하지도 않는다. 그저 전력 질주하듯 살면서 힘겨워할 뿐이다. 그러니 "언제 글을 쓸까"라는 질문에 대답하지 못한다. 지금 당장 시간이 "충분하지 않다"는 것밖에 모르기 때문이다.

한 주 동안 "일일 계획표 거꾸로 쓰기reverse day planner"를 해보자. 보통 일정표처럼 할 일을 미리 적어두는 게 아니라, 우리가 하루를 실제로 어떻게 보내는지를 기록하는 일일 계획표다. 이메일 확인, 수업 준비, 채점, 추천서 작성, 학생 면담, 동료 교수 면담 등의 활동을 몇 시에 하고 그 시간이 얼마나 걸리는지 적는다. 식사 준비, 설거지, 빨래, 장보기, 잡일, 운전, 강아지 산책과 같은 일상도 빠짐없이 기록한다. 운동하기, 소셜 미디어 하기, 친구 만나기, 텔레비전 시청하기, 인터넷 검색하기, 빈둥대기, 잠자기, 멍하니 있기 등 일과 무관한 활동도 빼놓지 않는다. 시간은 어디에서 새고 있을까?

일일 계획표 거꾸로 쓰기를 며칠 해보니 황홀경에 빠져 미친 듯이 춤추는 광신도처럼 마구 몸부림을 치며 무작정 일에 매달리는 자신의 모습이 보였다. 여태까지 한쪽에는 직장과 가족 스트레스를 두고, 다른 쪽에 일기 쓰기, 운동하기, 좋아하는 책 읽기, 봉사 활동과 같은 "자기 관리"를 얹으며 균형을 잡으려 했음을 깨달았다. 한쪽은 이미 일정들로 빡빡하니 반대쪽에 "평형추"를 더 얹어 삶의 균형을 잡아야 했다. 삶이 이리도 빈틈없이 채워져 있으니 서두르다가 지쳐 좌절하는 건 당연했고, 글을 쓸 시간을 절대 "찾을 수" 없었던 것이다.

일일 계획표 거꾸로 쓰기에 따르면 내 황금 시간은 이메일에 소모됐다. 이미 강의 경험이 있는 수업인데도 새롭게 가르친다면서 수업 준비에도 많은 시간을 쓰고 있었다. (학과나 교수 사회의) 업무 요청을 수락하며 변화의 주역이 된 듯 느끼기도 했다. 긴장을 풀고 삶의 균형감도 찾기 위해 친구와 가족과 더 많은 시간을 보내려 하는 한편 요가나 명상까지 하고 있었다. 이렇게 무리한 일정에 학술적 글쓰기 시간까지 넣자니 부담이 크다고 느낄 수밖에 없었다.

딱 하나만 더 한다며 이미 과중한 일정에 학술적 글쓰기까지 밀어 넣으면 당연히 화도 나고 하기도 싫다. 하루에 15분 정도는 낼 수 있으니 처음에는 할당된 그 15분으로 어떻게든 무마한다. 그러나 앞으로도 오랫동안 생산적인 학자로 글을 쓰려면 시간 쓰는 방식을 정비해야 한다. 글쓰기에 한해서는 막판 승부나 "통 크게 굴기"라든가 "내가 다 안다"라며 큰소리치는 건 통하지 않는다.

매일 15분 쓰기 말고도 일주일에 한두 시간 정도 편안하게 글을 쓸 수 있어야 한다. 마감 기한이 다가왔다면 거기에 날마다 서너 시간을 더 쓸 수 있어야 효율이 난다. 시간을 확보하려면 진정으로 글쓰기를 최우선 순위에 두는 것 말고 다른 방법은 없다. 이미 과중한 일과에 "딱 하나만 더" 넣자는 식으로는 안 된다. 일단 내가 어떻게 시간을 쓰는지 정확히 알게 되니, 일주일에 3~5일 아침에 두 시간을 확보할 수 있었다. 놀랍게도 다른 일 역시 꾸려갈 수 있었다. 이메일 확인을 나중에 하고 적당한 시간을 수업 준비에 들였더니 그게 가능했다. 글쓰기로 보람을 느끼니까 요가, 명상, 자원봉사를 많이 하지 않아도 마음이 안정됐다.

일일 계획표 거꾸로 쓰기를 하면 매 학기 글 쓸 시간을 못 잡은 채 시간만 흐른다며 자기연민, 수치심, 망상을 느낄 일도 없다. 계획표로 보는 나는 게으르고 후줄근하고 비효율적이라서(실은 이게 사실일까 두려웠다) 매일 글을 쓰지 못하는 게 아니었다. 그냥 (스스로 선택한 다른 일 때문에) 너무 바쁠 뿐이었다.

막연한 추측이 아니라 실제 자료를 토대로 내가 처한 상황을 정확히 인지하자 글 쓰는 시간을 한두 시간 확보하고 글쓰기에 몰두할 수 있었다. 일정 사이에 억지로 밀어 넣는 것이 아니라 학술적 글쓰기를 가장 중요하고 가치 있는 일로 여기게 됐다. 다른 사람들의 요구를 들어주느라 바쁜 와중에 최소한 내 시간은 주도적으로 운용한다는 느낌도 들었다. 기분이 훨씬 좋아진다. 실제로 글도 쓴다.

일일 계획표 거꾸로 쓰기로 어떤 사실을 발견하게 될지는 모르지만, 깜짝 놀랄 만큼 새로운 정보를 얻게 될 건 확실하다. 동료 교수들도 계획표 거꾸로 쓰기를 통해 자신이 진정으로 바쁘다는 사실과 은연중에 어떤 일을 최우선 순위에 두는지 알게 되자 큰 충격을 받았다. 자신이 어떻게 시간을 보내는지 파악하면, 자기를 비난하거나 망상에 빠지는 대신 전략적으로 글을 쓸 시간을 확보할 수 있다.

우리가 하는 활동을 정확하게 기록해보면 지금 가장 중요하게 여기는 활동을 바로 파악할 수 있다. 누군가가 어디에서 시간을 보내는지 알면 어떤 삶을 사는지 파악할 수 있는 것과 마찬가지다. 활동들을 기록하고 나면, 정말 그 활동이 가장 중요한지 생각해보고 결정할 수 있다. 글쓰기가 우리의 경력과 정신 건강에 아주 중요하다면, 끝이 아니라 최우선 순위에 둬야 하지 않을까? 글쓰기는 당연히 내 삶의 가장 중요한 자리에 모셔야 한다.

글쓰기 달력을 마련하여 매주 특정 시간에 글쓰기 시간을 표시하고, 학기마다 혹은 여름방학 동안 실제로 며칠이나 글을 썼는지 수를 세자. 여행, 채점, 기타 일로 방해받지 않도록 달력에 글 쓰는 시간을 표시하고, 원고 마감 날짜, 개학 날, 방학 시작 전까지 대략 며칠 동안 글을 쓸 수 있는지 파악하자. 날수를 계속 세자. 최근 한 학기 계획 짜기를 위한 워크숍에 참가한 교수들에 따르면 여행과 채점 시간을 빼고 나니 학기당 글을 쓸 수 있는 날이 30일도 되지 않았다. 다시 말하면 5월에 종강하기까지 "한 학기 전부"가 아니라 25번 정도 글쓰기 시간(한 번에 1~3시간)을 낼 수 있다는 말이다.

　이렇게 구체적으로 글쓰기가 가능한 날수를 파악하면, 안 그래도 빠듯한 글쓰기 시간을 어영부영 쓰지 않게 된다. 글쓰기가 아닌 다른 일은 선뜻 ("이번 한 번만"이라 해도) 하지 못한다. 촉박한 마감 기한으로 인해 곤경에 처한 누군가를 도와야 하는 등 급박한 상황이 예기치 못하게 생길 수도 있다. 누군가에게 폐를 끼치거나 다른 일로 실망하게 하지 않으려고 일정을 바꾸기도 한다. 우리는 자주 연구 과제를 하기 전에 먼저 자잘한 업무를 "깨끗이 처리"하려다가 소중히 챙겨둔 글쓰기 시간만 모두 허비하고 만다.

　글쓰기 달력에 정기적으로 글 쓰는 시간을 표시하고 난 뒤, 내가 글을 쓰는 그 몇 시간 동안 다른 일을 제쳐놓더라도 아무 일도 일어나지 않는다는 걸 알게 됐다. 큰일이라도 벌어질 듯 조급해할 필요는 없었다. 정기적으로 글을 쓰면서도 채점, 서신이나 보고서 작성, 각종 회의나 상담을 모두 잘 해냈다. 부담스러운 업무든 즐거운 기분전환이든 글쓰기에 방해되는 건 모두 차단하고 있으니 어쩌면 좀 과격한 건 아닌가 싶지만 글을 쓰려면 이래야만 한다.

　매주 글 쓰는 시간을 파악하고 계산하고 지키자. 의무든 아니든 모든 일을 잠깐 제쳐두고, 몇 시간 동안은 문을 닫아둔 채 연구 과제 상자를 꺼내어 연다. 부담스러운 업무든 즐거운 일이든, 모든 일은 글을 쓰는 시간이 끝나도 그 자리에 그대로 있다. 글쓰기만 기다리지 않는다.

　글 쓰는 시간과 다른 업무에 쓰는 시간을 기록하면 시간을 허투루 보내지 않게 된다. 하루를 어떻게 보내는지 정확히 알고 내 삶의 가장 자랑스러운 자리에 글쓰기를 모셔오자.

6장

글 쓰는
공간을
확보하라

"기꺼이 닫아놓을 수 있는 문"은 소설가 스티븐 킹Stephen King이 《유혹하는 글쓰기On Writing》(2001; 김진준 옮김, 김영사, 2007)에서 강조하듯 글 쓰는 이에게 반드시 필요하다. (그의 표현을 그대로 쓴다면) 문은 글 쓰는 이가 방해받지 않게 막아준다. 모든 글쓰기 과제에서 가장 중요한 것은 방해받지 않고 글을 쓸 수 있는 공간이다.

킹처럼 전업 작가가 아닌 교수들은 쉽게 문을 닫아놓을 수 없다. 대부분 학생이나 동료 교수가 필요할 때 들르라고 연구실 문을 열어놓는다. 몇 시간이라도 문을 잠가놓으면 본인도 외롭고 남들 눈에도 사람을 싫어하는 것처럼 보인다. 이는 집에서도 마찬가지다.

대학에 있는 연구실은 글쓰기에 별로 좋지 않다. 일찍 출근하고 늦게 퇴근하면 되지 않나 싶을 것이다. 글을 쓰는 중이라거나 방해하지 말라고 메모를 붙여놓을 수도 있을 것이다. 하지만 교수의 연구실은 학생이나 동료들이 합법적으로 방문하고, 자신도 수월하게 이메일 확인, 수업 준비, 학과 업무를 한다는 두 가지 목적이 있다.

연구실에서 교수는 보통 수업을 계획하거나 학과 업무를 처리한다. 물리적으로든 정신적으로든 일을 하고 있기 때문에 학문 연구에 집중하기 힘들다. 연구실 문을 물리적으로는 닫아놔도 정신적으로는 근무 중인 것이다.

내 연구실에 있으면 언제나 눈앞에 채점할 시험지 묶음, 이메일, 기한이 다 된 추천서 등 일거리가 눈에 들어온다. 밤이고 주말이고, 글쓰기 모드를 작동하고 유지하기란 쉽지 않다. 시간이 얼마 걸리지 않는 개요 작성이나 교정은 연구실도 괜찮지만, 생산적으로 글을 쓰려면 글쓰기만을 위해 분리되어 방해받지 않는 공간이 있어야 한다 (강력하게 추천한다).

학교 연구실은 결코 글을 쓰기에 이상적인 장소가 아니다. 또한 줄곧 집에 글 쓰는 장소는 있었지만 나는 거기서 절대 글을 쓰지 않았다. 글을 쓰려고 마련한 장소는 좀 지나면 철 지난 옷, 안 쓰는 가구, 중단한 글쓰기 자료를 보관하는 골방으로 변했다. 심지어 낡은 승합차를 사서 뒷마당에 세워 두고 거기서 매일 글을 쓰려고도 했다. 발상은 좋았지만, 날씨에 따라 너무 춥거나 덥고, 습하거나 밝아서 글을 쓰기 힘들었다.

오랫동안 완벽한 장소만 마련하면 생산적으로 글을 쓸 줄 알았다. 다른 망상과 마찬가지로 반만 맞았다. 진짜 필요한 것은 번잡한 캠퍼스에 있는 연구실도 이상적인 서재도 아니었다. 진정으로 필요한 것은 들어가고 싶은 정돈된 장소와 더불어 글을 쓸 때 방해받지 않게 닫을 수 있는 문과 몇 분만이라도 매일 들른다는 각오였다. 어떻게 그런 장소를 마련할지는 알지 못했다.

남는 방을 내가 꿈꾸는 이상적인 서재로 꾸며놓은 동료들이 부러웠다. 깔끔한 책장, 커다란 책상, 독서등과 편안한 의자가 있고, 창밖으로 아름다운 풍경이 보이는 그런 공간이 내게도 있다면 글이 마구 써질 것 같았다. 나중에 알게 됐지만, 나와 마찬가지로 동료들도 그처럼 멋진 공간에서 글은 거의 안 썼다고 한다.

꿈의 서재가 아닌 기능적인 공간은 "기꺼이 닫아놓을 수 있는 문"이 있어야 안전하게 지킨다. 문제는 이상적인 서재를 설계하고 만드는 데 많은 시간과 열정을 쏟고도 거기에서 정작 글을 안 쓰는 것과 저렴한 비용으로 기본만 갖추어진 소박한 공간에서 실제로 글을 쓰는 것 가운데 어느 쪽을 선택하는가에 달렸다.

털사대학교 도서관에는 굉장히 멋진 교수 전용 라운지가 있다. 책을 읽고 생각하고 채점하기에 좋고, 심지어 글을 쓰기에도 좋다. 칸막이가 된 자리도 있어서 학기 단위로 장기간 사용할 수 있다. 그러나 정작 교수들은 여기서 글을 쓰지 않는다. 정년 교수가 되기 전에는 남의 눈에 띄어야 하는 줄 알고 연구실 문을 항상 열어놓은 채 글을 쓰곤 했다. 이제 연구실에서는 학교 업무만 한다.

교원글쓰기프로그램에서 참여한 교수 대부분은 집에 글 쓰는 장소가 있었다. 하지만 들어가고 싶지도, 사용하기에 좋지도 않다고 했다. 좀 지나면 창고가 되어 원고나 중단한 연구 과제라든가 협동 연구 자료 같은 글쓰기와 관련된 물건을 보관한다는 것이다. 누군가에게는 "실패한 저술을 모시는 사당"이라 부를 만큼 들어가기 싫은 방이 되어버리기도 했다

그러니 자신이 어떤 장소에서 글을 잘 쓸 수 있을지 냉철하게 생각하여 이상적인 장소가 아니라 소박하면서도 현실적인 장소로 만들어 최소한의 노력으로 꾸미고 계속 사용하자. 집에 "실패의 사당"을 모시고 있던 동료 교수는 단 두 시간 만에 글쓰기와 무관한 물건을 깨끗하게 치우고, 오래된 연구 과제는 상자 속에 넣고, 현재 진행하는 연구 과제와 관련된 사항을 쓸 수 있게 화이트보드를 가져다놓았다. 글쓰기에 알맞은 잘 정돈된 서재가 생기자 갑자기 가서 일하고 싶어졌다고 했다.

아직 집에 글 쓰는 공간이 없다면 어떻게 할까? 일단 장소를 정하고 만들어보자. 동료 교수들은 창고를 치우거나, 안 쓰는 주방 귀퉁이에 가벽을 세우거나, 손님용 방을 일부 사용하는 등의 방법으로 장소를 마련했다. 그 장소들은 보기에는 별로 멋지지 않아도 절대로 방해받지 않는 공간이라는 공통점이 있었다.

글쓰기에 좋은 기능적인 공간을 마련해 자주 이용하면 방해 요소를 최소로 줄이고 편안함은 최대로 누리면서 글을 쓰게 된다. 생산적으로 학술적인 글을 쓰는 학자는 최선을 다해 글 쓰는 공간이 방해받지 않도록 한다. 오피스텔이나 친구 집에 공간을 마련하기도 하는데, 다른 사람의 집에 있으면 자신은 신경 쓸 일이 없기 때문이다.

카페는 이상적인 서재처럼 그럴듯해 보이지만 늘 생산적인 공간은 아니다. 게다가 "작가처럼 보이려고" 카페에서 글을 쓰는 걸로 오해하는 사람들도 있다. 하지만 분명 카페에서 글을 쓸 때 생산성이 오르는 사람들도 있으므로, 만일 자신이 그런 사람에 해당하면 주의력이 흐트러지지 않도록 "문을 잘 닫고" 글쓰기 목표를 확실히 하여 카페에서 쓰면 된다.

글 쓰는 공간에는 현재 진행하는 연구 과제에 필요한 것만 있어야한다. 풍수에 따르면 오래된 물건은 기운을 약하게 하므로 안 보이게 치워야 한다. 풍수도 고려하지만, 특히 나는 반쯤 하다가 만 연구나 "언젠가" 할 연구를 글 쓰는 공간에 함께 두는 습관이 있어 그러지 않으려고 노력한다. 중단된 연구 과제들을 옆에 쌓아두면 기분도 나빠지고 집중도 안 된다. 그런 이유로 글을 쓰는 공간이 잘 정돈되고 방해받지 않으며 활력이 느껴지게 하려고 노력한다.

그러면 확실히 방해받지 않게 문을 닫아 둘 수 있는 장소를 확보하면 다음에 할 일은 무엇일까? 잘 정돈되어 있고, 들어가고 싶은 장소라면 좋을 것 같다.

나는 우리 집 거실과 이어져 있는, 2평 남짓한 일광욕실에서 이 책을 쓰고 있다. 진입도로가 보이는 쪽에는 작은 탁자와 의자, 탁상용 독서등, 달력, 책장이 있고, 앉아 있기 싫을 때 서서 일하는 책상으로 쓰는 철제 다리미판도 있다. 철제 다리미판은 필요할 때 연구 과제 자료를 펼쳐놓는 용도로도 쓴다. 연구 과제 상자는 책상 옆에 있다. 창문 아래에는 포스트잇, 펜과 연필, 좋아하는 물건 등을 늘어놓았다. 내 의자 뒤에는 독서용 의자, 독서등, 또 다른 책상, 프린터를 놓아둔 파일 정리장이 있다. 방도 작고 절반은 연구 과제와 무관한 물건이 차지하지만, 책상, 연구 과제 상자, 다리미판으로 만든 글을 쓰는 공간이 있다. 가장 중요한 건 문을 닫을 수 있다는 점이다.

그래도 누군가 컴퓨터나 핸드폰으로 연락하며 글쓰기를 방해하면 어떻게 할까? 일전에 노트북에 인터넷이 연결되지 않은 적이 있었는데 이메일이나 인터넷 검색을 못 하니 오히려 좋았다. 이와 같은 전자 훼방꾼을 멀리하고 싶다면 인터넷 연결을 끊어주는 프로그램도 있다. 핸드폰은 무음으로 하고 메시지는 집 전화로 넘어가게 해놓는다. 문을 닫아도 소리는 여전히 들리므로 소음방지 귀마개나 헤드셋을 쓴다(아이들이 어릴 때는 유용했다).

글 쓰는 곳을 들어가고 싶은 장소로 만들려면 연구 과제와 관련된 물건 위주로 배치해야 한다. 나는 아직도 어디에 둬야 할지 결정하지 못한 물건을 근처에 놓아두는 습관이 있어 고치느라 노력한다. 다행히 요즘은 완성했거나 끝내지 못한 연구 과제와 나중에 쓸 것 같은 자료는 라벨을 붙인 종이 상자에 담아 방 밖에 내놓는다. 보기에 좋지 않지만(거실 가벽 뒤에 종이 상자를 수직으로 쌓았다), 연구 과제 맞춤형 공간이다.

화이트보드를 방에 두고 글쓰기 진행 상황을 업데이트하는 사람도 있다. 이렇게 하면 자신이 하는 연구 과제를(그리고 진행 상황도) 시각적으로 파악하기가 쉽다. 다작하는 사회평론가 루이스 멈퍼드 Lewis Mumford는 책상 위쪽에 일련의 클립보드를 고정해놓고 썼다. 이런 식으로 연구 과제의 각 장이 진행되는 상황을 한눈에 파악한 것이다. 나는 연구 과제 상자에 개관, 개요, 각 장을 보관하고, 작은 공책에 글 쓰는 데 소요된 시간을 기록한다. 연구 과제 관련 자료를 다리미판에 늘어놓고도 본다. 대규모 연구 과제에 관해 글을 쓸 때는 부분 작업을 하면서 전체도 한 번에 파악할 수 있어야 한다.

방을 정돈하려면 값비싼 물품이 있어야 하나 고민할 때도 있다. 글 쓰는 이상적인 장소를 꿈꾸는 것처럼 이런 고민도 망상이나 마찬가지다. 가죽 소재의 물건을 들이고, 색채도 조화롭게 맞추고, 정교한 시스템을 갖추어놓고, 고급 사무용품 사이트에서 갖고 싶은 물건도 잔뜩 주문하면 스트레스는 낮아지고 보상은 커져서 글이 잘 써지지 않을까. 하지만 글을 쓰지 않는 공간을 좋아하는 물건으로 꾸미고만 있다면 초심으로 돌아가라는 신호임을 기억해야 한다.

철제 다리미판은 박사학위 논문을 쓸 때부터 가지고 있었다. 동네 벼룩시장에서 5달러에 샀다. 책상으로 쓰고 있는 1960년대 스타일의 포마이카 상판을 올린 탁자는 이사업체에서 공짜로 얻었다. 연구 과제 상자는 15달러도 안 된다. 섬유판 재질의 조립식 책상은 언젠가 틀어지겠지만 그래도 10년에서 20년은 버틸 것이다.

확실히 나는 승합차를 사거나, 별로도 방을 얻거나, 누군가의 완벽한 서재를 부러워할 필요가 없었다. 지금 있는 일광욕실에 마루를 새로 깔고, 선반을 짜 넣고, 멋진 확장형 책상을(몇 년간 가격을 알아보고 돈을 모아서 샀다) 들이지 않아도 괜찮았다. 정말로 필요한 것은 책상, 의자, 연구 과제 상자뿐이었다. 그것을 아는 데 정말 오랜 시간이 걸렸다.

그러니 학술 연구를 위해 잘 정돈된, 들어가고 싶은 공간을 마련하자. 완벽한 서재를 갖춰 동료 교수들에게 글 쓰는 모습도 보여주고 동시에 학생들도 일주일 내내 시시때때로 찾아와야 한다는 망상에 사로잡히면 안 된다. 온갖 잡동사니로 가득 찬 방이라도 상관없다는 태도도 안 된다. 대학 연구실이 싫으면(아마도 그럴 테지만), 다른 장소를 찾아보자. 도서관에 조용한 장소가 있을 수도 있고, 집에 깨끗하게 정돈된 공간을 마련할 수도 있고, 집 가까운 곳에 방을 하나 얻을 수도 있다.

계속해서 이상적인 글 쓰는 공간을 꾸미기만 하고 거기서 글을 쓰지 않는다면, 이상을 버려야 한다. 그 대신, 소박하고 글이 써지는 공간을 마련해 문을 닫고 연구 과제 상자를 여는 거다.

7장

가장 좋은
에너지를
글쓰기에 쓰자

생산성을 내는 비결은 글 쓰는 에너지를 보존하느냐 여부에 달려 있는데, 우리는 창작 능력이 바닥나도록 쓸 줄만 알 뿐 어떻게 쓰는지는 잘 모른다. 에너지의 양은 정신과 신체를 어떤 일에 쓰느냐에 따라 매일 큰 폭으로 변동한다. 대부분 사람은 에너지를 소진하다 쓰러지곤 하면서 살아간다. 우리가 에너지를 필수적이지만 한정된 자원으로 여기는 건 그런 경험 때문이다.

나는 글을 쓰는 에너지는 신뢰할 수 있고 재생 가능한 자원이라고 생각한다. 글쓰기를 활용하여 삶의 다른 측면에 활기를 불어넣을 수 있다. 글쓰기를 에너지를 고갈시키고 부담스럽기도 한, 마지못해 "딱 하나만 더" 하는 일이 아니라, 에너지원이라고 여기자. 그렇게 생각하면 에너지를 바닥내지 않고 조절하면서 글을 쓸 수 있다.

생산성 있는 학자가 되려면 자신의 에너지 패턴을 잘 알고 이에 따라야 한다. 일단 앞서 살펴본 기본적인 방법에 따라 글쓰기 과제를 효율적으로 수행하고, 스트레스는 낮고 보상은 큰 상황에서 자주 글을 쓸 수 있도록 시간을 확보해야 한다. "기꺼이 닫아놓을 수 있는 문"이 있는 잘 정돈되고 들어가고 싶은 공간도 필요하다. 사나운 포식자와도 같이 두려운 글쓰기 과제를 순하게 길들였고, 글쓰기에 필요한 시간과 공간까지 확보했다면, 다음 차례는 자신이 보유한 에너지를 글쓰기에 효과적으로 사용하는 방법을 알아보는 것이다.

학술적 글쓰기 관련 서적인 《시계태엽의 뮤즈The Clockwork Muse》(1999)를 쓴 에비아타 제루바벨Eviatar Zerubavel은 "글을 쓰기 위해 다른 조건들을 최대한 활용하는 것처럼, 글쓰기에 가장 적합한 시간대가 언제인지 파악해야 한다"라고 조언한다. 일주일 중 가장 생산성이 높은 시간대와 가장 생산성이 낮은 시간대를 기록하여, 언제 글을 쓰는 것이 가장 적합한지 정하라는 것이다. 제루바벨은 글 쓰는 시간을 어떻게 에너지에 맞게 배정하는지 가르쳐준다.

가장 왕성한 에너지를 낼 수 있는 시간대를 A 시간으로 정한다. A 시간에 B 업무나 C 업무를 자주 하는 경향이 있는데, 그러지 않는 게 목표다. B 업무는 주의 집중이 필요한 일로, 최고의 창의력까지 필요하지는 않다. C 업무는 기계적인 반복 작업이라서 글쓰기처럼 영감이나 창의력이 필요하지 않다. 시간대에 따라 자신이 어느 정도 생산성을 올리는지 파악한 후, A 시간은 A 업무에, B 시간은 B 업무에, C 시간은 C 업무에 각각 배정한다.

최근 동료 교수가 이렇게 시간과 에너지를 ABC로 분류하는 이유가 뭔지 모르겠다고 고백했다. 그녀는 매일 죽을힘을 다해 하루를 보낸 후 방전되어 쓰러진다. 책 두 권을 동시에 쓰면서 다른 동료의 학사 업무까지도 맡아 처리할 만큼 열정적인 교수인 그녀는 두 아이의 엄마이기도 하다. 사실 나도 그렇게 살았다. 오랫동안 에너지를 온갖 일에 다 쏟아부으면서 잠만 잘 자면 되는 줄 알고 하루하루 버텼다.

글 쓰는 사람의 관점으로 보면, 이런 식으로 에너지를 쓰면 무차별성이라는 문제가 생긴다. 다시 말해, 일의 종류는 고려하지 않고 일을 맡는 시점에 보유된 에너지를 그 일을 하는 데 전부 써버린다는 것이다. 하루에 일어나는 모든 일을 감당하게끔 최대한의 에너지를 뽑아내 지금 해야 할 일을 최선을 다해 해결해야 한다. 계획한 모든 일을 감당할 정도의 에너지를 일으키기 위해 계속 분투하다 보면 만성 피로에 시달리고, 좌절도 하고, 심지어 분노에 휩싸인다.

그렇게 살던 어느 날, 나는 자신이 피포위 의식siege mentality(적군에 포위되었을 때 느끼는 심리 현상으로, 특정 집단이 외부에서 공격을 받고 있다는 느낌을 강하게 받을 때 흑백논리로 무장하고 강력하게 결속하며 최악의 상황에 대비한다고 한다-옮긴이)에 사로잡혀 있었음을 깨달았다. 누군가가 할 일을 하지 않아 내가 억제로 일거리를 떠맡게 되니, 하기 싫고 현실적으로 힘들어(정말 화난다) 적군에 둘러싸여 폭격당하는 듯 두려워하는 것이다. 에너지를 뽑아내기도 전에 나는 이미 무기력하게 허우적대는 희생자가 됐다.

이렇게 지쳐 쓰러질 때까지 일하는 사람은 학술적 업무의 종류에 따라 하는 일이 달라야 한다는 점을 잊기 쉽다. 우리에게 선택권이 있고, 우리의 선택이 존중받아야 한다는 점도 쉽게 간과한다. 누구나 자신이 보유한 에너지의 변동 폭을 인정해야 한다. A 에너지는 A

업무에, B 에너지는 B 업무에, C 에너지는 C 업무에 알맞게 할당하며 에너지를 업무에 걸맞게 써야 한다.

우리는 남이 실은 짐을 잔뜩 짊어지고 힘겹게 가는 노새가 아니다. 수레에 어떤 짐을 어떻게 실을지 결정하는 주체는 우리 자신이다. 덫에 걸려 무기력하게 발버둥만 치는 작은 들짐승도 아니다. 죽을 때까지 짐만 끌 필요는 없다. 우리는 자신이 보유한 에너지를 우선순위에 따라 할당할 수 있다. 자신이 언제 최고의 에너지를 내는지, 즉 언제 가장 예리하고 창의적으로 되는지 파악하자. 그리고 중요한 일인 학술적 글쓰기는 그 최고의 시간대에 하자.

또 다른 동료 교수는 학생, 가족, 친구의 중요도가 더 낮다고 깎아내리는 기분이 든다며 ABC 분류법을 불편하다고 했다. 하지만 ABC 분류법은 학점이나 가치를 매기는 평가와는 다르다. 그보다는 삶을 구성하는 다양한 요소를 다양한 방식으로 누리는 방법이라고 할 수 있다. 에너지가 고갈되면 가족과 시간을 보내거나 친구와 산책하며 재충전하면 된다. 업무에 맞게 에너지를 쓰면, 토론 수업의 질도 올라가고 교수 회의의 생산성도 올라가니까 에너지가 재충전되는 셈이다. 수영이나 요가도 단순한 운동 일정이 아니라 에너지를 충전하는 시간이다.

나는 ABC 분류법 덕분에 다양한 종류의 에너지가 내 삶의 다양한 부분에서 어떻게 사용되고 제공되는지 관심을 두게 됐다. 마치 다양한 에너지가 어디서 소모되며 어디서 비롯되는지 눈금 있는 계량기로 보여주는 것과 같아 정보를 철저히 활용할 수 있었다. 이제 줄에 달려 조종당하는 마리오네트처럼 내가 선택하지 않은 일에 끌려다니는 느낌은 안 든다.

학문 연구는 학계에서 성공하는 데 가장 중요하면서도 가장 쉽게 밀려나는 책무다. X축과 Y축에 각각 긴급한 정도와 중요도를 표시한 좌표 평면에 업무 우선순위를 표시하는 시간 관리 방법이 있다. 좌표 평면의 사분면에서 학술적 글쓰기는 시급하진 않아도 중요한 업무로 표시되는데, 이 때문에 다른 업무보다 뒤로 밀려난다. 우리에게는 보통 중요도와는 무관하게 곧바로 처리할 일들이 종일 산적해 있기 때문이다.

우선 가장 중요한 일에 집중할 줄 알게 되고, 에너지를 업무에 맞춰 할당하는 일에 익숙해질 때까지는, 원래처럼 중요한 일이 아니어도 긴급한 업무를 먼저 처리하려 들 것이다. 우리는 즉시 눈에 띄고 긴급해 보이는 이메일, 사내 메신저, 회의를 "해치워버리는" 일에 에너지를 소진한 뒤, 불안이 줄고 성취감을 느끼며 뿌듯해하곤 한다. 학문 연구는 계속 뒤로 밀려나는데도 말이다.

학문적 글쓰기를 못 해서 낙담하는 날이 계속되면 불안이 심해진다. 좌절하고 불안해하며 지쳐가고, 결과적으로 에너지가 소진되는 **동시에** 글도 안 써진다. 다시 글쓰기 과제를 시작하지만, 갑자기 업무 B와 C가 생겨 또 미룬다. 업무를 에너지에 맞춰 배당할 줄 모르니, 부담은 계속 커지고 몸은 지친다.

이제는 에너지가 우리 삶에 어떻게 작용하는지 관심을 가져야 한다. 우리는 어디서 에너지를 얻을까? 어떻게 에너지가 소진되는가? 매일 에너지를 쓰는 패턴은 알고 있는가? 일일 계획표 거꾸로 쓰기로 이 질문들에 답을 해보자. 아침, 저녁, 오후 가운데 언제 가장 집중이 잘되고 기민해지는가? 운동, 식사, 낮잠 후에는 기분이 어떤가? 강의를 마치면 기분이 좋아지는가, 아니면 지치는가? 그리고 어떤 식으로 요령 있게 대응하는가? 학과 회의를 마치면 기분이 어떤가? 교수 회의가 끝난 후에는 어떠한가? 15분 글쓰기를 하고 난 후에는 어떤가? 한 시간 동안 글을 쓰면 기분이 어떠한가? 세 시간 동안 글을 쓰면 어떤가? (제루바벨 교수가 제안한 대로) 매일 에너지 상태를 기록하고, 에너지 패턴을 분석하자. 어떤 일로 활기를 얻는가? 일이 가장 잘 되는 때는 언제인가?

학문 연구 활동은 당연히 A 에너지가 필요한 업무다. 글을 쓰고 수정하려면 그야말로 "빈틈없이" 최대한 창의력을 집중해야 한다. 지적인 에너지를 모으고 활성화하는 것은 글쓰기뿐만 아니라 연구에도 중요하지만, 연구는 모든 요소가 언제나 있어야 하는 건 아니다. 새로운 연구 과제를 설계한다든가, 연구비 지원 제안서를 계획한다든가, 연구실 우선순위를 정리하는 등 연구 과정 가운데 일부 활동에는 A 에너지가 필요하다. 새로운 수업을 설계하는 일도 A 에너지가 필요한 업무다.

한편, 강의 경험이 있는 수업을 준비하는 일과 같이 일상적인 수업 활동은 보통 B 에너지가 필요한 일로 분류한다. 강의는 교수가 집중적으로 관심을 가질 수 있는 업무지만, A 에너지를 써야 할 정도는 아니다. 이메일, 채점, 면담, 보고서, 교수 회의 등은 최고 수준의 창의력을 발휘하지 않아도 충분히 처리할 수 있으므로 C 에너지 업무다. 대부분 교수는 창의적 에너지를 연구에 가장 많이, 강의는 그다음으로, 학사 업무에는 가장 적게 쏟는다. 이는 절대적인 중요도가 아니라 업무에 필요한 집중력에 따라 나열한 것이다.

하루에 쓰는 에너지가 어느 정도로 재생 가능한지에 따라 업무를 대하는 태도도 크게 달라진다. 한때는 내가 보유한 한정된 에너지가 과도한 수요에 맞춰 소진되고 전부 고갈되는 줄 알았다. 에너지가 바닥나면, 좀더 자주 거절하기, 충분히 운동하고 잠자기, 며칠만 참으면 나아질 거라고 믿기와 같은 행동으로 대응하려고 했다. 어떻게 하면 강의나 대학 업무를 활용해 에너지를 충전할지 궁리하지는 않고, 오랫동안 연구가 아닌 업무에 시간을 써야 한다며 분개하며 지냈다.

내가 가장 창의적으로 일하는 시간대는 아침이므로 이때 글을 써야 한다는 건 이미 알았다. 그래도 몇 해 동안 A 시간인 아침을 B 업무인 수업 준비나 C 업무인 이메일 확인으로 보냈다. 불안감의 정도를 기준으로 하여 그런 업무들이 더 긴급하다고 판단했기 때문이었다. 수업 준비를 더 철저하게 하고 주변 사람들을 실망시키지 않으려고 강의 준비, 채점, 이메일 확인에 귀중한 A 시간을 썼고, 그때마다 "이번 주만"이라고 다짐하면서도(일일 계획표 거꾸로 쓰기를 검토한 결과 드러난 사실이다) 학기마다 그랬다.

위원회 보고서나 추천서 작성과 같이 시간 엄수가 중요한 업무도 마찬가지다. 보이는 것만큼 실제로도 중요하긴 하지만, 이들은 현실적으로 B나 C 업무이므로 에너지를 최고 수준으로 쏟지 않아도 할 수 있었다. 그래도 그 사실을 자꾸 잊어버리는 건 업무를 다하고 책상을 깨끗이 치우는 기분이 상당히 좋아서다.

이메일 확인은 마치 블랙홀처럼 내 에너지를 빨아들인다. 아침이면 이메일을 열어보고 긴급하게 해결할 사안이 있는지 확인하고 싶어 안달이 난다. (혹시 모르니) 한 번만 쓱 훑어보는 것만으로도 불안감은 덜지만, 이메일은 어떤 식으로 확인하더라도 집중력이 흩어지고 고통스러워지고 에너지가 고갈된다. 그래서 이제는 아침 글쓰기가 끝나고 나서 이메일을 확인하고, 수업 준비를 대강 마친 후에 이메일로 요청받은 일을 처리한다. 그러다 결국 이메일 업무 대부분은 몇 시간 후에 처리해도 아무 문제가 없고, 내게는 나의 에너지에 업무를 맞춰 쓸 권리가 있다는 걸 알게 됐다.

우리는 자신의 에너지가 어떤 일에 소진되는지 파악하고 요령 있게 일해야 한다. 학계는 우리의 에너지에 관한 한 마치 흡혈귀처럼 군다. 사내 정치, 인간관계 갈등, 업무와 관련된 현명하지 못한 처신으로 인해 곤욕을 치를 수도 있는데, 매사를 너무 심각하게 받아들이는 성향이라면 그럴 가능성이 크다. 내 에너지가 소진되는 일은 최대한 피하고, 그 일을 해야만 한다면 C 에너지 이상은 쓰지 않는다. 어떤 업무에 관심을 두는지 내가 정한다는 사실을 기억한다면, 학계의 업무 가운데 내 에너지를 완전히 연소시키는 것을 멀리하는 요령도 터득할 수 있다.

에너지를 ABC로 분류하는 체계를 따르면 자신에게 진정으로 중요한 학술 업무에 에너지를 쏟으며 자기 존중감과 성취감을 얻을 수 있다. 학과 업무, 강의, 연구를 구분하지 않고 지쳐 쓰러질 때까지 에너지를 공평하게 퍼붓는다고 결과가 늘 좋지는 않다. 연구뿐만 아니라 강의나 학사 업무도 전혀 즐겁게 할 수 없다. 에너지를 업무에 맞춰 배분할 수 있으면 이 직업을 온전히 누리며 삶에서 보람을 느낄 가능성이 급격하게 커진다.

그럼 날마다 A 에너지를 학술 연구에만 쏟아도 B 업무와 C 업무는 괜찮을까? 일일 계획표 거꾸로 쓰기를 확인해보니 괜찮았다. A 시간에 글을 써도(혹은 A 시간에 글을 써야만) 다른 업무를 처리하는 데 지장이 없었다. "딱 하나만 더" 한다는 핑계로 글은 안 쓰고 이메일, 채점, 수업 준비로 A 시간을 보내는 날은 어땠는지 거꾸로 쓴 일일 계획표로 검토해봤다. 그랬더니 그 시간을 헛되이 보냈고 가장 중요한 업무를 잘할 기회를 놓쳤다는 사실이 확실히 드러났다. 연구를 못 하니 마음속에 좌절, 불안, 죄책감이 쌓인다.

자신의 에너지를 제대로 파악하여 적절하게 배분하자. 정말이지 직장과 가정에서 해야 할 일은 산더미처럼 쌓여 있고, 업무의 종류도 아주 다양하다. 그러므로 여러 방식으로 일을 처리해야 한다. 에너지를 쓰면 받을 수도 있게 하여 자신에게 예의를 갖추자. 그리고 가장 좋은 에너지를 가장 중요한 일에 소중하게 쓰자.

3부

글쓰기에 대한
미신

자주 기분 좋게 글을 쓰려면 먼저 할 일이 있다. 학계가 글쓰기를 지지하지 않는다는 사실을 인정하고, 숙련공의 태도를 취하고, '연구 과제 상자' '감정 환기 파일' '매일 15분 쓰기'라는 세 가지 길들이기 방법을 사용하고, 시간·공간·에너지를 확보해야 한다. 모두 글쓰기 생산성을 기르는 기본 토대를 이루는 일이다.

그래도 글 쓰는 과정에는 예상하지 못한 방해가 나타날 수밖에 없다. 2부에서 살펴본 기본 방법을 전부 써도 글이 쓰기 싫고, 실망하고, 안 써지기도 한다. 3부는 이처럼 효과적인 방법을 써도 글을 쓰다가 시련이 생긴다는 사실을 전제로 한다. 여기서는 글쓰기와 관련하여 우리가 자신에게 하는 이야기가 어떤 식으로 장애가 되는지 살펴본다. 그리하여 스트레스는 낮고 보상은 큰 상황에서 자주 좋아하는 글쓰기 과제를 할 수 있도록 우리 앞에 버티고 훼방 놓는 미신을 인지하고 깨부수라고 한다.

8장

우리는
드라마의 주인공이
아니다

학계에 들어선 사람들은 온갖 극적인 서사를 쓰느라 바쁘다. 자신의 학과나 "연구 분야"를 배경으로 한 드라마에 등장하는 주인공인 양 진실을 밝히겠다고 흥분한다. 그런 식으로 이야기를 꾸미면 감정적으로 동요하게 되므로 사건의 진상이 어떤지, 어떻게 대응하는 것이 맞는지 냉철하게 파악하기가 어렵다.

날마다 책상에 앉아 꾸준히 글을 쓰거나 글이 안 써지는 이유를 고민하는 대신, 내가 꾸며낸 이야기를 근거로 그럴싸한 핑계를 댄다. 숙련공의 태도, 길들이기 방법, 시간·공간·에너지를 확보하는 방도 같은 건 깡그리 잊어버린다. 위원회와 학과에서 벌어지는 드라마에 적극적으로 뛰어들면서, **그런 사건**을 구실로 삼아 글을 안 쓰는 자신을 정당화한다. 그리고 날마다 최소 15분은 글을 쓰기로 했다는 사실이 기억날 때까지 계속 이렇게 산다.

불교에는 인간이 무언가를 독사라고 믿기만 해도 신체 반응이 일어나는 현상을 두고 전해오는 유명한 이야기가 있다. 심장박동이 증가하고 온몸이 공포로 마비되는 느낌이 들며 공황을 겪는다. 하지만 독사가 아니라 동그랗게 말린 동아줄이라는 걸 깨닫자마자 공황 증세는 말끔히 사라진다.

대부분 학술적 글쓰기는 동아줄처럼 무해하다. 글이든 삶이든 어떤 문제가 생기는 순간 독사로 변한다. 우리는 글을 못 쓰게 되는 과정이나 이유, 그로 인해 자신과 자신의 미래에 끼치는 영향 등에 대한 무시무시한 이야기를 지어내는 데 엄청난 에너지를 소모한다. 하지만 이제 글쓰기가 평범한 동아줄에 지나지 않는다는 걸 인지하고 글을 써나갈 줄 알아야 한다.

흔히 하듯 글을 쓰려고 분투하는 것일 뿐인데 자신의 능력이나 상황에 치명적인 문제가 있다고 과장하는 순간 드라마에 빠져든다. 잠시 글쓰기를 쉬는 것일 뿐인데도 앞으로 절대 글을 쓰지 못하게 될 거라는 징조라며 두려워하거나, 글을 쓰다가 생기는 평범한 문제들을 학자로서 부적격하다는 증거라고 단정하거나, 단순히 처리해야 하는 일거리가 늘어난 것일 뿐인데도 사악한 세력이 우리를 겨냥해 글쓰기를 방해한다고 믿는 등 모든 일을 극적으로 해석한다.

글을 쓰고 투고할 때까지는 효과적으로 하다가 출판 단계에 이르면 모든 걸 극적으로 받아들이기도 한다. 동료나 편집자가 심사평을 잘 써주든 나쁘게 써주든 모두 부정적인 신호로 해석한다. 원고를 수정해달라는 요청을 자신이 무능하다는 증거로 본다. 하지만 부정적인 피드백을 받는다거나 편집자가 원고에 대해 조언하는 건 글을 쓰다 보면 흔하게 겪는 일이다(꼭 그래야만 할 때도 많다).

현대 사회와 지구에서 벌어지는 총체적인 상황과 학과 정치 싸움, 취업 시장, 고등 교육 등도 드라마가 된다. 날마다 틀어박혀 학술적인 글을 쓰며 전혀 새로울 것 없는 일상을 보내던 이들은 이와 같은 주제로 짜릿함을 느낀다. 여기서는 여러분이 온갖 상상의 나래를 펼치며 감정을 소모하는 대신 생산성을 올릴 수 있는 비결을 알려주려고 한다. 내가 등장하는 드라마에 빠져들지 말고 매일 충실하게 글을 쓰면 된다. 매일 글을 쓰면 쓸수록 글쓰기를 무서운 독을 품은 뱀이 아니라 평범한 동아줄로 여기게 된다.

우리는 대부분 자신이 글 쓰느라 분투한다는 사실을 남에게 알리지 않으므로 다른 사람의 도움을 받아 넓게 바라보며 균형 있는 관점을 잡지도 못한다. 부정적인 생각을 혼자 감당하며 공포와 자기 의심으로 괴로워한다. 나에게 안 맞는 연구 과제를 선택한 걸까? 내가 학계에 맞는 사람이긴 한 건가? 글을 못 쓰는 시간이 길어질수록 내 머릿속에서는 더 자극적인 드라마가 펼쳐진다. 학문의 세계는 공허하고 아무 의미 없는 데다 사기꾼까지 득시글거린다! 이렇게 살다간 정신이 망가져! 우스꽝스럽고 의미도 없는 명령을 시킨다고 꼭 따라야만 하는 거야?

이게 바로 평범한 동아줄을 독사로 착각하여 실체가 없는 공포에 사로잡힌 사람이 하는 행동이다. 자신이 현실을 매우 과장하여 받아들인다는 점을 인지하고 요령 있게 대응하면, 머릿속에서 드라마를 연출하지 않은 채 매일 조금이라도 글을 쓸 수 있게 된다.

드라마에 빠져들지 않기란 매우 어렵다. 이렇게 특별한 사건에 등장하는 자신이 정말 중요한 인물인 것 같은 기분이 들기 때문이다.

역사에 기록될 정도로 획기적인 업적을 이루려면 어떤 일을 해야 하는가로 열띤 토론을 하는 등 학계에서는 거창한 이야기가 일상이다. 앞서 숙련공의 태도를 다룬 장에서 언급했듯이, 학자들은 글쓰기 기술을 연마하는 법을 배우고 있으면서도 정작 자신을 도제로 여기는 건 꺼린다.

글쓰기 과제든 감정 환기 파일이든 상관없이 매일 글을 쓸 수 있도록 글쓰기와 관련된 망상을 인지하고 떨쳐버려야 한다. 학술적 글쓰기는 얼핏 보기엔 독사 같아도 실은 둥글게 말아놓은 동아줄이다.

9장

악마와
진솔한 대화를
나누자

마음에 드는 연구 과제와 관련된 글을 효율적으로 쓰고 있을 때도 글
쓰기에 대한 저항감을 느낀다. 이런 저항감은 글쓰기에 대한 잘못된
미신, 즉 무의식적으로 자신의 정체성과 자신이 쓰는 글에 대해 가진
잘못된 믿음을 버리지 못할 때 생긴다. 글쓰기의 미신에 한번 사로잡
히면 마음에 상처가 생기고, 효율적으로 글을 쓰지 못하고, 글이 써
지지 않게 된다.

　어린 시절에 어떤 친구는 "take for granted(당연히 여기다)"라는 말
을 "take for granite(돌에 새기다)"라고 잘못 알았던 적이 있다. 글쓰기
에 대한 미신을 신봉하게 되면 무언가 잘못되었음을 인지하고 해결
할 때까지 마치 "돌에 새겨" 놓기라도 한 듯 없애기 어렵다. 연구 주
제를 선택하고, 연구비 지원 사업을 신청하고, 자료를 수집하고, 초

고를 쓰고, 원고를 수정하고, 특히 제출 혹은 재제출할 때와 같이 다양한 상황에 부닥치면 미신을 따르게 된다.

감정 환기 파일은 그런 미신의 부산물을 가득 배출하는 곳이다. 내게 어떤 글쓰기 미신이 있는지 알아보는 가장 좋은 방법은 마음속의 미신이 하는, 이야기를 경청하는 것이다. 내가 사로잡혀 있는 미신은 이러하다. "연구 과제도 형편없는데 방향도 잘못 잡아서 절대 완성할 수 없을 거야. 어차피 완성할 능력이나 자질도 없잖아. 행여 완성하더라도 아무도 관심 없을 거고 혹시 알게 되더라도 나를 공격하거나 비웃을 게 분명해." 글쓰기에 대한 미신에 사로잡히면 이런 생각과 감정이 따라온다. 여기에 대응하는 최고의 방법은 정확히 무엇을 "돌에 새겼다"고 생각했는지 파악하는 일이다.

우리가 흔히 믿는 미신은 이런 것들이다. 필생의 대작에 관한 미신(내 글은 웅장한 대작이어야 한다), 적대적인 독자에 대한 미신(적군이 하는 모든 비판을 견뎌내야 한다), 사기꾼에 대한 미신(내가 사기꾼임이 드러난다), 비교에 대한 미신(나 자신은 평가하지 않으므로)이다. 한편, 글쓰기 과정과 관련된 미신도 있다. 정돈된 책상에 대한 환상(신경 쓰이는 자잘한 일들을 먼저 처리해야만 글이 써진다), 완벽한 첫 문장에 대한 환상(일단 완벽하게 시작하면 나머지는 쉽게 된다), 자료 수집에 대한 환상(관련 연구는 모두 확실히 읽어두는 게 먼저다)이다. 이어지는 장에서 이런 미신을 모두 자세히 살펴볼 예정이다.

어떤 친구가 존경하는 멘토를 위해 논문을 쓰느라 힘들어하기에 얼마 전에 만나봤다. 왜 그러냐고 물었더니, 친구는 시간이 부족하고 연구 주제도 약하다는 등 문제를 줄줄이 늘어놨다. 그러다 갑자기 울면서 호소했다. "난 자격이 없어. 난 선생님을 위해서 논문을 쓸 만한 사람이 못 돼."

바로 그 순간, 여태껏 글을 쓰지 못한 이유를 늘어놓던 친구가 갑자기 자신의 진짜 문제가 뭔지 깨달았다. 미신에 빠지면 그럴듯한 이유로 글을 끝내지 못하는 상황을 정당화하게 된다. 시간이 없고, 공간이 불편하고, 에너지가 바닥나서 글을 못 쓴다고 말한다. 하지만 연구 과제를 정리할 수 없고, 매일 15분간 글쓰기도 안 될 때 감정 환기 파일을 찬찬히 다시 읽어보면 쓰지 못하는 이유를 찾을 수 있다. 글쓰기에 대한 미신은 생각에 관한 생각, 즉 메타인지이므로 깊이 감춰진 공포나 감정을 인지하고 해결하는 데는 비효율적이다. 이 목적에는 감정 환기 파일이 적합한데, 자기 자신에게 연구 과제나 글을 쓰는 과정에 대해 솔직히 털어놓는 이야기이기 때문이다.

글쓰기에 대한 미신은 억압된 감정으로 발현하므로 해결하기가 어렵다. 우리는 억눌린 감정이 있어도 모른 척 무시하거나 숨기거나 절대 나오지 못하게 밑바닥에 눌러놓는다. 하지만 일단 미신을 먹고 자라난 감정이 돌에 새겨진 듯 또렷하게 자리 잡으면, 우리는 그렇게 살 수밖에 없다. 멘토의 논문 작업을 하는 친구도 사기꾼에 대한 미신과 필생의 대작에 대한 미신에 완전히 사로잡힌 나머지, 자신이 자격이 없다는 느낌이 들어도 별 저항도 하지 못했다. 충분히 능력과 동기를 갖추고 있는데도(처음에는 시간이나 연구 주제가 불충분하다며 합리화했던) 연구 과제를 감정적으로 대하느라 못하고 있었다.

나는 내 친구가 자기 말대로 "뭔가 보여줘야" 한다고 생각하지 않는다. 글이 안 써지면 극단적인 자기혐오에 빠질 수 있다. "난 게을러터졌어. 원칙도 없어. 책상 앞에 꼭 앉아 있어야 한다고. 주말마다 연구실에 틀어박혀 글을 써야만 해."

그렇다고 말로 자신을 추켜세워줘야 한다는 건 아니다. 자신은 소중하고 가치 있는 존재라고 포스트잇에 써서 거울이나 욕조에 붙여둔다고 깊은 공포나 억누른 감정이 해결되지는 않는다. 달라질 것을 강요하거나 가치를 긍정하는 말을 한다고 해서 마음속에 또렷하게 자리 잡은 미신이 사라지지도 않는다. 친구의 논문은 이런 말이나 수년간의 상담으로 쓸 수 있는 게 아니었다. 친구는 일단 자신의 이야기를 경청하고 이해한 후에 그 말을 믿을지 결정을 내려야 했던 것이다.

티베트 불교에는 온갖 사념을 제압하려고 하는 시도는 헛될 뿐임을 알려주는 일화가 있다. 위대한 성자 밀라레파Milarepa(1052~1135)는 동굴에 갇힌 채 옆에 달라붙은 악마들을 온갖 방법으로 물리치려 해보지만 아무 소용없다. 그러던 어느 날 마음을 열어야 한다는 깨달음을 얻고 악마들에 대해 알고 싶어진 성자는 그들을 초대해 차를 마시며 담소한다. 뜻밖에도 차담이 끝나자마자 악마들은 사라졌다. 이와 마찬가지로, 우리의 글쓰기를 방해하는 악마들을 무시하거나 제압하는 대신 진실한 **대화를 나눌** 수 있다면 더는 악마처럼 굴지 않을 것이다.

악마와 대화를 나누는 것이야말로 자신이 부족하다고 자책하는 동료에게 내가 추천한 방법이자 독자에게도 권하는 제안이다. 글을 쓰다가 생기는 문제가 시간·공간·에너지에 한정되면 좋겠지만 현실은 그렇지 않다. 이 책에서 알려준 글을 쓰기 위한 효과적인 방법을 활용해도 계속 글쓰기에 저항감을 느낀다면 그 문제만 있지 않다는 게 확실하다.

다음은 글쓰기에 방해가 되는 미신을 파악하는 데 도움이 되는 책들이다. 로잰 베인Roseanne Bane의 《작가의 벽에서: 뇌과학의 관점으로 본 슬럼프Around the Writer's Block: Using Brain Science to Solve Writer's Resistance》, 빅토리아 넬슨Victoria Nelson의 《작가의 벽에 대하여: 창의력에 관한 새로운 접근법On Writer's Block: A New Approach to Creativity》, 제인 앤 스토 Jane Anne Staw의 《작가의 벽을 뚫고: 글쓰기를 위한 실질적인 안내서Unstuck: A Supportive and Practical Guide to Working Through Writer's Block》를 참고하자.

좋아하는 연구 과제이고 짧은 시간 동안 자주 글을 쓰는 데도 글이 계속 안 써진다면, 글을 방해하는 악마들을 차담에 초대하자. (적대적으로 대하거나 비판하지 말고) 자신이 들려주는 이야기에 귀를 기울이자. 글쓰기에 대해 어떤 것을 "돌에 새겼다고" 믿는가? 그런 믿음은 참인가? 만일 참이고 그로 인해 고통스럽다면, 자신을 어떻게 도울 수 있는지 써보자. 그 믿음이 거짓이라면, 어떤 믿음이 정확하고 합리적일까?

악마와 대화할 때는 온화하게 하자. 무언가 거부하는 데 에너지를 낭비하지 않게끔 싸우거나 회피하거나 부인하지 않아야 한다. 그 대신 호기심을 가지고 마음을 열자. 악마들이 뭐라고 말하는가? 악마들이 하는 말에 집중하여 귀 기울이자. 사실을 말하거나 유용한 말을 한다면, 진지하게 받아들이자. 하지만 글쓰기를 방해하는 미신을 떠들고 있다면, 듣지 않아도 된다. 책상에 억지로 앉아만 있다거나, 공허한 말로 지지하거나, 문제를 모른 척하는 것보다 악마의 말을 공감하며 경청하는 것이 글쓰기 문제를 해결하는 데 훨씬 효과적인 접근법이다.

아무리 유명한 학자라도 글을 쓰면서 경험하는 모순, 두려움, 불안을 피하지 못한다. 검증되지 않은 글쓰기에 대한 미신에 한번 사로잡히면, 부정적인 감정이 생기고 쓸데없이 에너지를 낭비한다. 아무 문제 없다는 듯이 가장하거나 굳은 의지로 글쓰기를 방해하는 악마를 제압하려고 시도할 수도 있다. 이와 같은 전략은 오래가지 않는다. 그보다는 자신이 어떤 미신에 빠져 있는지 정확히 아는 게 중요하다. 그러니 나를 괴롭히는 악마의 정체를 알아내어 진솔한 이야기를 나누자.

10장

필생의 대작을
쓸 필요는
없다

영향력 있는 걸작, 다시 말하면 필생의 대작을 써야 한다는 믿음은
학자가 가장 쉽게 빠지는 해로운 미신이다. 필생의 대작에 대한 미신
에 사로잡히면 이보다 더 잘 쓰기란 불가능하다는 평을 들을 만한
저술을 내겠다고 다짐하고, 그런 글을 쓰지 못하면 치욕스러워한다.
좌절과 자기혐오를 오가는 악순환이 거듭되며 생산적인 글쓰기가 어
려워진다. 필생의 대작을 남겨야 한다는 미신에 빠진 사람은 자신이
그만큼 능력이 없음을 증명하게 될까 봐(그래서 사실이 드러날까 봐) 글
쓰기 과제를 피한다.

내가 대작을 남겨야만 한다는 미신에 처음 빠져든 건 박사학위
논문을 쓰면서였다. 정말 멋진 논문으로 오랜 학생 시절을 정당화하
고, 교수님들이 내게서 보았다던 "가능성"도 보란 듯이 증명하고 싶

었다. (살짝 숨겼던) 수많은 잘못된 시도와 방황으로 얼룩진 세월을 제대로 인정받고 싶기도 했다. 하지만 글을 쓰라고 자신을 몰아붙일수록 더 대단한 논문을 써야 한다는 생각만 강해졌다.

그러던 어느 날, 비참한 마음도 달래고 영감도 얻을 겸 선배들이 쓴 논문을 찾아봤다. 커뮤니케이션학과 도서관 지하 서고에는 커다란 철재 책장에 지도교수를 비롯해 존경하는 교수들이 쓴 박사학위 논문과 선배의 논문이 잔뜩 꽂혀 있었다. 놀랍게도 조명을 받으며 장엄한 음악이 나오는 공간에 따로 전시되어 있지 않았다. 논문의 무덤처럼 보일 정도로 그냥 무더기로 쌓여 있었다. 논문은 모두 너무도 훌륭해서 그걸 쓴 이가 박사학위를 받거나 취직이 되는 건 당연해 보였다.

그 순간 나는 박사학위 논문은 흥미 있는 주제를 효율적으로 다룬, 전문가 수준의 원고일 뿐 현세를 초월할 만한 대작이 아니어도 괜찮다는 걸 깨달았다. 내가 할 일은 그저 서가의 책더미에 괜찮은 수준으로 쓴 원고를 하나 더하는 것뿐이다. 몇 년 후 나는 그 일을 해냈다. 이 분야를 뒤집을 만큼 획기적이진 않으나 나름의 기여도가 있는 논문을 써서 박사학위를 받았고, 첫 직장을 얻었고, 생산성 있는 학자가 될 수도 있었다.

우리는 지적인 영광을 꿈꾸면서도 그 수준에 부합하지 못하는 글을 쓰느라 수년간 분투한다. "넌 훌륭해! 정말 똑똑하다고! 힘내, 엄청난 일도 해낼 수 있어!"라는 긍정적인 확언으로 그런 자신을 격려할 수도 있다. 아니면 "네가 뭐라도 된다고 생각하는 거야?" "이건 쓰레기야" "집어치워"라고 자책하며 호되게 자기를 몰아붙여도 좋다. 논문 서고에서 느낀 건, 나라는 사람의 가치를 증명하거나 세상을 바꿀 만한 무언가를 쓸 필요가 없다는 점과 그냥 동료가 남긴 논문 옆에 꽂아둘 무언가를 쓰면 된다는 점이었다.

그러니 자신이 필생의 대작이라는 덫에 걸려들었다는 자각이 들면 한 걸음 물러서서 숙고하자. 내가 쓰는 모든 글이 세상을 변화시켜야만 할까? 학교에서 오랜 시간을 보낼 수밖에 없었다고 둘러대고 싶은 걸까? 아니면 지금 있는 이 자리나 다른 자리라도 아무튼 거기에 걸맞은 사람이라는 걸 증명하고 싶은 건가? 안식년을 보냈고 연구교수로 다녀왔으니 마땅히 연구 결과를 내야만 한다는 건가? 아직도 부모님, 고등학교 시절 선생님들, 교수님들에게 이 글로 능력을 인정받고 "기대주"가 되고 싶은 건가? 그것도 아니라면, 단순히 생각을 명료하게 정리하고 내 연구 분야에 공헌하기 위해 글을 쓰는 걸까?

당연히 대부분 가치 있는 연구를 할 만한 기술과 역량을 갖추고 있을 것이다. 하지만 필생의 대작이라는 미신을 신봉하게 되면, 자신에게 그 정도 능력이 없다는 걸 알면서도 이 분야에서 최고의 반향을 불러일으킬 업적을 남겨야 한다는 집착을 버리지 못한다. 그런 믿음은 사실도 아니고 아무 근거도 없다. 그보다는 지금 진행 중인 대화에 자신도 일정 부분 공헌한다고 믿는 편이 훨씬 타당하다.

내 박사학위 논문 지도교수였던 제임스 케리James W. Carey는 실제로 미디어학 분야에서 한 획을 그은 인물이다. 그런 대학자인 교수 역시 (내 생각에는) 나름대로는 필생의 대작에 대한 미신을 따르다가 작가의 벽에 부딪혀 고통받았다. 제자들은 케리 교수가 가장 권위 있고 획기적인 책을 출판할 거라고 수년간 기대했지만, 그런 일은 일어나지 않았다. 그러다가 그는 몇 가지 가능성을 염두에 두고 학술

서적을 집필하기로 계약했다. 하지만 결국에는 필생의 대작이 아닌 일련의 혁신적인 논문으로 명성을 떨쳤고, 그 논문은 나중에 (다른 사람들의 헌신적인 노력으로) 책으로 출판되었다.

케리 교수는 은유로 "대화conversation"라는 용어를 썼다. 학부생 대상 입문 강의에서 케리 교수는 대중문화를 우리가 태어나기 전부터 이어온 대화에 비유했다. 우리는 사람들이 죽고 난 후에도 오랫동안 대화는 계속될 것임을 인지하고 그런 사실에 고무되어 대화에 공헌하는 법을 배운다는 것이다. 그는 우리의 임무는 선대의 것을 배우고 최대한 공헌하여 후세에 도움이 되도록 하는 일이라고 학생들에게 강조했다.

그 역은 성립하지 않겠지만, 대화라는 관점으로 보면 필생의 대작에 대한 미신에서 해로움을 제거할 수 있다. 현재 우리가 처한 특수 상황에서 최대한 대화에 공헌하는 데 전념하면 되는 것이다. 이러한 관점으로 글을 쓰면, 필생의 역작을 써내야 한다는 생각에 사로잡혀 그 수준이 안된다고 수치스러워할 때보다 훨씬 더 글쓰기를 잘할 수 있다.

필생의 대작을 남기려고 고집하지 말고, 과거에서 물려받은 영감과 죽고 나서도 후대에 물려질, 일부에 지나지 않을 수도 있는 사상으로 지금 진행 중인 대화에 열심히 공헌하고 있다고 생각하자. 앞선 세대의 유산을 토대로 지금 최선을 다해 연구하여 후대에 도움을 주기로 한다.

케리 교수가 제안한 대화는 이렇듯 협업으로 학술 업적을 만드는 일이다. 반면에, 필생의 대작에 대한 미신은 개인성과 호전성을 모두 보인다. 기본적으로 자신이 혼자서 다른 경쟁자들을 한꺼번에 무찌를 만큼 눈부시게 빛나는 연구를 내놓아야 한다고 믿기 때문이다. 내 저술은 마땅히 너무 훌륭해서 아무도 무시하거나 능가하거나 비웃지 못할 정도가 되어야 한다고 믿는다. 완벽한 경지를 얻어 비난을 모면할 방도 같아 보이므로 악마들이 많이 나타나고 결국 견고한 글쓰기는 되지 않는다. 필생의 대작을 남기려고 집착하는 사람은 그 나름의 가치가 있는 소소한 성공에는 관심이 없고 오로지 거창한 환상만을 좇는다.

걸작을 남겨 영광을 누리겠다면서 부족한 능력이 드러날까 두려워하는 건 그만두자. 학자라면 누구나 학문적으로 우수하고 싶은 욕심이 있기에, 아무리 자신의 능력을 최대한 발휘해 쓴 저술이라도 걸작은 결코 될 수 없다는 사실이 견디기 힘들다. 하지만 지금 하는 연구 과제가 동료를 압도하고 역사에 한 획을 그을 만한 대작이 아니어도 괜찮다. "힘든 상황에서 탈출하는 계기"라든가 "시련을 견디는 일"보다 낫다면 그것으로 충분하다.

나는 학계에서 필생의 대작만 고집하다가 파국적인 결과를 맞이한 사례를 자주 목격한다. 그런 유형 가운데 하나는 자신이 학문 연구에 들인 노력을 폄훼하고 부정하는 행위를 하는 것이다. 그런 사람들은 비현실적인 기대를 하면서 거기에 부응하지 못했다는 이유로 자신의 연구를 비웃는다. 당사자도 불행해지고 연구는 더 부실해진다. 영광을 누리겠다는 꿈을 꾸는 것과 부족한 능력이 드러날까 두려워하는 것 사이에서 현실적인 절충안을 찾기보다는, 기대에 못 미치는 글이라도 "쏟아내기"로 결정한다. 끝내 최고 수준의 연구물을 내겠다는 각오와는 멀어지고, 자신이 가진 꿈에 비해 능력이 한참 모자란다는 사실이 드러나서 창피당하느니 차라리 글을 안 쓰기로 한다. 이런 사람들은 자신은 글을 "정당하게 행동하기" 위해서 쓴다고 주장하지만, 그조차 높은 기대치를 만족시키지 못한 자신을 정당화하려고 하는 말이다.

필생의 대작에 대한 미신이 낳은 또 다른 유형은 동료를 경멸하는 부류다. 자신의 연구가 우월해야 하므로, 대작은 역시 아무나 못 쓴다며 타인의 글을 하찮게 평가한다. 그들이 주로 하는 일은 다른 사람의 글에서 허점을 찾아내는 것이다(자격 미달에 가까운 자신의 저술에 관심을 두지 못하도록). 이 유형은 자기도 별 차이 없는 주제에 다른 사람을 깎아내리면서 자기가 더 낫다고 느낀다. 타인을 헐뜯을 목적으로 하는 비평은 본인의 글쓰기에 도움이 안 될뿐더러 학과, 단과대, 대학교, 연구 분야 전체의 분위기까지 크게 해친다.

생산성 있는 학자는 자신의 연구를 존중하며, 다른 사람의 연구를 비하하는 데 시간을 허비하지도 않는다. 내 경험으로, 동료를 경멸하는 사람은 악의적인 이상주의자로, 다른 사람을 잘 비웃고 높은 이상에 연구물의 수준이 따르지 못하는 자신을 타인에게 투사하는 경향이 있다. 이런 유형은 계속 냉소적이고 생산성이 떨어진다.

필생의 대작에 대한 미신으로 인해 글쓰기가 주춤할 때는 자신이 어떤 영광을 원하는지, 수치심, 냉소, 경멸, 자기 의심과 같은 감정을 느끼는지 살펴봐야 한다. 그러려면 그와 같은 악마들을 초대해 진솔한 대화를 나누어야 한다. 그래야 냉소주의에 빠지지 않고 효율적인 방안을 찾으며 글쓰기를 계속할 수 있다.

자신이 필생의 대작에 대한 미신을 믿고 있었음을 인지하면 그런 근거 없는 믿음에도 이유가 있다는 걸 알게 된다. 학자가 수준 있는 연구로 자기 분야에서 인정을 받고자 하는 건 존중받아야 한다. 현재 수준보다 발전하기 위해 노력하는 것도 당연하며, 자신의 연구물을 보고 실망하고 좌절할 수도 있다. 다만, 최선을 다하고 싶다는 이유가 아니라 필생의 대작을 남기겠다는 목적에서 글을 쓰려 한다면 그런 감정적 반응 때문에 글을 쓰지 못하게 된다는 것을 알아야 한다. 다시 없는 대작을 남겨야 한다는 생각에 사로잡히면, 목표가 너무 거창하기도 하고 자신이 너무 수치스럽기도 해서 글을 못 쓴다. 마음에 상처를 받아 연구 분야에 자신만 가능한 공헌도 못 한다.

숙련공의 태도로 글을 쓰면 필생의 대작에 대한 미신을 타파할 수 있다. 지금 내가 알고 있는 방법과 기술로 내 연구 분야에서 최선을 다함으로써 진행 중인 거대한 대화에 공헌해야 한다. 내가 아니어도 다른 누군가가 계속 나타나 이 대화를 만들어나갈 건 분명하다. 오래전부터 이어온 대화에 참여한다는 것은 과거의 사상과 담론을 지금 존중하면서 내 목소리까지 거기에 더할 수 있다는 의미다. 대화에 참여함으로써 우리의 목소리가 변화를 가져오고 후세에 도움이 되기를 희망해야 한다.

우리가 하는 과제 글쓰기는 영원이 아닌, 순간에 속하는 일이다. 내 저술로 내가 하는 연구 분야의 한쪽 귀퉁이만이라도 좀더 정확해지고, 통찰력이 더해지고, 사람들의 흥미를 끌 수 있다면, 그것으로 충분하다. 그런 의미에서, 매일 과제 글쓰기를 충실하게 하는 행위는 학계가 지금 진행 중인 대화의 발전에(획기적인 전환이 아닌) 함께하겠다는 의지를 보여주는 것이다.

11장

사기꾼
증후군을
조심하라

평생의 대작에 대한 미신에 빠지면 우리가 자신의 진정한 능력을 감춘 채 사람들을 속였다는 또 다른 미신도 따르게 된다. 이른바 사기꾼 증후군이다. 남들 눈에 능력 있고 성공한 학자로 보이지만 지금 하는 글쓰기 과제로 인해 진실이 드러나게 될 것이다. 이제 우리가 사실은 자질이 부족하고 학계에 어울리지 않는 외부인이라는 걸 숨길 수 없게 된다.

학자가 된다는 건 평가가 가장 기본적인 "업무"인 길드에 소속된다는 것이다. 학생이었을 때도 교수가 되어서도 줄곧 하는 일이 평가하거나 평가당하는 것이다. 교수는 주로 연구 실적으로 평가받는다. 이 길드에 정상적으로 소속되어 있음을 증명하려면 여러모로 엄청난 에너지를 써야 한다. 평생을 두고 자신이 가치 있는 존재임을 증명하다 보니 결점을 숨기고 연기하는 데 능숙하다. 흔히 말하듯이 "굉장한 지식인인 듯 연기하라. 감정을 통제하고 침착하게 행동하라."

누구나 자신의 부족한 능력을 일단 숨기는 습관이 저절로 사라지길 바랄 것이다. 박사학위를 받거나 정년 심사를 통과하면 겁에 질려 내달리지 않을 거라 생각할 것이다. 하지만 적어도 내 경험으로는 석좌교수가 되고 이력서가 수십 장이 돼도 무언가 불완전하다는 느낌은 사라지지 않는다. 사기꾼 증후군이 미신인 이유는 많은 성취를 했더라도 여전히 자신이 부족하다고 믿기 때문이며, 이는 사실 여부와는 상관이 없다. 사기꾼에 대한 미신에 빠지면 자신이 자격이 없다는 속마음을 남에게 들키지 않으려고 온갖 행동을 한다.

사기꾼 증후군이 있는 사람은 모든 일이 완벽하게 잘되는 척 가장한다. 나도 대학원생 시절에 우울증, 불안, 복잡한 사생활, 학자로 사는 삶에 대한 회의 등으로 힘겹게 몸부림치면서도 아무 문제 없는 척했다. 실은 사실을 숨기려고 온 힘을 짜냈다. 겉으로는 최대한 자신만만하고 편안한 표정으로 다녔다. 미소를 얼굴에 장착하고 모든 일이 순조롭다는 듯 행동하는 법을 몸에 익혔다. 내가 사기꾼 같다는 느낌이 드는 건 당연했다.

그뿐만 아니라, 자격 미달이라는 느낌을 숨기기 위해 재수 없게 굴었다. 어떤 동료 교수들은 공격적인 자세를 취하며 학생, 소속 학과, 이사진, 동료를 가리지 않고 줄기차게 비판했다. 상대를 공격하면서 우월감을 느끼고 안정감도 얻는 듯했다. 이런 유형은 자신의 사기꾼 증후군을 다른 사람을 조롱함으로써 해소한다.

문제는 사기꾼처럼 행동하면 생산성 있는 글쓰기를 하지 못한다는 데 있다. 글쓴이는 자신의 저술로 검열받고 비판받고 평가받으므로, 글쓰기란 일종의 자기 폭로다. 글쓰기는 자신의 "자아"를 측정하는 도구와도 같아서, 진정한 자신의 모습이 대외적으로 내세우는 이미지와 현저하게 다르면 글은 나오지 않는다.

사기꾼에 대한 미신에 굴복하게 되면 자신을 자기 의심이라는 우리에 가둔다. 현재 연구실, 도서관, 현장 등에서 진행되는 연구가 정말 괜찮기는 한 걸까? 최선을 다해 과제를 할 방법을 모색하는 대신 (의식하든 하지 의식하지 않든) 자신이 어떻게 보이는지에 집착한다. 자격이 부족한 듯 보이는 건 싫으니 다른 사람의 저술을 공격하거나, 자신의 원고를 수정하지 않겠다고 하거나, 학생들을 괴롭혀야 직성이 풀린다.

생산성 있는 글쓰기는 자신이 아니라 연구에 초점을 둘 때 가능하다. 투사하고 싶은 이미지나 원하는 효과가 아니라, 말하고자 하는 것에 집중해야 한다. 그러므로 생산성 있는 저자가 되려면, 우리에게 사기를 치는 악마를 초대할 방도를 찾아 이야기를 들어봐야 한다.

한편, 사기꾼 증후군은 우리가 학문적인 이상에 몰두하고 있다는 증거이기도 하다. 실제보다 능력 있어 보이고 싶은 마음이 강하니까 남을 속이는 기분이 든다. 자격 미달임이 "발각"될까 봐 두려워하는 건 학계의 일원으로 인정받고 싶은 열망이 그만큼 크기 때문이다. 존경하는 동료와 함께 수준 있는 연구를 하고 싶은 마음은 존중할 만하다.

그러므로 자격이 부족하다는 생각까지 수치스러워할 이유는 없다. 존경받고 싶은 마음이 강해서 생기는 정상적이고 흔한 감정이다. 학계에는 지적 능력이 출중하고 야심이 강한 사람들이 많다. 여기서는 수준 높은 학문 연구가 존중받는다. 모두가 훌륭한 연구를 해내겠다는 이상을 품는다. 옆에 있는 동료가 존경할 정도로 온 힘을 다해 수준 있는 학문 연구에 몰두한다.

사기꾼에 대한 미신이 있다는 건 또 다른 의미가 있다. 아직 학계의 정식 일원이 아니라서 바깥에서 서성이며 학계라는 안쪽 세상을 들여다보는 중인 것이다. 때에 따라서 얼뜨기가 됐다가, 벼락부자 같이 느끼다가, 이긴 척하는 낙오자가 된 것 같기도 하다. "그들"은 모든 걸 가졌지만 나에게는 아무것도 없다. 누군가의 겉모습(내가 보는 남의 모습)과 자신의 현실(실제로 드는 기분)을 비교하는 전형적인 태도다.

사기꾼 증후군을 정면으로 마주하기는 상당히 어렵다. 자신이 얼마나 자주 사기 치는 느낌이 드는지를 솔직히 인정하는 사람은 거의 없다. 하지만 일단 가면을 내려놓으면, 들킬지도 모른다는 두려움은 줄어들 가능성이 있고 결국 줄어들게 될 것이다. 학계가 갑자기 개인적인 약점을 가진 사람을 이해해주지는 않을 것이다(그런 날은 안 오겠지만). 그렇더라도 자신이 사기꾼 같다는 생각이 들면 감정 이입을 잘하는 동료를 찾아 도움을 청할 수 있다. 솔직한 태도는 공포심을 누그러뜨리는 데 좋다. 아무리 성공한 사람이라도 자기 능력에 의구심을 품고 힘들어한다는 걸 알면 훨씬 마음이 가벼워질 수 있다.

자신이 때때로 사람들을 속인다는 기분이 든다고 솔직히 인정하면, 오히려 이러한 감정이 일어나게 된 원인인 글쓰기로 돌아가기가 수월하다. 중요한 것은 학술적 글쓰기의 핵심은 자신의 가치를 증명하는 게 아니라 학계에 공헌한다는 데 있다는 점이다. 연구의 질과 글 쓰는 이의 인간적 가치에 상관관계가 있다는 생각을 버려야 사기꾼 증후군에 빠져 감정 에너지를 소모하지 않는다.

사기꾼에 대한 근거 없는 미신에 빠져 있었다는 걸 솔직히 인정할 때 (연구가 아니라) "글쓰기에 최적화"된다. 필생의 대작에 대한 미신을 신봉하면 연구 과제를 실제보다 거창한 무언가로 보고, 사기꾼 증후군에 빠지면 **자신**을 거창한 사람으로 여긴다. 소위 말하는 "열등감에 시달리는 병적인 자기중심주의"다. 글쓰기를 기술이나 통찰력같이 자신의 능력과 동일시하면 자신이 무능하다고 생각할 수밖에 없다. 그 대신, 연구 과제와 과제 수행에 필요한 기술 연마에 집중한다면, 과제 글이 훨씬 잘 써질 것이다.

자신의 연구 과제를 평가받으려고 "내놓으려면" 용기가 있어야 한다. 자신이든 다른 사람이든 누군가의 기대에 못 미치는 저술을 내놓는 일은 고통스럽다. 그래도 우리는 두려움을 인정하고 어떻게든 나아가야만 한다. 자격이 부족하다는 느낌이 들어도, 자신이 훌륭한 연구에 전념하고 있다는 신호로 받아들이고 거기에 익숙해져야 한다. 또한 글쓰기의 핵심은 저술이지 자신이 아니라는 점도 기억해야 한다. 우리는 언제나 도제이고 조금씩 더 발전하는 법을 배우는 중이다. 도제가 도제가 아닌 척하면 사기꾼이다.

12장

책상이
꼭 정돈될 필요는
없다

"정돈된 책상 미신"이란 글쓰기에 전력하기 전에 해야 할 일을 모두 해결해야만 한다는 그릇된 믿음이다. 학계에서 가장 흔하고 해악을 끼치는 미신 중 하나다.

최근에 열린 교원 글쓰기 워크숍에서 교수 여섯 명은 자신이 난항을 겪던 과제 글에 세 가지 길들이기 방법을 활용해보기로 했다. 교수들은 연구 과제 상자를 정리하고, 매일 15분씩 글이든 감정 환기 파일이든 하나는 꼭 쓰기로 했다. 그리고 일주일 후에 만나서 진행 상황을 점검하고 다음 단계를 모색하기로 했다.

두 번째 모임 바로 전날이 되자, T 교수가 첫날 배운 방법을 하나도 쓸 수가 없었다며 워크숍에 참석할 수 없다고 전체 메일을 보냈다. 일이 너무 많아서 글을 쓸 시간을 낼 수 없었고, 채점이 급해서 모임에 오지 못한다고 알렸다. T 교수는 그다음 주는 출장이 있지만, 오랫동안 손을 놓고 있는 연구는 꼭 하고 싶으니 모든 일이 정리되면 워크숍은 계속하고 싶다고 덧붙였다.

T 교수는 "정돈된 책상"에 대한 미신에 사로잡혀 있었고, 지금까지 그렇다. 그녀는 다음 책을 써야 한다고 했다. 처음에는 하루 15분 글쓰기 정도는 당연히 할 수 있다고 자신했다. 워크숍은 봄방학 바로 전에 있었기 때문에 수업을 다시 시작하기 전에 일주일은 온전히 쓸 수 있었다. 그런데도 T 교수는 우리가 배운 세 가지 길들이기 방법을 시도해보지도 않고, 먼저 처리할 다른 일이 너무 많다는 걱정부터 했다.

첫 모임에서 이미 A, B, C 시간을 분류했으므로 T 교수는 짧게라도 꾸준히 글을 쓰는 일을 채점보다 우선순위에 두어야 한다는 것도 알고 있었다. 심지어 스트레스가 낮은 환경에서 자주 글을 쓰는 것이 장기적으로 글쓰기 생산성을 올리는 비결이라는 점도 알고 있었다. 이렇게 모든 정보와 조언을 충분히 받았고 동료들의 지지까지 있었지만, T 교수는 하루에 15분도 쓰지 못했고 봄방학은 그렇게 끝났다. 그녀는 진심으로 "모든 일이 정리되어야만" 글을 쓸 수 있다고 믿었다.

T 교수를 제외한 다른 교수들은 생각이 달랐다. 다른 교수들에게도 다른 일이 많이 있었다. 이들에게도 다음 주는 글쓰기에 좋지 않았다. 매일 15분 글쓰기를 미루고 싶다는 강한 충동을 자주 느꼈다. 하지만 다섯 명의 교수들은 이러한 유혹에 굴복하지 않았고, 첫날 배운 방법들을 활용해 못 쓰고 있던 글을 다시 쓰기 시작했다. 글쓰기로 난항을 겪으며 에너지를 소진하고 있었던 교수들에게 조그만 성

공은 큰 위로가 됐다. 길들이기 방법으로 연구뿐만 아니라 본인에게도 자신감이 생겼고, 계속해서 발전을 이뤘다.

교수들은 글쓰기 그룹을 결성해 저술을 활발하게 하며 지금도 정기적으로 만난다. 하지만 정돈된 책상이 꼭 필요한 T 교수는 이 모임에 오지 않는다. 몇 달 동안 계속 초대했고 그룹 메일도 보냈지만, 계속 "너무 바빠서" 꼭 완성해야만 한다는 그 책은 쓰기 힘들다고 했다. 무언가 다른 문제가 있는 게 확실하다. 하지만 T 교수가 책상을 완벽하게 정돈해야만 글이 써진다는 핑계를 버리지 않는 한, 문제는 해결되지 않을 것이다.

중요한 것은 **상황은 절대로 저절로 정리되지 않는다**는 점이다. 게다가 안정되지도 않는다. 받은메일함은 언제나 확인해야 할 메일로 가득하다. 언제나 책상에는 일거리가 쌓여 있다. 늘 우리 생각보다 훨씬 많은 일이 벌어지고 있다. 그래도 글쓰기를 최우선으로 두면 충분한 시간과 관심을 들이면서 하게 된다. 그렇게 하지 않으면, 글쓰기가 아닌 다른 일만 하게 된다. 유난히 복잡하고 힘든 일만 일어나는 날도 있지만, 글쓰기와는 무관한 일들을 잘 처리할 수 있다. 짧게 자주 글쓰기를 계속하면, 특히 잘 처리할 수 있게 된다.

일일 계획표 거꾸로 쓰기를 하면 자신이 시간을 어떻게 쓰는지 파악할 수 있다. 앞서도 말했지만, 나는 황금 시간을 이메일 확인과 수업 준비로 보내고 있었다. 일정으로 가득 찬 하루를 보내는 와중에, 방해받지 않고 긴 시간을 내서 글쓰기에 전념하기란 정말 어렵다. 시간을 많이 낼 수 없다면, 짧은 시간이라도 규칙적으로 글을 써야 한다. 그걸 "모든 일이 정리되면" 하는 게 아니라, 매일 해야 한다.

매일 짧게 글을 쓰는 시간이 방해받지 않게 하는 일이 왜 그렇게 중요할까? 일단 학사 일정을 보고 주말이나 단기방학이나 여름방학 등 "나중에" 쓸 자유 시간이 있으리라는, 잘못된 기대를 할 가능성이 있어서다. 우리는 지금은 불가능하더라도 나중에는 분명 시간이 생길 거라고 믿는다. 하지만 수업이나 교수위원회 업무가 없어 여유가 생겨도, 책상에는 가족, 휴식, 집 수리 같은 일이 산더미처럼 쌓여 있을 게 분명하다.

정돈된 책상에 대한 미신에 빠질 때 생기는 또 하나의 문제는 글쓰기 작업으로 인해 생기는 불편한 감정을 "너무 바쁘다"라는 핑계로 회피하고 합리화하게 된다는 것이다. "할 일이 너무 많다"며 한숨을 쉬던 T 교수가 바로 이 경우다. 자신도 모르는 감정 응어리를 연구 과제 탓으로 돌리고, 바쁘다면서 회피하려 한다. 하지만 회피함으로써 치르는 대가는 엄청나다.

연구 과제에서 한번 손을 떼면, 시간이 흐를수록 다시 쓰기 힘들어진다. 감정 환기 파일을 쓰고 동료에게 조언을 구하고 불쾌한 감정을 제대로 인지하는 것이 아니라 다른 일에 집중한다. 일이 많아서 글쓰기를 못한다고 변명하곤 한다. 대부분 사람은 미신에 빠지면 무의식적으로 그런 핑계를 댄다. 연구 과제가 난항을 겪을 때 효과적으로 대처하는 방법은 22장에서 살펴볼 것이다. "너무 바빠서"라는 이유가 사실일 수도 있지만, 여기에서는 그 자체로 내적인 장애 요인일 수도 있다는 점만 짚어두겠다.

삶에서 벌어지는 현실을 제대로 인지하면 완벽한 책상 정리가 필요하다고 믿을 필요가 없다. 언제나 그렇듯이 현실은 고통스럽다. 다섯명의 교수로 구성된 교원 글쓰기 그룹에서 1년 동안 일어난 일만 봐도 그렇다. 자동차 사고로 치명적인 중상을 입은 일(회복에 수개월이나 걸렸다), 심각한 병에 걸린 딸, 학과장의 사망, 노부모에게 닥친 수많은 위기, 부당한 법적 소송에 휘말린 사건, 이사업체의 과실로 가보가 훼손되는 사고, 전면적인 치아 치료 등 우리 교원글쓰기프로그램 구성원들은 각종 사건을 겪는 와중에도 소속 학과에서 일어나는 일들을 해결하고, 학회, 외부 강연, 가족 여행까지 완벽하게 해내야 했다.

그뿐만 아니라, 수업 준비, 회의 참석, 보고서와 추천서 작성, 채점 등 교수의 일상적인 업무도 처리했다. 사건의 규모나 통제 가능 여부와는 상관없이 일어난, 이와 같은 난관에도 불구하고, 우리 글쓰기 그룹 구성원들은 자신이 진행하는 연구 과제에서 손을 떼지 않으며 글쓰기에 진척을 보였다.

(조만간 혹은 언젠가) 막연히 상황이 좋아지겠거니 믿는 태도를 버리면, 할 일이 아무리 많아도 바로 지금 글을 쓰기 위한 시간을 확보할 수 있다. 이런 생각만 해도 식은땀이 난다면, 현재로서는 글쓰기처럼 부담스러운 일을 하나 더 하는 게 내키지 않는다는 뜻이다. 지금 삶도 너무 벅찬데 뭘 하나 더 한다니, 생각조차 하기 싫은 것이다.

정돈된 책상에 대한 미신을 깨려면, 학자에게 학술 연구란 싫은데 억지로 하는 의무가 아니라는 점을 기억해야 한다. 학문 연구는 **학자가 자발적으로 전념하는 일**이자 자신이 몸담은 분야에서 행복하고 성공을 거두기 위해 해야만 하는 일이다. 그냥 "딱 하나만 더 하는 일"이 아니다. 학자로서 가장 중요한 일이기도 하다. 좋아하는 연구와 관련된 글을 서로 도움을 주고받으며 스트레스가 낮고 보상이 큰 상황에서 자주 쓸 수 있다면, 진정으로 즐겁고 보람 있게 글쓰기에 몰두할 수 있다.

날마다 자신이 굳게 믿는 무언가에 몰두할 수 있으니 글을 쓰는 시간은 안식처에 있는 것과 같다. 우리는 학문 연구에 쓸 시간을 확보함으로써 자신에게 중요한 문제에 책임을 다해야 한다. 그처럼 열심히 노력한 끝에 얻을 수 있는 것이 학자의 삶이다. 그리고 학자라면 당연히 연구를 위해 매일 조금 할애하는 시간을 최우선으로 삼아 소중하게 지켜야 한다.

앞서 나는 길들이기 방법을 소개한 장에서 글쓰기를 산책하러 나가자고 조르며 참을성 있게 기다리고 있는 강아지와 같다고 했다. 내가 완벽하게 책상 정리를 마쳐야만 산책할 수 있다면, 강아지는 절대 집 밖으로 못 나갈 것이다. 강아지를 산책시키는 일이 의무가 아닌 특권이라는 점을 잊어버리기 쉽다. 시간이 많지 않아 강아지를 데리고 한 바퀴 정도 돌지만, 일단 매일 단 몇 분이라도 이 녀석을 데리고 나가면 긴장이 풀리고 기분도 좋아진다. 불안감도 훨씬 덜 느끼게 되는, 단비 같은 휴식 시간이다.

글쓰기를 의무가 아니라 귀중한 특권으로 보면, 강아지 산책과 글쓰기는 정말 비슷하다. 다양한 업무를 처리하는 와중에도 연구를 할 수 있으니 특권이 맞다. 삶이 버겁게 느껴지더라도 학자들은 규칙적으로 글쓰기를 하며 위안을 얻고 휴식할 수 있다. 짧은 시간이나마 날마다 규칙적으로 연구 과제를 하면, "책상 위에" 쌓여 있는 다른 업무도 훨씬 수월하게 느껴질 것이다.

13장

적대적 독자를
두려워하지 말자

비판에 대한 두려움이 있으면 연구 과제의 구상에서 제출까지 학술적 글쓰기의 모든 과정이 힘들 수 있다. 우리는 글쓰기의 모든 단계마다 자신을 지키며 공격에 대항한다. 글쓰기를 방해하는 다른 미신과 마찬가지로, 글 좀 쓰려면 어김없이 "적대적 독자에 대한 공포심"에 사로잡힌다.

두려운 건 당연하다. 일련의 독자가 우리의 학술 연구를 엄중하게 검토한다. 심하게 비판적인 독자는 악의를 가지고 공격할지도 모른다. 상처도 받을 것이다. 다른 사람들의 의견을 진지하게 받아들이면 더 완벽하고 포괄적인 글쓰기를 할 수 있다. 그러나 적대적인 독자에 대한 공포심에 사로잡히면 그게 불가능해진다. 우리의 저술에 대해 다른 사람이 하는 말로 상처받거나 완전히 망가질까 봐 무의식적으로 깊은 공포심을 느끼는 것이다.

주로 적대적인 독자에 대한 공포심 때문에 "작가의 벽writer's block"이 생긴다. 요령 있게 대응할 줄 모르면 차라리 글을 안 쓰는 것이다. 어떤 동료 교수는 이렇게 설명한다. "글이 허접하다는 소리가 싫으면, 그냥 아무 글도 안 쓰면 된다."

독자의 공격이 무서우면 어떤 비평이라도 방어할 수 있는 글을 쓰려고 한다(물론 실패한다). 이런 경우에는 완곡하면서도 화려하게 꾸며 쓴 글, 호전적이고도 거창한 문체의 글, 기계적이고 박력 없는 글 등 최악의 학술적 글쓰기로 나타난다. 어떤 연구 분야의 학자라도 머릿속에 적대적인 독자가 자리 잡는 순간 연구는 멈추거나 방해받거나 손상된다.

학계는 다른 사람의 연구를 끊임없이 검토하는 체계로 이루어져 있다. 제대로 작동하기만 한다면 다른 사람의 비판적인 반응을 토대로 우리의 저술은 향상될 것이다. 하지만 심사 과정은 냉혹하고 명확하다. 글 쓰는 이를 위협할 정도다. 그러므로 수준 높은 학문 연구를 하려면 잔인하고 독단적일 수도 있는 심사 체계를 감당하며 연구할 줄 알아야 한다.

적대적인 독자에 대한 공포심에 사로잡힌 사람이라면 논문을 투고하는 일이 늑대 소굴에 들어가는 것처럼 두려울 것이다. 동료들이 내가 쓴 최고의 글을 산산조각으로 부숴버릴 수도 있다(정말 그럴지도 모른다). 심사위원들이 나의 역작에 덤벼들어 갈기갈기 찢어버릴 수도 있다(그럴 수도 있다). 글 쓰는 이가 필살의 공격을 받게 된다고 믿으면 (그리고 그걸 피하고자 하면) 좋은 글을 쓸 수 있을까?

희열에 찬 독자를 향한 희망은 적대적인 독자에 대한 공포심과는 반대되는 개념이다. 영국의 문학 편집자인 다이애나 아틸Diana Athill은 어떤 인터뷰에서 "당신은 정말 훌륭해요"라고 몇 번이고 계속 작가들에게(노벨문학상과 부커상 수상 작가인 비디아다르 수라지프라사드 나이폴 Vidiadhar Surajprasad Naipaul과 《제인 에어Jane Eyre》의 속편인 《광막한 사르가소 바다Wide Sargasso Sea》의 작가로 유명한 진 리스Jean Rhys 등) 말해주는 일이 편집자의 주요 업무라고 실토했다. 그 유명한 아틸이 편집을 맡을 정도로 성공한 작가조차 긍정적인 확언이 필요했다니 충격이었다.

많은 사람이 랠피와 같은 일을 꿈꾼다. 1987년 개봉된 〈크리스마스 이야기A Christmas Story〉라는 영화의 주인공 랠피는 공기총에 대해 쓴 자신의 보고서를 읽고 기절할 듯 감동한 선생님에게 A+++++라는 점수를 받을 거라고 믿는다. 하지만 실제로 선생님은 랠피의 문법을 고치고, C+를 주고, 경고까지 한다. "내가 너의 눈을 쏴 버릴 거야." 우리는 독자들을 기절시킬 만큼 감동을 주리라는 희망과 굴욕을 당할지도 모른다는 두려움 사이에서 현실적인 중간 지점을 찾아야 한다.

다시 말하면, 학술적 글쓰기는 희망과 두려움이라는 악마 둘을 동시에 불러온다. 이해와 존경을 받고 싶다는 비현실적인 희망과 무자비하게 공격당할 것이라는 비현실적인 두려움이다. 두 악마와 친교를 맺는 데는 다음의 전략들이 도움이 된다.

첫째, 글에 대한 부정적인 평가가 개인에 대한 비난이 아니라는 점을 명심하자. 부정적인 평가를 받는 경험을 **비인격화**해야 하는데, 글 쓰는 이가 아니라 연구를 비판했기 때문이다. 글 쓰는 이와 저술을 명확히 구분하기란 쉽지 않지만, 행복한 연구를 위해서는 꼭 필요하다. 저술은 우리가 선택한 기술이다. 따라서 우리 자신이 아니라 우리가 하는 일일 뿐이다. 초안에 빨간 펜으로 휘갈겨 쓴 피드백은 우리를 공격하는 게 아니다. 현재 이 시점에 우리의 결과물에 대해 보인 반응일 뿐이다. 나 자신이 아니라 내 연구의 한 예가 평가받은 것이다.

둘째, 앞으로는 비판을 **다른 말로 표현하는** 지지의 한 형태라고 부르자. 신중한 비평은 선물이나 다름없으므로 잔혹한 비판을 겁내지 말고 독자의 귀중한 조언을 기대하며 들어야 한다. 동료나 심사위원은(보상을 거의 받지 않거나 조금만 받고) 시간과 관심을 들여가며 자세한 피드백을 준다. 글이 더 좋아지도록 돕는다. 어떤 평가를 받을지 몰라도 도움이 되는 피드백을 원하며 글을 쓸 수 있다. 그러니 나중에 올 비판을 시련이라고 보지 말고 내 글의 발전을 돕는 선물로 여기자.

셋째 전략은 감정 환기 파일이다. 글 쓰는 이야말로 가장 통렬한 비평가일 터이니, 감정 환기 파일을 잘 읽어보면 상상 속의 적대적인 독자가 할 말을 정확히 알게 된다. **내 머릿속에 어떤 비평가가 있는지 인지하고 나면,** 공포감은 훨씬 줄어든다. 그러니 최선을 다해 감정 환기 파일에 진짜 악랄한 독자의 비평을 쏟아내자. 먼저 선수를 치는 거다. 그리고 나서 (가상의) 악랄한 독자에게 씩씩하게 대처하자.

어떤 조언자, 동료, 심사위원도 연구에 대해 우리가 품은 깊은 두려움을 촉발하지 않는 한 우리를 무너뜨릴 수 없다. "초대해야 할" 적대적인 독자는 바로 투사된 자신이다. 감정 환기 파일에다 상상할 수 있는 최악의 감정을 쏟아붓고 난 후, 이에 최대한 공감하며 반응하자. 우리가 상상할 수 있는, 가장 추악한 모습을 마주한다 해도 괜찮다는 걸 스스로 증명해야 한다.

넷째 전략은 나를 지지하고 내가 신뢰할 수 있는 실제 인물이 가상의 적대적인 독자가 되는 것이다. 실제로 내가 대학원생 시절에 도움이 된 전략이다. 내가 글쓰기로 힘들어한다는 사실을 알고, 다른 대학에 있는 어떤 젊은 교수가 "자기에게" 논문을 써보라고 제안했다. 그 교수는 내 논문 주제를 중요하게 여겼기 때문에 이 전략이 실제로 도움이 됐다. 나는 논문심사위원회가 "컨트리음악 연구"라는 논문 주제를 무시할지도 모른다며 몹시 두려워했다. 논문 심사 교수들이 경멸할 것 같은 논문을 쓰다가 나도 쓰레기처럼 폐기될지도 모른다는 공포심이 있었다. 교수 친구가 미래의 조력자이자 독자라고 상상하니, 논문이 거절되거나 조롱당할지도 모른다는 공포심이 들지 않아 연구 자체에 집중할 수 있었다. 나를 무너뜨릴 것 같은 비판이 아니라 건설적인 수정이 가능하겠다고 생각하는 것도 도움이 됐다. 그리고 나는 공포감 없이 논문심사위원회에 논문을 최종적으로 제출했다.

적대적인 독자에 대한 공포감으로 인해 글이 안 써진다면, 지금 소개한 네 가지 전략을 시도해보자. 미래의 독자가 적대적으로 나올 것 같으면, 먼저 어떤 글을 쓰는지 냉정하게 파악하고, 그에 대해 감정 환기 파일을 쓰고, 다시 글을 쓰자.

도움이 되는(희열에 들뜨지 않은) 독자를 상상해보는 것도 좋다. 최고 점수를 받지 않아도 우리는 무너지지 않는다. 이와 같은 전략을 활용해 비판에 대한 두려움에 대응하면, 현실의 독자가 할 비평을 견딜 수도 있고 도움도 받을 수 있다.

유능한 사람은
남과
비교하지 않는다

상대 평가는 학술계의 링구아 프랑카lingua franca(서로 다른 모국어를 사용하는 사람들이 의사소통하기 위해 공통어로 사용하는 제3의 언어-옮긴이)다. 유치원 시절부터 점수를 받기 시작한 우리는 현재의 체계에 맞춰 살아왔다. 그래서 열심히 노력하면 1등을 할 거라고 예상한다.

대학원에 오면 "최고" 수준에 도달한 수많은 우등생을 만난다. 아마 성적곡선방법grading on a curve(전체 학급의 성적을 기준으로 과제에 대한 성적을 할당하는 상대적 채점 절차로 대부분 학생이 원점수보다 더 좋은 점수를 받게 된다-옮긴이)으로 채점하지 않은 건 처음일 것이다. 기대에 전혀 미치지 못하는 성적을 받는다. 자연스럽게 "다른 누군가와 비교하면" 뒤처진다는 생각에 초조하다.

글쓰기와 관련된 미신은 대부분 현실을 토대로 한 믿음에서 출발

한다. 이제 유리하게 조정한 성적을 받거나 "최고가 되는 일"은 없을 거라는 사실을 뼈저리게 느낀다. 아무리 노력해도 누군가보다는 뒤처질 수밖에 없다. 아무리 투고해도 권위 있는 학술지에 게재되지 않을지도 모른다. 우리가 한 권을 출판할 때 남들은 여러 권을 낸다. 여러 권을 출판했지만, 권위 있는 출판사는 아닐 수도 있다. 유명한 출판사에서 열 권을 냈는데도, 남들만큼 영향력이 없을 수도 있다. 이런 일은 계속 있다. "다른 누군가와 비교하면" 기분이 언제나 나쁘다.

비교로 자신을 무너뜨리지 않으려면, "나보다 나은" 학자들은 늘 있다는 사실을 인정해야 한다. 조정된 점수로 등급을 올려 받던 학생 시절은 끝났다. 나보다 더 글을 잘 쓰고 식견도 있고 생산성까지 갖춘 동료는 많다. 남과 비교하는 문제를 해결하려면 현실을 인정하고 자유로워져야 한다. 일단 비교에 집착하면 긍정적이든 부정적이든 계속 비교만 하게 된다. 부족한 자신을 인지할 때마다 자신을 질책하면 고통스럽게 살 수밖에 없다.

자신이 상대적으로 생산성이 좋다고 자만해도 고통스러워진다. "더 못하다"라고 느끼는 이면에는 "더 낫다고" 느끼고 싶은 의도가 숨어 있다. 생산성, 영향력, 출판에서 다른 사람을 압도하고자 노력하는 사람들이 있다. 글쓰기로 점수를 매기고 기뻐한다. 다른 사람을 낙오자로 전락시키고, 자기는 당연하다는 듯이 보기 드문 최상위 학생으로 살아간다.

남과 비교만 하면, 글도 그렇지만 인격도 기형이 된다. 최선을 다해 글을 쓰기보다 외부 평가에 초점을 둔다. 언제나 평가받고 있긴 하지만, "최고가 되는 일"을 도덕적인 의무로 삼을 필요는 없다. 다른 사람보다 얼마나 많이 출간하느냐가 아니라 이 분야에 얼마나 공헌하느냐에 초점을 두고 "규모에 맞게 글쓰기에 최적화"하면 된다.

학술적 글쓰기의 가치는 한 가지 척도로 측정하지 않는다. 채용, 정년보장, 승진심사위원회는 학문적 생산성을 올리기 위한 지침들에 근거하여 연구 실적을 검토한다. 글을 투고하면 전문적인 심사 과정을 거쳐 상대적인 피드백을 받는다. 하지만 피드백이 연구 논문의 수준을 정확하게 평가하거나 나의 인간적인 가치를 측정하는 것은 아니다.

특정 동료들이 어떤 목적에 따라 모호하게 (혹은 자의적으로) 세운 규준에 글이 부합하는지 판단하는 것이 기관 심사다. 누군가가 현재의 학계에서 어느 정도 성공할지 판단하는 데 필요한 정보를 제공한다. 정신적으로 힘든 과정이지만, 약해질 필요는 없다. 특정 동료들과 해당 기관의 규준에 따라 저술을 검토한 뒤 주는 피드백이니 그러려니 하고 받아들이자. 심사를 받으면서 개인적으로 "다른 사람과의 비교에 대한 미신"에 빠져들지 않도록 조심해야 한다.

비교에 집착하면 자신이 학자로서 어떤 사람이 되어야 한다고 믿는지 적나라하게 드러나므로 파괴적인 결과를 낳는다. 누구나 남보다 뛰어나고, 두각을 나타내며, 특별히 가치 있다고 인정받고 싶어한다. 학문 연구를 기술이 아니라 자신의 가치를 평가하는 도구로 본다. 학과, 연구 분야, 대학교, 국가, 세계, 과거 등 어느 영역이든 거기서 뽑힌 우수한 인물과 자신을 비교하면 문제가 생긴다. 그들의 훌륭한 연구를 자신의 허술한 결과물과 비교하고 열등감을 느낀다.

이런 식으로 비교에 집착하면, 역효과가 나서 글쓰기가 더 어려워진다. 다른 사람이 쓴 글의 장단점에 집중하면 자신의 글이 불편하다. 사람마다 능력, 기술, 훈련 정도가 다르듯이 소위 글쓰기 기질도 다르다. 어떤 사람은 글쓰기를 좋아하고, 수월하게 하고, 잘한다. 또 어떤 사람은 글쓰기가 싫지만, 기술을 연마하여 만족스러운 수준으로 쓴다. 글을 "써야만" 하는 게 싫지만, 열심히 연구하여 괜찮게 쓰는 것이다. 자신의 글쓰기 과정을 타인과 비교해봤자 도움이 안 된다. 그보다는 다른 사람이 구사하는 기술을 배워서 자신의 특성을 살리며 글을 쓰는 편이 효과적이다.

이 책은 학술적 글쓰기는 외적·내적으로 지원이 필요하다는 점을 전제로 한다. 글쓰기를 방해하는 요소는 명확히 밝혀 걸러내야 한다. 나는 개인적인 글쓰기 코칭으로 동료들이 다양한 기법과 전략을 파악하고 실험하도록 돕는다. 궁극적인 목표는 각자가 자신의 글쓰기 코치가 될 수 있게 하는 것이다.

유능한 코치가 "더 못하다" "더 뒤처져 있다" "더 느리다"라고 학생을 남과 비교하며 비난할까? 타인의 업적을 들먹이며 학생이 패배자처럼 느끼게 할까? 당연히 그렇지 않을 것이다. 학생을 괴롭히면 오히려 의욕이 저하되기 때문이다.

유능한 코치가 학생의 자신감을 북돋우기 위해 다른 사람의 재능을 깎아내릴까? 다른 사람을 헐뜯고 우쭐해지라고 할까? 당연히 그러지 않는다. 글쓰기 기술은 그런 식으로 발전하지 않는다.

유능한 코치는 학생의 강점을 활용해 목표를 달성하도록 돕는다. 남과의 비교가 이미 습관이 되어버렸다면, 최고 수준의 연구에 필요한 것을 찾아 활용하게 하며 비교하는 습관을 바로잡는다.

글을 쓰면서 의심, 두려움, 장애에 맞서 싸우지 않는 사람은 거의 없다. 굉장히 수월하게 훌륭한 저술을 생산하는 사람도 그건 마찬가지다. 슬럼프에 빠진 동료와 많은 저술을 생산하는 동료 모두 만나

봤지만 불안해하는 건 똑같았다. 생산성이 좋은 동료는 자기에게 맞는 방법을 잘 활용했다. 희망, 두려움, 노력은 비슷해도, 생산성 있는 사람은 남과의 비교로 자신을 평가하지 않고 자신의 수준에서 최고의 저술인가에 집중하며 글쓰기 기법을 효과적으로 활용한다.

다른 대학에서 열린 워크숍에서 참가자로 만난 케빈은 구두점 하나만으로 비교의 함정에서 벗어날 수 있다고 예를 들어 설명했다. 우리는 언제나 자신이 충분히 잘하는지 불안해한다. 하지만 우리의 연구가 충분하고 또한 좋다고 믿는 건 어떤 걸까. "good enough(충분히 좋은가)?"라고 칠판에 쓴 케빈은 이어서 물음표를 지우고 두 단어 사이에 마침표를 넣었다. 그러자 "good. enough(좋다. 충분하다)"가 되었다. 엄청난 차이다.

남과 비교함으로써 자신이 약해지지 않게 기술을 최대한 활용하여 성실하게 연구하자. 뛰어난 학자들과 학과, 대학, 연구 분야, 세상이라는 장소에서 함께 연구하는 것을 기뻐하고 감사하자. 서로 배우고 영감을 주면서 글쓰기를 계속하자. 우리의 연구는 우리 자신만 할 수 있다는 점을 잊지 말자. "동료"와 비교 따윈 하지 말고, 내 연구를 위해 할 수 있는 일만 하자. 잘해보자. 그걸로 충분하다.

15장

완벽한
첫 문장을
기대하지 마라

어떤 사람들은 첫 문장이 완벽해야만 글을 쓸 수 있다고 한다. 그들은 자신이 표현하고자 하는 의도를 제대로 나타내지 못하는 문장을 붙들고 오랜 시간 씨름한다. 그렇게 시간을 들여 다듬어도 마음에 들지 않을 때는 실망하며 "글이 안 써진다"라고 결론짓는다.

그런 사람에게, 딱 맞는 첫 문장을 쓰고 싶다는 희망을 효과적으로 이룰 방법 몇 가지를 알려주겠다. "완벽한 첫 문장"에 대한 미신을 깨려면, 먼저 글을 쓸 때 꼭 거쳐야 하는 최소한의 단계들이 있다는 걸 알아야 한다. 바로 사전 쓰기prewriting, 초고 쓰기drafting, 수정하기revision, 편집하기editing라는 네 단계다.

완벽한 첫 문장을 얻기 위해 문장을 다듬으며 분투하는 사람이라면 수정하기와 편집하기는 좋아할 것이다. 가장 큰 문제는 어떻게 사전 쓰기와 초고 쓰기를 효과적으로 하느냐다. 수정하고 편집하려면 써놓은 글이 있어야 하기 때문이다. 먼저 초고에 근접한 글을 사전 쓰기와 초고 쓰기 단계에서 쓰고, 그다음에 그것을 다듬어 원고를 완성해야 한다.

모든 글은 사전 쓰기부터 해야 한다. 글을 쓰기 전에 이미 내용 요소는 모두 모아놓았더라도, 어떻게 배열해 독자에게 내놓을지 정확히 결정되지 않았을 수 있다. 사전 단계는 글쓰기에서 눈에 띄지 않지만 매우 중요한 단계다.

글로 무언가를 전달하려면 심사숙고해야 한다. 글은 다양한 방식으로 구성될 수 있으므로 여러 가능성을 놓고 탐색해야 한다. 완벽한 첫 문장을 중시하는 유형은 지면이 아니라 머릿속으로 그 과정을 진행한다. 마음에 꼭 드는 문장을 찾으려면 아이디어, 주장, 증거를 잇달아 효과적으로 배열하기 위해 반추해야 한다. 글쓰기의 미신에 빠지는 건 출발점만 완벽하면 나머지 조각들은 요술처럼 저절로 자리 잡는다는 믿음에 집착하기 때문이다.

완성된 글에 꼭 알맞은 첫 문장이 나타날 때까지 머릿속으로만 글을 쓰는 일은 효율적이지 않다. 사전 쓰기는 이와는 완전히 다르다. 글에 쓸 수 있는 내용과 구조들을 검토하여 얻은 여러 (임시) 가능성을 지면이나 화면에 글로 먼저 표현하기 때문이다. 아이디어와 어구들은 불완전하고 적절하지 않을 수도 있다. 이렇게 임시로 애벌 배열하기가 과제 글쓰기 과정에서 가장 중요한 첫 단계다.

고등학교에서는 형식적인 개요 작성이 가장 효과적인 사전 쓰기 전략이라고 배웠다. 하지만 나는 융통성 없이 숫자로 매겨진 단계를 따라 개요를 만들기가 싫었다(지금도 그렇다). 그 방법 대신, 지면에 연필로 정제되지 않은 아이디어나 어구를 쓰고, 화살표를 치고, 동그라미로 강조하고, 가로줄을 치며 지운다. 그러다 보면 쓰고 싶은 글을 구성하는 요소가 보인다. 기업에서 브레인스토밍할 때 쓰는 "말풍선"과 비슷하다. 내가 하는 사전 쓰기는 머릿속에 들어 있던 생각을 끄집어내 비선형적인 형태로 마구 지면에 옮기는 단계다. 나중에 안 보더라도 신경 쓰지 않고, 일단 간편하게 생각을 활성화하는 데 쓰는 서식이다.

형식적인 개요 작성이 편하다면 그렇게 하면 된다. 하지만 형식에 맞춰야 해서 불편하다면, 다른 방법을 찾아보자. 연필로 쓰기 어색하면 컴퓨터, 태블릿, 휴대전화 등 스크린에 다양한 글꼴과 색상으로 사전 쓰기를 할 수 있다. 혹은 중심어와 중심 구절이 적힌 포스트잇이나 플래시 카드를 마음에 들 때까지 재배열하는 것도 좋다.

또 다른 사전 쓰기 방법은 "중요하지 않은" 자유로운 글쓰기다. 피터 엘보Peter Elbow가 쓴 논문 〈자유로운 글쓰기와 밀과 잡초의 문제 Free-writing and the problem of Wheat and Tares〉[*]는 이 방법을 특정 예시를 들어 자세히 보여준다. 문장, 유창성, 문법, 철자법, 구두점이 틀려도 되니 주제와 관련된 것을 생각나는 대로 후다닥 마구 쓰자. 다시 읽지 말고 계속 쓰자. 숙고하거나 수정하지 않고, 글의 응집성도 무시하고 일단 쓰는 것이다. "정확한 출발점"을 찾지 말고, 이 장에서 할 말에만 초점을 두어야 한다. 애벌로 쓴 거친 초고를 일단 완성하고 나면,

[*] 엘보의 논문은 다음 책의 3장에 실렸다.
Koseph M. Moxley and Todd Taylor eds.
Writing and Publishing for Academic Authors
(Lanham, MD: Rowman and Littlefield, 1997).

자유롭게 쓴 임시 첫 문장을 다시 다듬어 진짜 첫 문장으로 만들 수 있다.

우리가 쓰려는 건 첫 문장이 아닌 초고다. 초고는 엉망으로 써도 괜찮다. 작가 지망생의 글쓰기 필독서인 《쓰기의 감각Bird by Bird》(1994; 최재경 옮김, 웅진지식하우스, 2018)의 저자 앤 라모트Anne Lamott는 "똥같이 쓴 초고shitty first draft"라는 표현도 쓴다. 우리도 라모트처럼 초고를 쓰자. 글쓰기에는 여러 단계가 있고, 사전 쓰기와 초고 쓰기에서는 엉망일 수밖에 없음을 명심하자. 아무리 마음에 안 들어도 이제 아주 중요한 것이 준비됐다. 다듬어서 발전시킬 견고한 초고가 생긴 것이다.

첫 문장에 대한 미신에 사로잡혀 글을 못 쓰고 있다면, 완벽주의는 버리고 일단 생각나는 대로 글을 마구 쓰고 난 뒤, 수정하기와 편집하기 단계에서 마음껏 다듬고 고치자. 틀린 서식, 호응하지 않는 문장, 형편없는 초고를 진흙 덩이처럼 가지고 놀며 마음에 드는 글로 빚어내자. 읽을 만한 수준이 될 때까지는 아무에게도 보여주지 않아도 된다. 지금 단계에서는 진흙 덩이를 후다닥 메어치고 내던지면서 일단 내용을 쌓는 일이 먼저다.

완벽한 전문을 끌어낼 만한 첫 문장을 쓰느라 고통받지 말고, 원래 글쓰기는 엉망으로 갈겨 쓰는 것으로 시작한다고 생각하자. 글은 수정과 편집을 거치면 다듬어진다. 완벽한 첫 문장에 대한 미신에서 벗어나려면 사전 쓰기와 초고 쓰기에서 적극적으로 불완전함을 만끽해야 한다.

글이 조잡하면 굉장히 불안해하는 사람도 있다. 완벽주의자는 초기 단계에서도 글을 엉성하게 쓰기 싫어한다. 모든 과정에서 "정확한" 말만 쓰려다 보면, 문장 두어 개를 계속 다듬고 배열하며 계속 컴퓨터 앞에 앉아 있게 된다. 지면을 채우는 데 너무 오랜 시간이 걸리는 데는 이런 이유도 있다.

다행히 우리는 수정하고 편집하는 데 재능이 있다. 주제에 맞춰 마구 후다닥 쏟아내 초고를 만들고 난 뒤에 완벽주의자 기질을 마음껏 발휘해도 된다. 수정과 편집 단계에서 정확한 말만 쓰고 싶은 욕구를 마음껏 충족시킬 수 있다. 마구 던져놓은 문장들을 알맞게 배치할 수도 있다. 완벽한 첫 문장은 초고 중 어디에서라도 건질 수 있는데, 내 경우는 마음껏 글을 쓰고 초고를 마칠 즈음이면 첫 문장이 나타난다.

수정 단계에서 글 쓰는 사람은 다시 엄격하게 작업한다. 어울리지 않는 단어는 쳐내고, 처음에는 생각하지 못했던 주제를 찾아내 발전시키거나, 문단을 없애거나 교체하면서 응집력 있는 글로 다듬는다. 수정본은 맨 처음 후다닥 갈겨 쓴 글과 상당히 다르지만, 뭐 상관없지 않을까? 쓰고 싶은 글을 위해 완벽주의까지 벗어던지고, 견고한 초고도 마련했으니 말이다.

편집하기 단계는 남에게 보여줘도 될 만한 수준에 이른 초고를 완벽하게 손질하는 단계다. 장 단위로 편집해도 되고, 완성본이 나오면 한꺼번에 할 수도 있다. 사전 쓰기, 초고 쓰기, 수정하기까지는 완벽하게 다듬으려 하지 않는 게 중요하다. 완벽주의를 누르고 불안을 참으며 앞의 세 단계를 거쳐왔으니, 이제 편집하기에서 욕망을 마음껏 분출해도 좋다.

사전 쓰기와 초고 쓰기를 견딘 (마침내) 보상으로 마음껏 고치고 다듬을 수 있게 됐다. 이제 문법, 철자법, 구두법을 완벽하게 바로잡으며 문장을 최대한 명료하고 간결하게 손질해도 된다. 사전 쓰기에서 마구 갈겨 쓴 글, 두서없이 쓴 초고, 잠정적인 수정본은 이전과는 완전히 달라진다. 훌륭한 글은 모두 볼품없이 시작해 완벽하게 완성된다는 점을 꼭 기억하자.

말을 제대로 하려는 욕구를 타고났다는 건 감사한 일이다. 유능한 작가나 학술 저술가에게는 그런 자질이 꼭 필요하다. 하지만 글 쓰는 이가 유능하고 **동시에** 생산성까지 있으려면 글쓰기의 최종 단계에 이르기까지 완벽주의를 접어둘 줄 알아야 한다. 완벽한 첫 문장이 아닌 비스름한 무언가도 수정과 편집을 거치면 글 쓰는 이가 하고 싶은 말을 정확하게 표현하는 글이 된다.

사람에게는
얼마만큼의
자료가 필요한가

사회개혁가 제인 애덤스Jane Addams는 젊은 시절 사회에 봉사할 방법을 찾는 데 여러 해를 보냈다. 준비 기간이 너무 길었다는 건 훨씬 나중에 알았다. 계획만 하고 행동하지 못한 것이다. 애덤스는 회고록인 《헐 하우스에서 보낸 20년Twenty Years at Hull House》˙에서 레오 톨스토이의 표현을 빌려 행동하지 못하고 준비만 하는 상태를 "준비라는 함정"에 비유했다.

긴 시간 준비하느라 시작도 하지 못하는 일은 학계에 흔하다. 글쓰기를 "준비하며" 몇 개월 혹은 몇 년을 보낸다. 학술적 글쓰기에서는

● 언급된 비유의 출처는 다음과 같다. Jane Addams, *Twenty Years at Hull House* (New York: Macmillan, 1912).

선행 연구의 범위가 한정되어 있지 않아, 곧바로 쓰기보다는 준비부터 해야 (재미있고) 안전하게 느껴진다.

나도 이 장을 쓰기 전에 애덤스가 쓴 책이나 애덤스에 관한 책을 다시 읽고 톨스토이의 인용이 나온 원문도 찾아보려고 했다. 애덤스와 톨스토이에 대한 부차적인 자료를 모아 확인하고 싶었고, 준비가 미흡하다는 비판에 대비해 "준비라는 함정"을 다른 의도로 쓴 사람들이 있는지 검색하려고 했다. "준비라는 함정"이 진부하게 들릴 수도 있으니 이 장에서 쓸 더 좋은 문구를 찾아볼 수도 있었다.

말하자면, 나도 자료 수집에 대한 미신에 걸려들 수 있었다. 우리는 연구와 관련 있을 법한 자료를 계속 모으면서 글쓰기를 지연시키다가 "준비라는 함정"에 빠진다. 글쓰기를 미루고, 마감 날짜를 놓치고, 준비가 덜 됐다고 느끼며 "수집하고 정리하는" 상태에 안주한다. 준비라는 함정에 한번 빠지면 계속 글쓰기를 준비한다.

수준 높은 연구는 그 분야의 선행 연구를 토대로 하여 이루어진다. 하지만 완벽한 선행 연구는 쉽지 않다. 우리는 유례없이 정보가 넘쳐나는 사회에 사는 덕에 다양한 생각과 근거에 접근하기가 쉬워졌다. 그뿐만 아니라, 학제 간 융합 연구가 활발하게 진행되므로 언제나 다양한 키워드를 검색하고, 낯선 연구 방법을 숙고하고, 새로운 지적 분야를 탐색할 수 있게 되었다.

구글 학술검색이 생기고 학제 간 융합 연구가 시작되기 훨씬 전에도 "준비라는 함정"은 있었다, 글쓰기보다 선행 연구 검토에만 집중하는 이유는 자기 연구 분야의 한쪽 귀퉁이에서라도 진정으로 실력 있는 전문가가 되고 싶기 때문이다. 자기 분야는 잘하고 싶다. 실력 없는 학자가 되고 싶진 않다. 사기꾼에 대한 미신과 비슷하게, 자신의 그러한 욕심을 모른 척하지 말고 인정해야 한다. 가능한 모든 자료를 연구에 포함하려고 하는 것은 자신의 무능력이 드러날까 봐 두렵기 때문이다.

글쓰기는 힘들고 겁나지만 "연구 조사"는 편하다. 배경 연구를 하면 불안감이 가시지만, 연구만 계속하면 글쓰기가 싫어진다. 그렇다면 조사와 자료 수집을 접고 글쓰기를 시작할 시점은 어떻게 알 수 있을까? 선행 연구로 탄탄하게 기반을 마련하는 것과 준비라는 함정에 빠진 것은 무엇이 다를까?

내 경험으로 보면 선행 연구 검토는 모두 비슷하므로 예측할 수 있다. 자료를 검색하다가 익숙한 유형이 나오기 시작할 때, 자료 수집을 접고 글쓰기로 전환해야 한다.

조사를 시작할 때는 처음 보는 개념, 저자, 책, 논문이 부담스럽다. 그러다가 책과 논문을 찾고, 연구 분야에서 어떤 발전이 있으며, 어떤 식으로 연구 분야가 융합하고 나뉘는지 탐색하는 과정 자체가 좋으니 논문을 내려받고, 서고에서 시간을 보내고, 도서관에 새 책을 신청하는 게 즐겁다. 처음에는 선행 연구에 있는 참고문헌으로 더 많은 자료를 찾아내지만, 좀 지나면 비슷한 연구가 반복해서 보인다.

조사와 자료 수집을 하면 해당 분야의 석학들과 주요 개념, 고질적인 분쟁, 유행하는 연구 주제를 파악할 수 있다. 시간이 지나면, 조사하면서 느끼는 흥분이 점점 가시며 무뎌진다. 이때가 꼼꼼하게 거듭 읽으며 인용하고자 하는 자료를 결정하는 시점이다.

여기까지 마쳤다면 이제 선행 연구 초고를 작성할 준비가 된 것이다. 사전 준비 작업을 마쳤다는 것은 해당 연구 분야에 정통한 멘토가 검토할 수 있게 내용을 정리했다는 것이다. 검색 및 조합 단계에서 벗어나지 못하고 있다면, 자료 검색을 중단해야 한다. 그리고 여태까지 수집한 자료를 기술하고 한데 모아야 한다. 동료들에게 보여주고 방향이 올바른지 살펴봐달라고 하자. 필수 선행 연구가 빠지지는 않았는가? 안 읽은 연구는 어느 것인가? 어느 연구를 더 포함해야 하는가? 연구 분야의 한쪽 귀퉁이와 관련된 주요한 측면을 숙지하고 있는가?

선행 연구 초고를 작성하는 수집 단계에서는 범위를 정해두어야한다. 그러면 더 많은 자료에 관심을 둘 여지가 생긴다. 동료들이 제출 전에 조언할 것이고, 심사를 거치면서 최종적으로 출판하기 전에 평가하고 통합할 선택사항도 많아질 것이다.

훌륭한 학문 연구는 지금 진행 중인 대화이며 열려 있다. 학자의 목표는 자신의 연구 분야 한쪽 귀퉁이에서 벌어지는 대화에 공헌하는 것이다. 그러니 "전부" 못 찾고 뭔가 빠뜨릴까 봐 겁내지 말고, 다른 사람의 도움으로 추가 자료도 찾아보면서 선행 연구를 충분히 모으고, 그다음에 글쓰기 과제를 계속하자.

자료 수집에 대한 미신을 깨려면 더 많은 자료를 찾을 수 있다고 믿어야 한다. 생산성 있는 학자가 되려면 게재하거나 출판하기 전에 관련 연구에 완벽하게 통달하기란 불가능하다는 것을 인정해야만 한다. 원래 가능한 일이 아니기 때문이다. 그 대신, 논문을 발표하고, 글을 쓰고, 저술을 출판하며 동료들과 생산성 있게 교류하면 된다.

우리가 할 일은 비평을 외면하는 것이 아니라 학계에서 진행되고 있는 대화에 효율적으로 참여하는 것이다. 그러기 위해서는 마음에 드는 참고문헌 목록을 만드는 게 아니라 주의 깊게 선택한 정보를 이해하고 잘 알아야 한다. 선행 연구 검토와 관련해 엉성한 연구자가 되는 것은 자료 하나를 빠뜨려서가 아니라 자료를 잘못 해석하기 때문이다. 자료를 잘 선택하고, 인용하기로 한 관련 자료를 숙지하자.

햇병아리 학자 시절 나는 논문에 오해의 소지가 있는 제목을 단 적이 있었다. 사회비평가들이 팬들은 가난하고 불안정하며 한심하다고 잘못 규정하는 이유를 탐색한 연구였다. 제목을 〈팬덤의 병리학: 특성화가 초래한 부정적인 결과The Pathology of Fandom: The Consequences of Characterization〉라고 붙였다. 그리고 논문에 팬덤은 병리적이지 않은 자연스러운 현상이라는 견해를 밝혔다. 그런데 내 논문을 대충 읽고 나서 오히려 내가 비판한 입장을 지지하려고 나를 인용한 독자가 엄청나게 많았다. 그들은 누가 보더라도 연구자로 허술했다. 팬에 대한 참고문헌을 최대한 늘리려고 적절한 주제인지 확인하지 않고 내 논문을 첨가한 것이다.

이런 일도 있으니 자료를 최대한 많이 인용하고 싶어질 때는 조심해야 한다. 참고문헌으로 사용하려는 학술지 논문과 자료를 숙지하고 수집해서 참고문헌 초고를 만들자. 그리하면 남들에게 보여줄 자료를 만들고, 익숙한 유형도 발견하고, 글쓰기 준비도 된 것이다.

몇 개월 혹은 몇 년간 선행 연구로 "글쓰기를 준비"하고 있다면, 자료를 하나라도 빠뜨릴까 봐 두려워서 그러는 게 아니다. 적대적인 독자에게 공격당할 두려움, 사기꾼이라고 비난받거나, 필생의 대작을 쓰지 못했다는 수치심 등 글쓰기 미신과 관련된 다른 공포감을 덮기 위해서일 수도 있다. 만약 그렇다면, 인용 자료를 많이 모아도 글쓰기를 시작하지 못한다. 선행 연구는 잠시 멈추고, 자신이 진정 무엇을 겁내는지 찾아서 해결해야 한다.

관련 자료가 많다고 인지하는 것은 글쓰기 과제가 성공하는 데 매우 중요하지만, 준비라는 함정에 빠졌는데도 생산성이 있는 줄 착각할 수도 있다. 완벽한 전문가가 되겠다고 꿈꾸는 대신, 지금 쓰는 특정 저술에 필요한 자료를 숙지하는 데만 주력하자. 중요한 자료는 선행 연구 초고에 넣고, 계속 글을 쓰자.

4부

글쓰기는
기세다

글쓰기라는 것은 본래 서서히 안 되다가 어느새
잘되기도 하고, 수월하다가도 힘들어지고,
머뭇거리다가 갑자기 탄력을 받기도 한다. 글쓰기가
난항에 빠져 좌절하지 않도록 이러한 기복이 생기면
조절할 줄 알아야 한다.
느려지더라도 멈추는 것은 아니다. 기세가
약해진다는 생각이 들면, 일단 기본으로 돌아가자.
세 가지 길들이기 방법은 잘 쓰고 있는가?
시간·공간·에너지는 여전히 확보하고 있는가?
감정 환기 파일에 뭔가 보이는 게 있는가?
글쓰기에 대한 미신 가운데 어떤 것에 또다시
"돌에 새긴 줄 알고" 단단히 사로잡혀 있는가?
기본이 제대로 되어 있는데도 안정적으로 글이
써지지 않는다면, 다시금 글쓰기의 기세를 찾기
위해 구체적인 단계를 탐색하고 적용해야 한다.
여기서는 무슨 일이 있어도 글쓰기를 계속하는
방법을 제시할 것이다.

17장

경쾌한 리듬이
들리는
과제인가

털사대학교 미디어학과 학부 학생들은 캡스톤 수업capstone course(여태까지 배운 전공 지식을 종합해 학생들이 스스로 과제를 기획, 제작, 수행하며 최종적인 결과물을 산출함으로 창의성, 실무 능력, 팀워크, 리더십을 기르는 종합설계 교과과정-옮긴이)에서 각자 선택한 개별 연구 과제를 하게 된다. 과제에는 어떤 종류든 이 세상에 공헌한다는 조건만 주어진다. 교수들은 개인적으로 관심 있고 정말 중요하게 여기는 주제를 자유롭게 탐색하라고 학생들을 격려한다. 그러나 학기마다 학생들은 딱히 관심도 없는 따분하고 평범한 과제를 제출한다.

왜 그런 걸까? 개인적으로 관심 있는 주제를 조사하고 그에 관해 글을 쓸 기회를 주는데도 왜 딱히 관심도 없는 것을 선택하는 걸까? 또한 우리의 연구 분야에서도 비슷한 일이 일어나는 건 왜일까? 내키지 않는 주제로 학술 관련 글을 쓸 때는 어떤 글쓰기 기법도 도움이 되지 않는다.

학자들도 자기 생각보다 훨씬 더 학부생들과 비슷하다. 학생들은 이미 오래전에 학교에서 수행하는 과제를 자신의 "진짜" 생활과 분리하겠다고 마음먹었다. 학교 생활과 사생활이 결코 같이 갈 수 없다고 굳게 믿는 것이다. 그들은 안전하고, 개성 없으며, 쉬운 과제를 선택해 나름대로 성공하기도 한다. 어떤 개인적인 열정이라도 안전하게 "학교"와 분리했기 때문이다.

의식하든 의식하지 않든, 학자들도 똑같은 전략을 구사한다. 학문 연구에 개인적인 의미를 두면 안 된다고 믿는다. 정말 연구하고 싶은 주제는 일단 자리를 잡을 때까지 미루라고 조언하는 멘토들도 있다. 하지만 그때가 정확히 언제란 말인가? 정년 트랙에 들어가기 전인지, 아니면 후인지? 정교수로 승진하면 가능한 건가? 석좌교수가 되면 해도 되는가? 아니면 은퇴 후에 한다고?

취업의 문이 좁다는 현실적인 한계를 고려해 학계 사람들은 대부분 직업적인 성공을 보장할 만한 연구 분야를 전략적으로 선택한다. 그리고 나서도 처음 선택한 안전한 주제를 계속 가져가며 연구의 일관성을 유지해 직장을 잡고 정년 심사도 받는다. 정년을 보장받고 나면 좀더 자유롭게 연구 방향을 정할 수 있을 것 같지만, 이후로도 여전히 독창성은 없으나 편안한 주제를 계속 끌고 간다. 열정을 억누르거나 모른 척하는 건 학부 학생들과 마찬가지다.

기분 좋게 글을 쓰는 생산성 있는 학자가 되려는 목표를 세웠다면 이런 식으로 하면 안 된다. 스트레스가 낮고 보상은 크고 **자신이 좋아하는** 글쓰기 과제를 짧게 자주 쓴다는, 앞서 정리한 조언을 상기하

자. 가치를 둘 수 없거나, 공헌하고 있다고 생각할 수 없거나, 관심이 하나도 없는 주제를 선택하고도 연구 자체를 즐기기란 진정 어려운 일이다.

이력서가 한 줄 늘어난다는 점 외에 어떤 장점도 없는 연구 방법이나 과제에 유혹을 느낄 수도 있다. 하지만 나는 경험상 애착을 느끼기 힘든 연구 과제를 하다 보면 그런 자신에게도, 자신이 몸담은 분야에도 염증을 느끼게 된다고 확신한다. 끝까지 그런 식으로 밀어붙이기는 불가능하다. 원하지 않는 연구를 계속하기는 힘들다. 슬프지만 본인이 **진정으로** 하고 싶은 연구는 거의 선택하지 못하고 끝난다.

나는 결국 실패와 성공을 거듭하던 끝에 학부생들이 진짜 하고 싶은 연구 과제를 하도록 지도하는 방법을 개발했다. 그리고 그 방법을 동료 교수들에게도 소개하고 있다. 자신이 글을 왜 전혀 못 쓰는지를 깨닫게 하거나, 다음에 하고 싶은 연구 과제를 결정하게 돕는 것이다. 대부분 구체적으로 일어난 일화를 근거로 하고 있지만 "경쾌한 리듬을 따르기"를 해보면 연구자가 정말 하고 싶은 연구나 혹은 연구 분야를 깨닫는 데 도움이 된다.

"경쾌한 리듬lilt"은 목소리의 특징quality이다. 대부분 사람은 진심으로 관심 있는 무언가에 대해서 말할 때 목소리에서 활기가 넘치고 음악성이 느껴진다. 관심은 없지만 "해야만" 하는 일을 묘사할 때는 목소리가 단조롭고 감정이 없다. 다른 사람이 자신의 과제에 관해 이야기할 때 "경쾌한 리듬"이 있는지 (아니면 없는지) 들을 수 있게 자신을 훈련하자.

이 방식을 적용하면 말하는 이가 전달하려는 내용이 아니라 그가 말하는 방식에 집중하게 된다. 목소리의 톤이나 특징을 파악하면 기계적으로 반복해서 말하는지, 열정이 느껴지는지 알 수 있다. 말할 때 어떤 음색이 포착되면 그 리듬을 따라가자. 그 순간 말하는 이가 묘사하는 연구 과제가 바로 그 사람이 진정으로 좋아하는 일이다. 그런 리듬이 전혀 느껴지지 않는다면 그 연구 과제에 애착이 없다고 볼 수 있다.

말하는 이와 듣는 이가 말을 주고받을 때는 경쾌한 리듬을 찾아야 한다. 말하는 이가 먼저 이렇게 시작한다. "당신이 X에 대해 이야기할 때 경쾌한 리듬이 들리는 것 같습니다." 그러면 듣는 이는 X에 대해 더 많이 이야기하기 시작하고, 말하는 이는 이번에는 단어뿐만 아니라 어조에 집중한다. 듣는 이는 말하는 이의 목소리가 사실을 전달하듯 건조할 때와 음악성을 띨 때를 구분하게 된다,

말하는 이가 제안을 받았거나 현재 하는 연구 과제에 관해 이야기할 때, 듣는 이는 집중해서 듣고 질문하면서 어느 부분에서 "경쾌한 리듬"이 들리는지, 어떤 대목에서 진심으로 관심이 느껴지는지 알아차릴 수 있다. 좋아하는 연구 과제에 관해 이야기할 때는 목소리에 활기와 자신감이 넘치지만, 의무적으로 하는 연구 과제는 힘 빠진 느낌으로 무기력하게 보고한다. 듣는 이는 연구 과제를 주저하거나 회피하는 연구자에게 가장 중요한 점이 무엇인지를 대화를 주고받으며 "경쾌한 리듬을 따라가는" 방법으로 파악하고 탐색할 수 있다.

학계 사람 모두가 이렇게 협업하여 서로를 지원하면 좋을 것이다. 다음 연구로 어떤 것을 선택할지, 난항에 빠진 연구 과제를 어떻게 재구성할지, 원고를 수정해서 다시 제출하고 싶은지 등을 결정해야 할 때 "경쾌한 리듬 찾기"로 서로를 도울 수 있다.

그러나 대부분 우리는 무얼 "해야만" 하는지 혼자 힘으로 알아보

려고 한다. 현명한 조언을 하는 멘토가 늘 있는 것도 아니고, 세심한 피드백을 받을 수 있는 것도 아니다. 심지어 관심 있는 주제를 연구해도 되는지 확신하지 못한다(적어도 아직은 그렇다). 대부분 사람은 진정으로 관심 있는 연구를 자신에게 차마 허용할 수 없어서, 학부 학생들처럼 무난하고 재미없는 주제를 선택해 의무적으로 연구한다.

최근에 굉장히 뛰어난 신임 종신 교수에게 학계에 미치는 영향력이 클 것으로 보이는 신간 학술 총서와 자신이 기획한 세미나를 토대로 하여 나온 책을 공동 편집할 기회가 생겼는데, 그녀가 내게 그 일로 조언을 구한 적이 있었다. 둘 다 그 분야에서 이름을 날리는 학자와 함께 작업하는 일이었다. 그런데 이 젊은 교수는 이미 자신의 두 번째 책(자기 분야에서 그녀가 고안한 새로운 접근 방법을 소개하는)을 출간하기로 출판사와 계약을 했을뿐더러, 유명한 학술 서적 전문 출판사에서 주최하는 혁신적인 온라인 사업에 참여해달라는 제안까지 받은 상태였다. 두 기회 가운데 어떤 것을 선택해야 하는 걸까? 그녀가 공동 편집 일들에 관해 이야기할 때는 경쾌한 리듬이라곤 조금도 들리지 않았기에, 나는 그 일에서는 손을 떼는 게 좋겠다고 조언했다. 목소리의 특질로 판단하건대 젊은 교수는 몇 달 후로 다가온 자신의 두 번째 책과 온라인 프로젝트에 집중하고 싶어 했다. 확실히 그랬다. 공동 편집을 맡았다면 자기 분야를 보는 넓은 시야도 기르고 나름의 기여도 하겠지만, 진정으로 하고 싶은 일은 못하게 되는 것이다.

교수라는 직업상 여러 가지를 고려해야 하므로, 여러 연구 과제 가운데 무언가를 선택해야 할 때는 쓸데없이 혼란스러워질 때가 많다. 특히 학계에 막 들어섰을 때는 누군가의 제안을 받아 들뜨기도 하고, 선배 학자에게 의무감을 느끼기도 하고, 명성을 높일 기회라는 말에 설득되기도 한다.

바람직하지 않은 협동 연구 과제 탓에 궁지에 몰리기도 하는데, 이럴 때는 괜찮을 줄 알고 시작한 출판 작업이 의무감으로 겨우 버틸 만큼 힘든 일로 드러난다. 나 역시 협동 연구 때문에 정작 내 연구는 몇 년 동안이나 손도 대지 못하고 힘들어했던 경험이 있다. 누군가가 편집을 요청하거나 공동 저자로 책을 내자 한다고 해서 꼭 해야만 하는 것은 아니다. 별로 관심도 없는 연구를 굳이 함께할 이유도, 내 연구를 희생하면서 다른 사람의 일을 도와줄 필요도, 같은 데이터와 연구 방법으로 결론이 뻔한 논쟁을 뒷받침해줄 이유도 없다. 대부분 선의에서 그러지만, 진정으로 원하지 않은 일인데도 하겠다고 해버리는 경우가 너무 많다. 그러다 보면 결국 글쓰기에 기복이 생긴다. 과연 그걸 피할 수 있는 사람이 있을까?

출판할 기회가 생겼을 때 모두 수락해야 한다고 믿으면 오산이다. 돼지의 털은 어떻게 해도 비단이 될 수 없다는 말이 있다. 한번 결정한 일은 끝장을 봐야만 한다는 생각으로 별로 관심도 없는 주제에 귀중한 시간과 에너지를 낭비하며 열의라곤 없는 동료와 일하다 보면 자신의 연구는 미루거나 제쳐두게 된다.

학계에서는 연차와 상관없이 누구나 좋은 대우를 받아야 한다. 대학원생일 때는 학계에 들어선 이상 자료를 읽고 숙고하며 관심을 둔 연구 과제를 해결해야 한다. 신임 교수가 되면 마침내 학술 커뮤니티의 일원이 되었다는 사실을 기뻐하며, 학생들과 동료 교수들과 관심사와 접근법을 공유하며 연구해야 한다. 선임 교수는 이제껏 이룬 업적을 자랑스러워하며 나름대로 학생들, 연구 분야, 직업에 공헌하기 위해 열심히 노력해야 한다.

혹시 그런 생각이 딱히 들지 않는다면, 지적 열정을 억누르며 버티는 것이 습관이 된 것일 수도 있다. 잘나가는 게 아니라 그냥 살아남으려는 중인 것이다. 성공을 누리는 게 아니라 이를 악물며 견디는 것이다. 이렇게 살면, 자신에게 진정으로 중요한 일을 할 기회를 놓치게 된다. 몇 년이 지나 학자로서 보낸 시간을 돌이켜볼 때 스스로 자랑스러워할 만한 그런 일을 그냥 흘려보낸다는 말이다.

그러니 글쓰기가 지루하고, 뜻대로 안 되고, 하기 싫어지면 동료에게 경쾌한 리듬을 탐지해달라고 부탁해보자. 동료가 우리의 연구를 전혀 몰라도 상관없다. 내용을 모르면 오히려 어조에 집중하기가 좋다. 이 전공을 택하게 된 경위, 연구 분야에서 가장 중시하는 점, 앞으로 맡게 될 연구 과제로 이루고 싶은 것 등에 대해 이야기하자. 동료에게 이야기를 들으면서 경쾌한 리듬이 들리는 지점을 살펴봐달라고 부탁하고, 자신에게 중요한 게 뭔지 파악하자. 그다음에는 반대로 동료의 이야기를 듣고 경쾌한 리듬을 찾아주자.

18장

쓸 때와
쉴 때를
알아야 한다

대부분 우리는 마감에 쫓기며 글을 쓰는 데 익숙하다. 대학원생 때나 심지어 정년 트랙 교수가 되어서도 줄곧 스스로 다그치며 몇 시간씩 글을 써서 마감 시간에 맞춘다. 그러고는 기운이 다해 쓰러진다.

폭식하듯이 글을 쓰면 기진맥진해서 자주 쓰지 못한다. 글을 이런 식으로 쓰는 사람은 전사처럼 각오를 굳히고 적진에 침투하는 자세로 임한다. 글을 시작한다는 건 견고한 성벽을 뛰어넘고 굳게 닫힌 성문을 돌파하는 일과 같다. 이렇게 어렵고 힘한 일을 하느니, 차라리 이메일을 확인하거나, 공문을 보내거나, 선행 연구를 검토하거나, 채점을 하는 게 더 편하지 않겠는가?

그러다 일단 글쓰기에 착수하고 나면 멈추기가 겁난다. 언제 다시 이렇게 글이 써질지 알 수 없으니 당장 최대한 글을 써야 할 것 같다.

마감이 다가오면 특히 신들린 듯 써지는 글을 멈추기도 무섭다. 일단 글쓰기를 시작하기가 얼마나 힘든지 알기 때문에 지쳐 쓰러질 때까지 멈추지 않고 쓰는 편이 차라리 낫다. 시간이 되는 한 최대한 많은 글을 쓰고 또 쓴다. 이런 식으로 한바탕 글쓰기를 계속하다가 결국 한계에 부닥친다. 그러면 글쓰기 과제를 내던지고 다음번 글쓰기 전투까지 에너지를 충전한다.

이런 식으로 글을 써서는 안 된다. 기분이 비참해지고 글도 안 써진다. 글쓰기를 위해 전투태세까지 갖출 필요는 없다. 시간과 에너지가 바닥날 때까지 이를 악물고 버티지 않아도 괜찮다. 학생 시절부터 마감날을 맞추기 위해 밤샘을 불사하다 보니 글쓰기란 전투를 치르듯 호전적인 태세로 해야 한다는 미신이 생겼다. 그러나 생산성 있는 학자는 폭식하듯이 글을 쓰지 않는다. 이들은 포위 공격전을 하듯 비장한 자세 없이도 글쓰기를 시작하고 유지할 수 있다.

생산성 있는 사람은 자신을 위한 글쓰기 과정의 안내원이 된다. 생산성 있는 작가는 매번 자신이 완전히 소모되기 전에 글쓰기를 멈춘다. 그리고 다음 글의 출발점이 될 지점을 표시해둔다. 이튿날이 되면, 전날 할 일을 준비해둔 책상으로 자신을 다시 안내한다. 일단 자리에 앉으면 글이 써지고 영감이 생길 거라고 믿고 규칙적으로 보람 있는 시간을 보낸다.

생산성이 매우 뛰어난 어떤 교수는 아침에 글을 쓰고 오후와 저녁에는 수업이나 행정 업무를 한다. 아침에 일어나 커피를 준비한 후 "책상으로 어슬렁어슬렁 걸어가 무슨 말을 해야 하는지 확인한다." 아침에는 대개 자신에게서 나올 것이 많이 없다고 생각하기 때문에 많이 못 쓸 각오를 한다고 한다. 그래도 일단 자리에 앉아 전날 남겨

둔, 대충 다음 문단에 써놓은 글을 읽는다. 그러면 그 부분에 첨가할 말이 저절로 떠오른다며 자신도 그게 매일 신기하다고 덧붙였다.

동료 교수는 매일 다음 글은 어떤 방향으로 가야 하는지 생각하면서 그날의 글쓰기를 마쳤다. 수정하기도 하고 방향을 달리 잡기도 하는 등 전날 해둔 생각대로만 쓰는 건 아니지만, 어쨌든 전날 남기는 메모의 목적대로 쓴다고 한다. 그는 글이 잘 써지리라 기대하지 않지만, 아침에 일어나 몇 분 동안 책상으로 걸어가다 보면 글쓰기에 집중해서 몰두할 수 있다. 그가 한두 시간을 생산성 있게 보내는 이유는 글을 쓸 만한 소재가 있는 곳으로 자신을 초대했기 때문이다. 전날 글쓰기를 마치면서 제안할 점을 써서 남겨두어, 다음날 자신이 글쓰기를 시작할 수 있게 했다.

요새를 습격하는 전사가 되는 대신, 동료 교수는 전날 자물쇠를 풀어놓은 정원 문으로 천천히 걸어 들어간다. 비장한 각오로 글쓰기 과제를 공격하지 않고, 잡초를 제거하고 모종을 제자리에 심듯이 글쓰기를 이어간다. 녹초가 될 정도가 아니라 기분 좋을 만큼 지치면, 다음날은 어디를 어슬렁대야 하는지 표시하고 글쓰기를 멈춘다.

유명한 소설가들도 일상을 이용해 자신을 글쓰기로 꾀어낸다. 아침에 일어나면 글을 쓰고 싶어 견디지 못하는 (레이 브래드버리Ray Bradbury나 바버라 킹솔버Barbara Kingsolver처럼) 특이한 소설가도 있다. 하지만 마야 안젤루Maya Angelou(모텔 방에서 글을 써야 했다)나 무라카미 하루키村上春樹(아침 글쓰기를 위해 매일 10킬로미터씩 달린다)를 포함한 대부분 작가는 글을 쓸 수밖에 없게끔 일상을 마련해둔다. 이들에게는 수월하게 시작하고 에너지를 소진하지 않은 채 끝내는 것이 중요하기 때문이다.

어니스트 헤밍웨이Ernest Hemingway가 글쓰기를 마무리하는 법에 대해 언급한 유명한 인터뷰가 있다.[*] "여전히 기운이 남아 있고 다음에 무슨 일이 일어날지 알 때까지만 쓰고 멈춰라." 학자는 전업 작가가 아니다. 따라서 인물의 특성이나 소설의 구성을 항상 기억해야 할 필요는 없다. 하지만 글을 쓸 "기운"이 남아 있고 다음에 쓰고 싶은 말이 생각날 때 글쓰기를 멈추는 건 우리도 할 수 있다.

저명한 소설가들이 묘사한 자신의 일상을 보면 매일 글쓰기 시간을 엄수하면서도 휴식을 취하고 기운을 회복하며 세심하게 균형을 맞춘다. 교수와 달리 전업 작가는 "기운"을 남겨 강의하고 학과 업무를 수행하고 대학원생과 상담하거나 논문을 지도하고 연구를 설계하고 연구실을 운영하는 한편 학부모나 배우자나 친구들과 교류할 일이 없다. 학계에 몸담은 사람들이 운동, 소소한 잡일, 낮잠, 친구와의 친교를 하면서도 글쓰기에 네다섯 시간을 쓰는 건 여름방학이나 안식년 말고는 불가능하다.

그래도 글쓰기의 시작과 마무리를 잘 설계하여 글쓰기 시간을 즐겁고 생산적으로 보내야 한다. 나는 아이들이 어릴 때는 애들이 잠에서 깨어나기 전에 글을 쓰기 시작했다. 전날 써둔, 다음 글을 시작할 때 고려할 점과 전날 쓴 글을 함께 훑어봤다. 그렇게 이른 시간에 글을 "정말 잘" 쓸 수 있다고는 기대하지 않았지만, 감정 환기 파일이나 연구 과제 등을 급히 쓰다가 두 아들이 일어나면 바로 멈췄다. 아이들이 일어나는 소리가 들리면 아침을 먹이고 학교에 보냈다. 아이들이 자란 지금은 글쓰기가 훨씬 수월하다. 여전히 아침 일찍 일어

<hr>

[*] 조지 플림턴George Pilmpton과의 인터뷰.
"The Art of Fiction," *Paris Review* 18(Spring, 1958).

나 "점검할 부분"을 빨리 살펴보며 글쓰기를 시작한다. 그 뒤에 아침 식사를 하며 잠깐 휴식을 취하고 다시 한두 시간 동안 방해받지 않고 글쓰기에 몰두한다.

아침 식사 전에 급히 쓰는 글이 "진짜" 글은 아니지만 상관없다. 식사 후에 몇 시간 이어질 글쓰기를 이미 시작했다고 자신을 세뇌하기에 딱 좋다. (다른 일정이 있거나 "기운"이 다해서) 글쓰기를 마무리할 때는 다음 부분을 어떻게 이어갈지 메모한다. 그 후에 샤워하고 준비하고 집을 떠난다. 이메일은 글쓰기 시간이 끝난 후나 학교 연구실에 있을 때만 확인한다.

내가 진짜 생산성 있게 글을 쓰는 건 글쓰기 날로 정한 날만 가능하다. 오후 강의가 있는 날도 글쓰기에 오롯이 집중하기 어렵다. 다른 교수들과 마찬가지로 강의 시간을 원하는 대로 선택하진 못하지만, 주로 아침에 글이 잘 써지는 편이라 월수금이든 화목이든 오전 11시 이후로 강의 시간을 잡으려고 한다. 강의가 있는 날은 간단히 개요를 잡거나 이전에 쓴 글을 수정하며 연결을 끊지 않는 정도로 만족한다. 스스로 놀랄 만큼 좋은 글이 나오는 날도 있다. 적어도 15분은 글을 쓰려 하지만, 강의가 있는 날은 생산성이 별로 좋지 않다. 그처럼 오랫동안 학생들을 가르쳤어도 여전히 수업과 관련된 생각이 많아 강의가 있는 날은 글쓰기에 집중하기가 어렵다.

감을 유지하려면 매일 과제 글쓰기를 하는 게 중요하다. 매일 다음 부분을 염두에 두고 마무리하므로 글을 진행하기가 쉬워 계속 써나가게 된다. 한 번이라도 멈추면 글쓰기를 방해하는 악마들이 떼거리로 나타나므로 글쓰기로 정한 날인데도 늦잠 자기, 소소한 잡일 처리하기, 미뤄놓은 채점 하기, 친구들 만나기로 얼렁뚱땅 하루를 보내버린다. 그날 글을 어떻게 시작할지 정해놓지 않으면, 뉴스를 확인하거나 이메일을 한 번 더 보고 싶은 유혹을 참기가 어렵다. 정해진 시간에 정해진 공간에서 전날 남긴 메모를 토대로 최소 15분간 글쓰기에 전념하면 글은 계속 써진다.

(A 시간을 파악해 그 시간은 방해받지 않게) 글쓰기에 하루 중 정해진 시간을 확보했다면, 중요한 일을 못 해도 괜찮으니 일단 그 시간을 편하게 쓰도록 자신을 배려하자. 글쓰기가 몸에 익을 수 있게 조금 지켜보자, 연구 과제에 전념하게 되면 쓸 말이 바닥날 때까지 줄기차게 쓰는 일은 삼가자. 에너지가 좀 남아 있을 때 글쓰기를 멈추고, 다음에 이어서 글을 쓰기 수월하게 메모를 남기자.

글쓰기를 험준한 암벽을 기어오르며 전투를 벌이듯이 닥치는 대로 해치워 마감에 맞추는 일이라고 여기지 말자. 규칙적으로 기분 좋은 글쓰기 시간에 자신을 계속 초대하며 수월하게 시작하고 에너지를 유지한 채로 마무리하자.

19장

잃어버린
길을
찾는 방법

연구 과제 글을 쓰다가 방향을 잃으면 굉장히 불안해진다. 초반부터 주장을 전개하는 방향이 달라진다는 느낌이 들기 시작할 때가 그렇다. 중간 정도까지 갔는데 여태까지 오던 길이 안 보이는 기분이 들면서 다른 길이 보이지 않을 때가 그렇다. 연구 과제가 끝날 즈음은 목적 없는 말로 된 미로에 갇혀 헤매는 중인데도 나가는 길이 안 보일 때가 그렇다.

아무리 작고 구조화되어 있더라도 모든 연구 과제는 우리가 선택한 자료를 통해 새로이 길을 개척한다. 인문학은 연구 쟁점과 주장을, 사회과학은 주장과 논거를, 과학은 연구 쟁점과 결과를 중시한다. 유용한 학술 연구는 인류가 보유한 지식에 새로운 지식을 더한다. 이 영역을 탐구하는 사람들은 많지만 모두 다른 길을 개척하며 걷는다.

학자는 대개 자신의 학문 분야를 따르기 때문에, 글을 구성하는 서론, 선행 연구, 현황, 분석, 결론이 따르는 규준은 과학 보고서, 사회과학 학술 논문, 인문학의 평론마다 다르다. 이렇듯 글의 구성은 연구 분야의 양식을 따라야 하지만 내용이나 전달은 정해진 양식이 없다.

그래서 글 쓰는 이에게는 이른바 "직통선through-line"이 필요하다. 직통선은 특정한 연구 쟁점, 주장, 논거를 곧장 연결하는 길을 따라가도록 방향을 안내한다. 주장, 문헌 검토, 분석과 결론이 나란히 걸린 빨랫줄을 상상하면 된다. 직통선을 따라 글의 내용에 초점을 맞추고 정리하면, 우리(그리고 독자도)가 자료를 이해하기 쉬워진다. 직통선은 방향을 알려주고 제한 구역에 있는 다른 길로 잘못 들어서지 않게 도와준다.

직통선은 우리가 가고자 하는 길을 알려주는 지도와도 같다. 그러나 지도는 추상적인 평면도일 뿐 노선 자체가 아니다. 글을 써본 사람이라면, 길이 없어지거나 여러 개 나타날 수 있다는 걸 안다.

그래도 괜찮다. 글을 쓰다 보면 도중에 방향을 잃고 헤맬 수 있다. 방향을 잃더라도 효과적으로 대응하기만 하면 연구는 발전한다. 효과적으로 대응하지 못하면 이탈하게 되고 글이 난항을 겪는다. 길을 잃고 글의 흐름을 어디로 가져가야 할지 모를 때, 다시 방향을 잡고 나아갈 수 있어야 한다.

인문학을 연구하는 어떤 동료는 첫 번째 책을 쓰다가 마지막에 도달할 무렵 그만 방향을 잃고 말았다. 박사학위 논문을 토대로 확장하여 쓰는 게 아니라 "정년 심사를 위한 책"이 될 만한 새로운 연구 과제로 삼겠다고 용감하게 시작한 책이었다. 첫 책의 출판을 계약한 출판사는 전체 원고를 한꺼번에 달라고 요청했다. 정년 심사 전에 책을 출판해야 한다니 동료에게는 커다란 부담이었다. 우리 학교 글쓰기 그룹 가운데 한 그룹의 리더인 그녀는 길들이기 방법도 익숙하게 쓸 줄 알았다. 하지만 그녀는 거의 여섯 주나 되는 여름휴가 동안 처절하게 발버둥 친 끝에 자신의 패배를 인정했다.

다행히 동료는 이 사태에 차분히 대응했다. 겁에 질려 허둥대지 않았다. 과제를 매일 수행했고 글쓰기 그룹에서 매주 경과를 보고하기도 했다. "처음부터 끝까지 계속 글을 쓴다"는 전략을 썼는데, 이미 이 전략으로 성공한 경험이 있었다. 정글에서 길을 잃은 모험가가 덤불에서 헤매다가 마침내 경로를 찾아내는 것과 비슷하다. 동료는 방향을 잃어도 포기하지 않고 계속 글을 쓰다 보면 새로운 경로가 보인다는 걸 체득했다. 이제 확실한 방향을 잡았으니, 길을 잃고 헤매는 동안 쓰던 글은 중단해도 되고 수정하고 싶으면 그래도 된다.

그리고 몸부림치며 보낸 몇 주가 끝날 무렵 책의 내용에 대해 동료들과 이야기를 나누며 도움을 받았다. 책에서 말하고자 하는 내용과 그 내용을 어떤 식으로 각 장에 배치할 것인지 동료들에게 자세히 전달했다. 그러면서 이전에 쓴 결과물을 되짚으면서 동시에 지금 쓰고 있는 책의 직통선도 다시 따라갈 수 있었다. 특정한 예시를 근거로 들어 어떤 문제를 지적하고자 했는데, 다행히 책의 전반적인 논지는 그대로 가져가기로 했다.

그녀는 동료들의 질문에 그런 예시를 든 이유와 그 예시가 적합한 이유를 설명해야 했다. 답변 과정에서 전체를 새로운 시각으로 볼 수 있다는 점은 좋았지만 명쾌하게 대답하기 어려웠다. 그리고 나서 며칠 후 "갑자기" 어떤 시각으로 봐야 명쾌하게 설명할 수 있는지 깨달았다. 자신이 방향을 잃었다는 점을 인정하고 동료들에게 도움을 구한 덕분에 다시 길을 찾을 수 있었던 것이다. 그녀는 연구 과제를 계속 가까이했고, "상황이 어떻더라도 계속 글을 쓴다"라는 전략을 구사했고, 직통선을 다시 따라갔고, 동료들과 이야기하면서 여러 방법을 시도한 끝에 잃어버린 길을 다시 찾을 수 있었다.

글을 쓰다 방향을 잃으면, 과제를 놓지 않으면서 동시에 대안을 찾아야 한다. "경쾌한 리듬"이 들리지 않고 의욕도 없는 개요를 꾸역꾸역 밀어붙이면 역효과만 난다. 과제를 무기한 제쳐두고 마술처럼 새로운 경로가 나타날 때까지 기다리는 일도 마찬가지다. 구조화된 단기 휴식(22장에서 과제 글이 안 써질 때 제안한 방법이다)도 좋은데, 요령이 있어야 한다. 글의 방향을 잃었을 때, 억세게 몰아붙이거나 희망을 버리면 영감을 얻을 수가 없어 자료의 숲을 헤쳐나와 바른 경로를 찾기 어렵게 된다.

연구 과제를 놓지 않고 연결하고 있다면 몸부림치며 길을 찾는 과정에서 반드시 무언가를 얻게 된다. 과제를 하던 중 길을 잃었다는 생각이 들면, "길을 잃은" 상황이라고 규정한 뒤, 다음의 방향을 되찾는 방법 가운데 몇 가지를 며칠 동안 시도해보자.

사명 진술문을 활용하자

사명 진술문은 연구 과제의 주제와 목적을 정의한다. 이 책의 사명 진술문은 "학자들의 글쓰기 문제를 극복하기 위한 과정 중심 전략"이다. 시적인 표현 대신 간결하고 구체적인 용어로 작성하여 요점에서 벗어나지 않게 작성해야 한다. 선행 연구, 형식과 내용의 조언, 학자의 삶에 대한 논평 등의 내용으로 흐르지 않아야 한다. 연구 과제의 목적과 범위를 명확하게 요약해

작은 인덱스 카드에 간결하게 쓰자. 지금 하는 글쓰기가 방향은 잃었어도 사명에 직접적으로 도움이 되는가? 도움이 된다면, 정말 길을 잃은 게 아니다. 혼란에 빠졌거나 모종의 이유로 인해 확신이 안 서는 상태이며 아직 경로에서 완전히 이탈하진 않았다. 만일 지금 쓰는 글이 연구 과제의 사명에 맞지 않는다면, 사명 진술문을 다시 쓰거나, 전체적인 목적에 맞게 글을 다시 써야 한다.

이전에 쓴 개요를 검토하자

대부분 사람이 글을 쓸 때 여러 번 거듭해 쓰며 과제를 하는데, 쓰던 글은 디지털 기술을 활용하여 신경 써서 폐기하거나 챙겨두자. 초기 개요나 아이디어는 꼭 저장해야 한다. 나는 손으로 종이에 쓰기 때문에 서류철에 보관해둔다. 하지만 잘못 시작한 글이나 폐기할 부분을 각 장의 마지막마다 이탤릭체로 표시해놓은 것도 컴퓨터에 저장한다. 나중에 이 파일을 다시 보다가 빠뜨린 주제를 발견하곤 한다. 연구 과제의 방향을 수정했을 때 저장해둔 폐기용 파일을 보면 원래 내가 뭘 하려고 했는지 알 수 있다. 앞에서 이미 설명했지만, 그것이 아마도 내가 잘 깨닫지 못하거나 생각이 안 나는 경로, 즉 유령의 길인 경우가 종종 있다. 안 쓰는 파일을 이정표로 삼아, 처음 경로로 되돌아가거나 더 생산적인 경로를 택할 수 있다.

과제를 전체적으로 검토하자

길을 잃었을 때, 왔던 길로 돌아가면 도움이 될 때가 있다. 어디서 출발했는가? 어느 쪽으로 왔는가? 길을 잃은 건가? 아니면 다른 관점에 익숙해진 것인가? 길을 잃은 줄 알았지만 실은 새로운 미지의 영역에 들어섰을 수도 있으니 지나온 경로를 검토하면 기세를 몰아 미개척지로 계속 나아갈 수 있다.

다른 사람들과 이야기를 나누자

나의 말을 주의 깊게 들어주는 사람에게 자신의 연구 과제와 현재의 혼란스러운 상황을 간단히 설명하자. 수정을 거듭하고 흐름이 계속 막히다 보니 정리가 안 되고, 컴퓨터 화면과 단락이 흐릿해 보인다. 진도는 안 나가고 같은 말을 반복한다. 하지만 다른 사람에게 소리 내어 보통 쓰는 말로 연구 과제에 관해 말하다 보면 자신이 어떤 직통선을 따라가는지 알게 된다. 동료에게서 새로운 영감을 얻기도 한다. 자신이 다른 사람의 의견에 대해 어떻게 반응하는지를 보면서 스스로 원하는 방향을 깨닫게 되기 때문이다.

가상의 학회에서 발표하자

과제를 일련의 명료하게 진술된 문장으로 순차적으로 나열하면 직통선을 확인하거나 수정하는 데 유용하다. 서론, 주요 주장, 결과, 결론으로 진술해보자. 슬라이드를 만들어도 좋다. 빠진 부분이 있는가? 근거가 더 필요한가? 자료는 다양하게 모았는가? 이제까지 쓴 글과 앞으로 쓰려고 하는 글을 근거로 하여 어떤 결론을 내릴 것인가? 이 방법은 확신이 없는 부분과 다음 단계에서 해야 할 일을 파악하는 데 도움이 된다.

이상의 방법은 며칠 만에 충분히 시도해볼 수 있다. 이를 실행하고도 여전히 길을 잃은 느낌이 든다면 문제가 생각보다 심각한 것이다. 이럴 때는 겁내지 말고, 아래의 문제들을 살펴보고 방법을 찾아보자.

적합한 분량 측정 기준을 사용하자

학술적 글쓰기를 하다 보면, 글의 취지나 근거를 명확히 모르는 채로 계속 쓰다가 결국 길을 잃게 되는 경우가 있다. 글자 수나 쪽수로 생산성을 가늠할 때 자주 일어나는 일이다. 학자들은 간단한 설명에 몇 쪽이나 할애하거나, 쉬운 말을 어려운 용어로 포장하곤 한다. 유능한 편집자나 똑똑한 독자들은 이런 경우 바로 알아차린다. 목표한 글자 수나 쪽수를 맞추기 위해 깊이 사고하지 않고 글을 쓰다가 방향 감각을 잃어버리는 것이다. 이런 경우라면 기준을 달리하여, 소요 시간, 주요 논점, 직통선 상의 진행 정도로 생산성을 측정해야 한다.

꼭 들어맞는지 확인하자

연구 과제 가운데 특정 부분이 마음에 들지 않으면 길을 잃은 기분이 들기도 한다. 의무감으로 견디며 글을 힘겹게 쓰게 되기 때문이다. 이때는 전체 과제의 어느 부분에서 "경쾌한 리듬"이 들리는지 동료에게 찾아달라고 부탁하자. 경쾌한 리듬이 특정 부분을 제외한 나머지 부분에서 인지된다면, 그 부분은 다시 검토해야 한다. 글 쓰는 이가 지루하다면 독자 역시 그럴 것이다. 그렇게 따분한 부분을 전체 글에 꼭 포함해야 할까? 정말 필요하다면, 최대한 간결하고 명확하게 쓰자. 별로 필요 없다면, 그 부분은 빼버리자.

"경쾌한 리듬"을 되찾자

여기서 "경쾌한 리듬"이라 이름 지은 에너지에 관심이 없으면, 글을 쓰다가 방향을 잃는다. 글을 어떻게 쓸지 몰라서라기보다 열정이 식어서 그렇다. 연구 관련 글을 쓰다가 자주 일어나는 일이다. 하루나 이틀(이때는 감정 환기 파일을 이용하자) 그러다가 괜찮아질 수도 있고, 오래 끌기도 한다. 먼저 사명 진술문과 직통선 전략을 써본 뒤, 연구 주제를 조정하거나 재구성하면 더 하고 싶어질지 생각해보자. 앞서 작성한 초고와 잘못 시작한 글로 돌아가보자. 자기도 모르는 사이에 경쾌한 에너지가 생길 만한 아이디어를 빼놓은 건 아닐까? 그 경우라면, 어디를 뺐는지 유령의 길을 찾아봐야 한다.

유령의 길이 있는지 찾아보자

특히 분량이 꽤 되는 과제 글쓰기는 중간에 글을 폐기하고, 새롭게 구성하고, 수정하는 과정을 거칠 수밖에 없다. 그런데 쓰지 않기로 한 아이디어가 여전히 무의식에 남아 있을 수 있다. 이렇게 가지 않은 길이나 경로를 유령의 길이라고 한다. 우리의 무의식이 택하지 않은 경로를 가고 싶어 하기에 길을 잃은 느낌이 드는 것이다. 폐기했거나 치워놓은 아이디어를 잘 살펴보면 정말 그런지 알 수 있을 것이다. "유령의 길"로 들어서면 어떨지 충분히 살펴보고, 지금 그리 가도 될지 검토해보자. 유령의 길

은 자신도 모르게 의무감으로 택한 경로보다 훨씬 독창적이고
통찰력 있고 흥미롭다.

용감하게 쓰자

학자들은 대개 학술적 연구로 끊임없이 심사받고 평가받기 때문에 글도 방어적으로 에둘러 쓴다. 학자다운 기백 없이 다른 사람의 연구를 얼버무리거나 요약하고 자신의 논지는 흐린다. 방어적으로 글을 쓰다 보면 다른 사람의 말, 불확실한 주장, 표절에 가까운 견해가 뒤섞여 방향을 잃기 쉽다. 이런 상황이라면 자신이 "적대적 독자에 대한 공포"에 사로잡혀 있음을 인정하고 자신의 논지를 꾸밈없이 용감하게 드러내야 한다.

궁지에 몰려도 계속 쓰자

기분이 아니라 정말로 자료를 이해하지 못해 혼란스러워 길을 잃었을 수도 있다. 학생 시절부터 우리는 자신의 무지를 능숙하게 감췄다. 무언가 정확히 모를 때도 예리한 말로 강하게 주장하며 숨길 줄 안다. 그러니 진짜 깊이가 없고, 이해하지 못해서 헤매는 것일 수도 있다. 인문학을 전공하는 동료가 그랬듯이 새로운 통찰력을 얻기 위해 "처음부터 끝까지" 계속 글을 써야 할 수도 있다. 하지만 우선은 자신이 진정으로 하고 싶은 말을 알아내기 위해 꼭 필요한 지적인 작업에 몰두해야 한다. 글쓰기를 잠깐 멈추고 한걸음 물러서서, 시간을 들여 전제를 재검토하고, 주요 자료를 숙독하고, 동료들의 통찰력 있는 의견을 경청하자. 최고의 학자는 바로 이렇게 연구하며, 글쓰기 과정에서

직면하는 난관을 잘 해결하면 우리도 그렇게 될 수 있다.

자신이 하고자 하는 말의 논지를 잃거나 그 방법을 잃었을 때 길을 잃은 듯한 느낌이 드는 건 당연하다. 너무나 중요한 연구 관련 과제를 하던 중에도 일어나고, 아무리 연차가 높은 학자라도 경험하는 일이니 너무 걱정하지 않아도 괜찮다. 독창성 없는 개요나 마감날에 맞춰 분량을 늘이면 처음에는 잘 넘겼다 싶겠지만, 연구는 평범하고 재미없어진다.

글을 쓰다가 길을 잃으면, 여기서 소개한 방법으로 우리의 연구 과제라는 영역을 가로지르는 새롭고 더 나은 경로를 개척하기를 바란다. 독자뿐만 아니라 글 쓰는 이도 글을 통해 통찰력을 얻는다. 글을 쓰는 이는 연구 조사가 아니라 자신이 찾은 무언가를 도입하고, 검토하고 요약하고 보고함으로써 새로운 것을 발견한다. 혼란을 느끼고 의심하고 힘들어서 몸부림치는 순간도 분명 있다. 겁내지 말고 계속 나아가자. 그리고 여기서 배운 방향을 찾는 방법을 활용하자. 그리하는데도 못 가겠다면, 근본적인 이유를 다시 잘 살펴봐야 한다.

좋은 글을 쓰려면 글에 있는 약점, 모순, 생략, 차이점, 오해를 파악하고 없애야 하므로 글을 잘 쓴다는 건 제대로 생각할 수 있다는 뜻이다. 그러니 길을 잃었는데도 아는 척하지 말자. 여기에 소개된 방법들을 시도하며 자신만의 지적인 경로를 개척하고 스스로 길을 찾아가자.

20장

효과적인
피드백의 조건

글쓰기 과정에서 발생하는 문제를 파악하고 해결하려면 다른 사람의 도움이 필요하다. 개인이든 그룹이든 지지하는 동료가 있으면 앞으로 나아가기 위해 조언해주고 힘든 과정도 함께한다. 알아도 실행하지 못하는 것을 지적해주고, 자신은 몰랐던 사고의 패턴도 일깨워준다.

　대부분 사람들은 자신과 같은 문제로 글쓰기에서 난항을 겪는 다른 사람을 보면서 문제를 명확히 인식하게 된다. 다른 사람들은 어떤 문제를 겪는지 경청하면서 자신의 문제도 깨닫게 되는 것이다. 글쓰기 그룹은 참가자들이 서로에게 글쓰기 목표를 달성했는지 보고하는 게 전부가 아니다. 더 중요한 건 목표를 이루려는 과정에서 실제로 일어난 일, 전개 과정, 들었던 생각을 이야기하며 비슷한 처지에 있는 사람들과 함께 여러 효과적인 방식을 모색하며 문제를 해결하는 것이다.

효과적인 피드백을 받으면 자신이 교묘하게 왜곡해온 진실을 발견하게 된다. 글쓰기 생산성을 올리는 데 효과적인 것과 효과적이지 않은 것을 구별하고, 다른 사람을 돕기 위해 자신의 경험을 기꺼이 나누자. 효과적인 피드백은 말하지 않은 것도 알아차릴 수 있다는 점에서 **통찰력 있고**, 효과적인 기법을 알려준다는 점에서 **정보를 제공하며**, 감정과 경험을 공유한다는 점에서 **상호적**이다.

사람들은 대부분 특정 요일, 특정 주, 특정 달에 왜 목표를 달성하지 못했는지에 대해 합당하게 들리는 이유를 댄다. 글을 쓰지 못한 이유를 설명하기는 쉽다. 만약 누군가가 채점, 업무, 학과에서 일어난 긴급 상황으로 인해 또다시 글을 못 썼다고 말하면, 말하지 **않은** 부분을 잘 봐야 한다. 어떤 이유나 문제를 언급하면서도 정작 해결은 하지 않는 패턴이 반복될 것이다. 글쓰기 미신들 가운데 어떤 것에 해당하는지 주의해서 봐야 한다. 자신이든 남이든 누군가를 탓하는지, 전부가 아니면 차라리 아무것도 안 한다는 건지, 자기연민에 사로잡혔는지 지켜보자. 실제로 일어나는 상황을 통찰력 있게 진단하고, 문제가 있다면 해결할 수 있게 돕자.

학술적 글쓰기 과정에서는 효과적인 피드백을 주고받을 줄 알아야 한다. 글쓰기 생산성과 관련하여 어떤 것을 선택할 수 있는지 최대한 많이 알아야 고통을 겪는 동료에게 알맞은 선택사항을 추천할 수 있다. 글을 쓰기 위한 시간·공간·에너지를 잘 지키고, 스트레스는 낮고 보상이 큰 상황을 만들어 글을 쓰고, "돌에 새겨" 없애지 못하는 미신을 격파하고, 자신이 진정으로 관심을 가질 수 있게 연구 과제를 구체화하라고 동료에게(자신에게도) 조언하자. 정보로 가득한 피드백을 주면서 자신도 생산성을 내겠다는 각오를 새롭게 다지는 것이다.

대부분의 글쓰기 모임에서는 글쓰기에 관한 일반적인 도움(도움이 안 되는 것도)과 더불어 자신이 쓰고 있는 글에 특히 도움이 되는 조언을 들으며 더 많은 것을 배울 수 있다. 목표를 달성했는지 보고하는 것보다는 오히려 동료들과 실제 경험을 나누는 것이 더 좋은 공부가 된다. 단 말하는 쪽도 듣는 쪽도 솔직하고 진지해야 하며, 자기 차례에만 입을 여는 게 아니라 마음을 열고 하고 싶은 말을 할 수 있어야 한다.

얼마 전에 나는 어떤 동료 교수가 말할 때 내가 반응을 보이는지에 집중해봤는데, 그 경험에서 상당히 많은 것을 배웠다. 그때 나는 지난주 목표 달성 여부와 다음 주 일정을 형식적으로 보고하고 나서 내 할 일을 마쳤다고 여기며 그냥 앉아 있었다. 그런데 R 교수는 자신도 목표도 달성하고 제대로 했다고 내게 맞장구치는 대신 자신이 아침을 즐겁게 시작하기 위해 새로 시작한 일상을 소개하는 게 아닌가.

R 교수의 말을 들으며 저렇듯 수월하게 글쓰기를 꾸려가다니 부러운 마음이 뭉게뭉게 피어올랐다. 그러다 불현듯 내가 글을 쓴다는 것에 과도하게 엄격하게 군다는 사실을 깨달았다. 글을 쓸 때마다 자신에게 이렇게 외치면서 주별 글쓰기 목표를 달성하고 있었다. "책상 앞으로 전진! 어떤 방법이 효과적인지는 잘 **알고** 있을 테지. 이제 실행! 실행! 오직 실행만 한다." 내가 저항감을 느낀 건 당연했고, 이어서 내 안에 있는 독재자에게 불쑥 대들기 시작했다. "왜 해야만 해? 누가 정했는데? 난 하기 싫다고!" 이런 식의 명령에 저항하는 역동

은 익숙했다. 스스로 글을 쓰라고 강요하니 글쓰기가 선택사항이 아니라 하기 싫은 숙제가 된 것이다.

R 교수의 발언에 대해 내가 어떻게 생각하는지 주의 깊게 살피고 나니, 글이 쓰기 싫어지는 일도 없고 감정 환기 파일을 쓰며 이유를 찾을 필요도 없었다. 그때 나는 글을 쓰는 과정에서 일어나는 자잘한 일들을 터놓고 말해주는 R 교수 같은 동료가 절실했다. 새로운 글감에 대한 호기심에서가 아니라 의무감에서 책상 앞에 앉은 지 오래였다. R 교수가 기꺼이 마음을 열고 경험을 나누어줬으며, 나 역시 부러움 아래 깔린 감정이 무엇인지 알아본 덕분에 그다음 주는 편안한 마음으로 활기차게 글을 쓸 수 있었다.

이와 비슷하게, 모임에서 작은 질문을 던지고 커다란 변화를 끌어낼 수도 있다. 예를 들면, 이런 질문이다. "제대로 하고 있다는 생각이 드나요?" "채점(아니면 회의나 다른 일)이 그렇게 중요한가요?" "A 시간을 방해받지 않으면서 지키고 있나요?" 이런 질문을 하면 안 보이던 문제를 인지하고 해결할 수 있게 된다. 글쓰기와 관련된 일은 디지털 형태보다 대면 모임을 선호하는 것도 이런 이유 때문이다. 모임을 하면 시간도 들고, 일정을 조율하기 어렵고, 효율성도 떨어질 수 있다. 하지만 대면 모임에서는, 글쓰기와 관련하여 노력하는 이면에서 실제로 어떤 일이 일어나는지 통찰하는 일처럼 구성원들에게 진짜 필요한 것을 다양한 맥락에서 배울 수 있다.

기술 연마에 힘쓰듯이 글쓰기에 대한 효과적인 피드백을 주고받는 일도 열심히 하자. 통찰력이 출중하여 다른 사람들이 무엇을 합리화하려는지 매주 어떤 문제가 유형처럼 반복되는지 알아채고 그에 대해 이야기하는 사람들도 있다. 특정 문제를 극복하기 위해 어떤 기법을 쓰면 되는지와 같이 정보 공유에 뛰어난 사람들도 있다. 다른 사람들이 들으면서 무언가 깨닫게끔 자신의 경험을 서로 나누는 사람들도 있다. 필요하면 세 가지 요소를 모두 피드백할 수 있는 굉장한 능력을 갖춘 사람도 있다(글쓰기 그룹 구성원일 수도 있고 다른 데 있을 수도 있다).

하지만 아무리 통찰과 정보로 가득한 피드백을 주고받는다 하더라도, 피드백을 진심으로 경청하는 건 쉽지 않다. 학자들은 비판에 민감하고 쉽게 화를 내는 경향이 있다. 다른 사람이 하는 말을 숙고하는 대신, 마치 번개와 같은 속도로 바로 반박한다. "그런 말이 아니지. 난 그 뜻으로 한 말이 아니야. 그건 사실이 아니야!" 누군가가 자신에게 글쓰기를 중단했다는 둥, 한 가지 패턴을 반복하고 있다는 둥, 사실을 정확히 보지 못한다는 둥 비판하면 우리는 곧바로 맞받아친다. 글쓰기 과제로 인해 불안감이 더하고 글이 더 안 써질수록 다른 사람의 피드백은 안 듣는다.

질문이나 제안을 비판으로 받아들이면 안 된다. 방어적으로 반응하지 않도록 주의하자. 다른 사람의 성공을 애써 무시하거나 혹은 질시함으로써 그로 인해 배울 수 있는 것들을 놓치지 않도록 하자. "편안하게 글을 쓰는 일상"을 영위하는 동료를 부러워하는 데 그쳤다면, 나 역시 아무것도 깨닫지 못했을 것이다. 그의 말이 통했다니 나는 운이 정말 좋았다.

다른 사람에게 다시 물어보는 수고를 끼치긴 하지만, 핵심 구절을 써두면 필요한 조언을 기억할 수 있어서 좋다. 나는 별로 도움이 안 될듯한 말도 다 써놓는다. 그리고 나중에 정말 유용한지 다시 생각해본다. 아닐 때도 물론 있었지만, 그 말이 정확하게 내가 찾던 통찰, 정보, 본보기인 경우도 많았다. 어떤 경우든 무언가 배울 점이 있었다.

글쓰기에 대한 효과적인 피드백을 주고받으면 숙련공의 태도를 취하게 된다. 피드백은 생산성 있는 글쓰기를 계속할 수 있게 통찰력 있는 조언을 해준다. 그러니 개인이든 그룹이든 가리지 말고 좋은 동료를 찾아 글쓰기를 함께하자. 그리고 학술적인 글을 쓰면서 통찰과 정보로 가득한 피드백을 실제로 주고받자. 그리하여 요령을 공유하면서 글쓰기를 방해하는 장애 요소를 극복하고 계속 기술을 연마하자.

21장

수정과 거절은
글쓰기의
운명

학술 심사는 연구의 완성도를 높일 수 있는 기회다. 하지만 심사평을 보니 익명의 심사위원들이 자신의 논지를 오해하는 것 같고 심지어 잔인하기도 하다. 정말 완벽한 글을 쓰고 싶고, 심사위원도 잘 만나면 좋겠다. 심사위원이 자신의 연구를 이해하고 마음에 들어 하면서 좋은 글이 되게끔 짤막하게 조언해주면 좋겠다.

하지만 그런 이상적인 평론가, 선생님, 심사위원이 늘 있는 건 아니다. 학술적 글쓰기를 시작한 이상 우리는 심사위원의 혹평에 흔들리지 않고 기복 없이 글을 써야 한다. 최선을 다한 연구가 오해받고, 물거품이 되고, 거절당할 수도 있다. 그러니 학술적 글쓰기에서 피할 수 없는 그 순간이 오더라도 침착하게 용기를 낼 수 있어야 한다.

나는 첫 책을 집필하면서 내 문제점들이 25쪽이나 나열된 빼빽한 심사평을 받아들고 몇 달 동안 고통스럽게 방황했다. 충격을 받아 낙심하며 깊이 고뇌했다. 내가 쓴 글이 여태껏 그처럼 자세히 비평받은 적은 없었다(박사학위 논문심사위원회 교수들은 아마 내 논문을 제대로 읽지도 않았을 것이다). 그런 내가 사소한 것까지 지적하며 촘촘하게 쓴 비평을 받으니, 별생각 없이 길을 걷다가 갑자기 괴한에게 습격당한 느낌이었다. 그래도 나중에는 심사위원이 특별히 나를 위해 조언한 점들을 받아들였다. 일단 처음에 느낀 절망적인 감정을 추스르고 냉정해지자 그가 제시한 조언을 원고에 포함하는 게 쉬운 일임을 깨달았다. 그리고 직접 만나보니 그분은 따뜻하고 열정적인 학자였다. 길게 써준 비평은 일종의 선물이었다. 다만 그때는 그렇다는 걸 몰랐다. 햇병아리 저술가였던 나는 그냥 공격받았다고 느꼈을 뿐이고, 그렇게 긴 평을 수치스럽게 느꼈다.

그런 일을 겪으면서 어떤 심사평은 도움이 됨에도 불구하고 받아들이기가 힘들 수 있다는 걸 알았다. 그동안은 심사가 심사위원이 자원하는 일이라는 걸 몰랐는데, 그 사실을 알고 나니 이해하는 데 도움이 됐다. 심사위원들은 다른 사람이 저술한 연구 성과가 더 나아지게 도우려고 철저하게 검토하고, 관심을 쏟고, 통찰력을 제공하는 것이다. 그들은 우리가 쓴 글을 굉장히 관심 있게 살펴본다. 심사위원들의 평이 어떻든 우리는 심사 과정이 이제는 찾기 힘든 선물 경제의 흔적이라는 점에 유념해야 한다. 심사평을 보고 아무리 기운이 빠지더라도, 심사를 우리에게 주어지는 선물이라고 여기자.

원고를 심사받으면 글을 쓰는 동안 길들여놓은 악마들이 슬슬 다시 날뛴다. 심사위원의 한마디가 머릿속에서 끊임없이 맴돌면 결국 나는 기가 꺾이고 절망한다. 심사평을 받고 나면 대작에 대한 미신

(걸작을 쓰겠다는 소망)과 사기꾼 증후군(자신이 거짓말을 하는 듯한 기분) 같이 글을 못 쓰게 방해하는 근거 없는 믿음이 다시 불거진다. 적대적인 독자에 대한 공포심도 스멀스멀 고개를 쳐들고, 처음부터 이런 글은 쓰지 말았어야 한다며 후회한다.

동료 심사를 받을 때도 미신을 부르는 악마가 나타날지 모르니 대비해야 한다. 너무 심하게 두려우면 심사에 이어지는 다음 단계, 즉 수정하기, 재제출하기, 연구물을 출판하거나 게재하기도 벅차다고 느껴진다. 다른 동료들은 어떻게 원고를 순조롭게 완성하여 제출하는지 궁금해하며 끊임없이 비교하다가 마침내 스스로 무너진다. 출판을 위해 정말 필요한 건지 확신하지 못하면서 선행 연구에 몇 달이고 몇 년이고 허비한다. 드라마 주인공이 느낄 법한 극적인 감정을 모두 버리기로 한 결심을 잊고 특정 심사위원의 평에 휘둘리다가 결국 직장도 못 잡고, 정년 심사도 통과하지 못하고, 승진도 못 하고, 자신의 연구 분야에서 존경받지도 출판하지도 못할 수도 있다. 쥐구멍에라도 숨어 살고 싶은 심정이다.

어떤 학자들은 원고가 거절당하거나 수정해달라는 요청을 받으면 몇 년간 글을 못 쓴다. 다른 출판사였다면 문제없이 출판되었거나 아니면 요청대로 수정해서 다시 제출하면 틀림없이 나왔을 만한 원고인데도 글쓰기를 아예 중단하거나 원고를 치워버린 동료도 여럿 있다. 심사위원의 비평으로 인해 글쓴이로서는 감당하기 힘든 문제들이 터진다. 심사 과정을 거치면서 연구 과제를 위험하게 느끼거나 의기소침해지거나 아니면 오히려 완고해지기도 한다.

이와 같은 상태에 이르면, 심사 결과를 반영하며 출판을 효율적으로 준비하기보다는 "나중에" 하겠다면서 연구 과제를 제쳐둔다. 그러다가 일이 흐지부지되어 상황은 더 나빠진다. 출판이나 게재가 안 되기도 하고 또는 뒤늦게 대충 수정하기도 한다(그래서 결국 나오지 않게 된다). 더 나쁘게는, 새로운 글을 못 쓴다. 실패하더라도 계속 원고를 제출해서 결국 출판하기까지 이르는 데 꼭 필요한 자질인 자신감이나 회복탄력성이 점차 없어진다.

학술적인 글을 쓰는 사람으로서 흔들림 없이 글쓰기 기세를 유지하려면, 비판과 거절이 겉보기와 달리 필수적인 과정임을 받아들여야 한다. 데버니 루서Devoney Looser가 지적하듯이, 누군가의 저술 실적에는 그 사람이 무수하게 거절당한 경험도 보이지는 않으나 함께 기록되어 있는 셈이다.● 학문적으로 가장 성공한 사람도 연구비, 직장, 선출직과 함께 무수히 실패한 출판이나 게재 경험인 "그림자 이력서"가 있다.

학술적인 글을 쓰는 사람은 심사·거절 과정을 거치며 두려움, 미신, 망상에 효율적으로 대응할 수 있어야 한다. 성공적으로 글을 쓰기 위해 할 수 있는 모든 방법을 동원해야 한다. 하지만 자신은 잘 썼다고 생각했으나 심사위원의 공격으로 너덜너덜해져 가치가 떨어진 글을 수정하고 다시 제출하려면 그것만으로는 부족하다.

교수들은 남을 분석하고 비평하는 일에는 능숙하지만, 자신이 분석당하고 비판받는 건 못 견딘다. 그들이 학생들이나 동료에게 공감 어린 비평을 하는 일도 별로 없다. 기회만 되면 무기처럼 통찰력을 휘둘러 다른 사람들을 공격한다. 하지만 예리한 비평의 칼날이 결국에는 자신에게 돌아와 상처를 낼 수 있다는 걸 기억해야 한다.

● 그림자 이력서의 출처는 다음과 같다. Looser, Devoney. "Me and My Shadow" CV, *Chronicle of Higher Education*, October 18, 2015.

누군가가 나의 약점을 거침없이 지적하며 수정하라고 요청하면 견디기 힘들 것이다. 만일 이전에 출판 경험이 없거나, 특정 학술 논문이나 학술지에 공을 들인 적이 없거나, 구직 면접이나 정년 심사를 받아본 경험이 없거나, 효과적인 모니터링 경험이 없다면 분명히 그럴 것이다. 자신이 엄청나게 공을 들이고 희생하고 완벽하게 다듬었다고 자부한 글을 누군가가 허점투성이라고 비판한다. 자신은 이해하지도 동의하지도 못하는 이유로 시간과 노력을 훨씬 더 들이면 그럭저럭 출판할 수는 있겠다고 한다.

이러한 난감한 상황에 부닥쳤을 때는 일단 심사받는 과정에서 드라마를 연출하는 듯한 극적인 감정을 모두 버려야 한다. 학술 출판 과정에서 만나는 불완전한 현실을 부인하지 말고 정면으로 마주하자. 학술지 편집자들은 심사를 적절하게 해줄 수 있는, 특히 같이 일하기 편하고 마감일을 지키는 심사위원을 발굴하고 계속 함께 일하기 위해 고심한다. 편집자는 학술적으로 건실하면서도 출판사가 손해 보지 않을 만큼은 팔리는 책을 찾으라고 독촉당한다. 글을 수정하는 과정에서 이해심을 가지고 이상적으로 심사해줄 심사위원을 만나지 못할 수도 있다. 학과에서 어떤 규준이 통용되는지 학술지 편집자, 학회 패널, 동료들에게 문의해보자. "글쓰기에 최적화"할 수 있게 학술적 심사 과정을 숙지하자.

심사 과정은 다른 일로 바빠 기한을 미루기 일쑤인 불완전한 사람들, 말하자면 동료가 맡는다는 점을 명심하자. 슬프게도 심사가 익명으로 진행되기 때문에 갖가지 지독한 일들이 일어난다. 익명의 심사자는 하고 싶은 대로 마구 쓰고, 이기적인 목적이 있기도 하고, 심사를 자기 자랑의 기회로 삼기도 한다. 자기가 싫어하는 제삼자를 깎아내리기 위해 글을 이용하기도 한다. 자기가 쓴 논문이나 자기의 멘토가 쓴 논문을 인용해달라고 요구할 수도 있다. 아니면 마치 자신의 논문이라도 되는 듯이 자기가 원하는 내용을 넣으라고 종용할 수도 있다. 그런 심사위원들은 자신의 지식을 뽐내고 싶은 것뿐이다. 그러니 우리 자신이 문제가 아니란 점을 기억하자. 심지어 심사의 대상이 우리의 글이 아닐 수도 있다. 설령 논문 심사나 거절이 아무리 부당하고 엉망진창이라도, 우리는 심사위원의 평을 최대한 이용해야 한다.

그런 공격을 당하면, 학술지 편집자나 익명의 심사위원이 한 논평이 얼마나 터무니없는지 자세한 근거를 들어 반박하고 싶은 게 당연하다. 하지만 그런 유혹에 굴복해서는 안 된다. 우리가 펼친 주장을 완전히 오해한 심사위원이 터무니없고 심지어 무리가 가는 방향으로 수정하라고 요구해도, 솔직한 생각을 드러내지 않는 게 좋다. 심사위원과 대결하기보다는 편집자가 요청하는 방향에 맞춰 수정하도록 하자.

책 편집자와 학술지 편집자는 수준 높은 글을 출판하거나 게재하고 싶어 한다. 저명한 출판사의 책 편집자는 학술지 편집자보다는 시간 압박을 덜 받으므로 저자와 장기적으로 좋은 관계를 맺고 싶어 할 것이다. 유능한 편집자라면 저자가 심사 결과를 활용해 다음 단계로 나아갈 수 있게 이끄는데, 특히 심사 내용이 서로 일치하지 않을 때 크게 도움을 준다. 글 쓰는 이에게는 책을 출판하는 것이 학술지보다 조금 더 선택에 자유가 있다.

학술지 편집자는 책 편집자보다 심사위원들에게 더 휘둘린다. 적합한 심사위원을 찾아 심사를 맡아달라고 설득하는 데만도 엄청난 시간이 소요된다. 해당 논문의 성격에 맞지 않는 사람이 심사를 맡게 되기도 한다. 그렇게 되면, 학술지 편집자는 어떤 심사위원이 아무리 형식적으로 대충 논평했다 해도 그 심사위원뿐 아니라 앞으로도 계속 가치 있는 논문을 투고할 수 있는 투고자 둘 다 존중해야 하므로 어려운 상황에 부닥친다.

그리하여 논문 투고 과정이 완벽하게 이루어지지도 않고, 그 과정을 신뢰하기도 어려워진다. 그래도 고통스러운 과정을 통해 글을 더 완벽하게 다듬어야 한다. 딱 잘라(에둘러 표현하지 않고) 아니라고 하든지 열정적으로 (그런 경우는 별로 없다) 장점을 인정하면서 자세하게 비평하든지 하여간 명확하게 피드백한다면 모든 게 수월해진다. 설사 투고한 글이 거절당하더라도 이유를 확인하고, 편집자에게 짤막하게 감사 인사를 하고, 이후에 다른 원고를 투고하겠다고 덧붙이는 편이 좋다. 원고가 거절당한 일을 너무 오랫동안 염두에 두지 말자. 그 대신 경험 많은 동료들과 함께 어떤 점이 부족한지, 어떻게 수정할 것인지, 다음 단계로 무엇을 할지 등을 의논하자.

투고한 글이 깨끗이 거절당한 이유를 검토하자. 동료들 역시 거절 사유를 이해하기 어렵다고 본다면, 다른 학술지에 다시 투고해보자. 대체할 만한 비슷한 학술지는 언제나 있다. 단, 원래 우연히 우리를 심사한 심사위원이 원고를 받아 자신의 의견이 반영되지 않았다는 사실을 불쾌하게 받아들일 수도 있다. 그러니 다른 학술지에 수정하지 않은 글을 투고할 때는, 혹시 수정하지 않으면 처음에 투고한 학술지에 있었던 그 특정 편집자나 심사위원이 문제가 될지 잘 생각해봐야 한다. 거절된 원고는 학회 발표, 학회 패널, 워크숍, 편저에 들어가는 장章으로도 활용할 수 있다. 동료 심사에서 거절된 원고 역시 활용할 방도는 많다.

수정할 것을 전제로 채택된 경우는 먼저 편집자에게 감사 인사를 한 뒤 제시된 방향을 확인하고 이를 토대로 수정본을 완성하여 가능하면 마감일을 넉넉히 남겨 다시 제출해보자. 수정을 전제로 채택되는 일은 드물지만 기뻐할 만한 결과다. 그 기회를 최대한 활용해야 한다. 수정하라고 제시된 내용이 사소하거나 무의미해 보여도 무조건 최선을 다하자. 학계는 매우 좁으니 말이다.

학술지 논문을 투고할 때 접하는 가장 큰 시련은 "수정해서 다시 제출하시오"라는 흔한 문구에서 비롯된다. 출판을 코앞에 둔 시점에 갑자기 모순적이고, 분노를 유발하고, 살아있는 한 절대 하고 싶지 않은 수정을 꼭 하라고 요청받는다. 이런 상황에 직면하면, 모든 과정을 갑자기 중단해버릴 수 있으므로 동료에게 조언을 구하고 숙고해야 한다.

심사위원의 심사평과 편집자의 요약을 숙독하고 나서 며칠 기다리자. 정신이 맑아지면 심사위원이 제안한 것들을 요약하고 편집자가 쓴 메일을 다시 읽자. 학술지 편집을 맡은 적이 있으면 가장 좋지만, 그렇지 않더라도 신뢰할 만한 동료를 찾아 편집자가 쓴 글을 보여주고 다시 제출하기 위한 수정 방향을 의논하자. 편집자의 글은 해당 학술지의 수준에 부합하면서 동시에 심사위원의 수정 요구도 수용하려면 어떻게 수정해야 하는지를 제시하기 때문에 세심하게 분석해야 한다.

편집자가 각 심사위원의 제안을 전면적으로 받아들이기를 권하는가? 아니면 부분적으로 받아들이기를 권하는가? 편집자가 요청한 변경 사안을 모두 받아들일 것인가? 모두 받아들기로 했다면, 신속하게 수정한 후 변경된 부분을 자세히 설명하고, 도움에 감사하는 내용을 별도로 첨부해 수정본과 함께 보내자. 모두 변경하기를 원하지 않는다면, 이미 원고에 소중한 시간을 들인 편집자와 심사위원에게 정말 합리적인 이유를 대야 하므로 이메일이 아닌 다른 방식을 택하는 편이 좋다. 제안은 숙지했고 감사하지만, 다른 학술지에 투고하겠다는 의사를 가능한 한 신속하게 편집자에게 알려야 한다.

편집자가 원하는 수정 방향을 정확히 모르겠다면 직접 연락하는 것도 좋다. 하지만 편집자의 제안을 제대로 이해했는지 확인할 때만 연락해야 한다. 자신의 처지를 호소하기 위해 연락해서는 안 된다. 투고자, 편집자, 심사위원 모두 글이 완벽하기를 바란다는 점을 꼭 기억하자. 편집자가 그러라고 허락할 때만, 심사위원의 제안을 모두 수정본에 넣는다. 편집자의 허락이 없다면, 그 제안이 논문을 강화하는 데 직접적으로 도움이 되는지를 투고자나 신뢰할 만한 동료가 판단한다.

학술지 논문의 경우는 특히 그런 경향이 있는데, 심사위원이 제안한 많은 의견 가운데 어느 것을 포함해야 하는지는 편집자가 결정한다. 투고한 원고를 수정해서 다시 제출하라는 통보가 온다는 건 다음에 이어서 심사를 받고 나면 채택될 예정이라는 의미다. 그래서 다시 제출하라는 것이다. 수정한 부분을 명료한 언어로 정확하고 자세하게 설명하자. 심사위원의 제안에도 불구하고 수정하지 않기로 정한 부분은 설득력 있게 설명하자. 단 자주 그러진 말아야 한다.

최선을 다해 좋은 논문으로 게재하는 것은 결국 본인에게 달린 일이다. 하지만 심사 과정이 감정적으로 힘들 뿐만 아니라 그것만으로 충분하지도 않기 때문에 편집자나 출판 경험이 많은 동료에게 조언을 구해야 한다. 생각을 거듭해 고쳐 쓰고 구성도 달리할 수는 있으나, 정성 들여 쓴 글을 의도하지 않은 전혀 다른 무엇으로 재탄생시켜서는 안 된다. 자신이 긍지를 가질 수 없는 글을 게재하는 일은 삼가야 한다.

수정은 절대 안 된다며 거만하게 거절하는 태도와 출판만 할 수 있다면 뭐든 하겠다는 비굴한 태도를 절충하는 중간 입장을 찾자. 학계에 막 발을 들일 때는 나도 선택의 여지가 있으리라는 건 생각도 하지 못했다. 지금 생각하면 최대한 손대지 말고 그대로 둬야 했던 학술지 논문도 여러 번 수정했다. 수정을 거듭하며 내가 원래 쓰고자 했던 논지를 흐리거나 변경하지 말았어야 했고, 그 대신에 다른 학술지를 찾아 제출해야만 했다.

가장 후회스러운 경험은 어떤 저명한 학자가 자세하게 써준 제안을 그냥 넘긴 때였다. 그분은 내가 세 번째로 출판한 책 가운데 어딘가에 나오는 역사적인 인물을 전공한 학자였다. 편집자는 자신의 출판 일정을 맞춰 책을 내려고 했고, 나는 새로운 글쓰기 과제를 시작하려 하고 있었다. 그분은 전공에 대한 깊이 있는 지식을 토대로 좋은 제안을 했지만, 나는 책의 전체적인 논지와 조금 거리가 있다고 판단했다. 게다가 새로운 제안을 책에 포함하려면 몇 달이나 더 걸릴 것 같았다. 그래서 편집자와 나는 그 학자가 제안한 내용 대부분을 넣지 않기로 했다.

몇 년 뒤, 나는 동료 학자가 그처럼 공들여 친절하게 제안한 의견을 무시했다는 게 후회스러워졌다. 그의 의견을 받아들여 수정했다면 훨씬 수준 높은 책으로 나왔을 터였다. 편집자가 뭐라고 권하든, 출판으로 인해 얼마나 지쳐 있었든, 좀더 기운을 내 용감하게 건네

준 선물이나 다름없던 그 제안을 책에 포함해야 했다.

심사 과정에서 모호하고 모순적이거나 혹은 글의 논지를 오해한 심사평도 받아봤다. 하지만 그런 경험도 글쓰기에 도움이 됐다. 내 글을 오해한 심사위원 덕분에 어느 부분이 어떻게 명료하지 못한지 알 수 있었다. 심지어 나를 헐뜯고 모욕하는 논평마저도(그들의 의견을 객관화했다) 수정할 때 참고할 게 있었다. 그들 덕분에 나와 다른 관점을 이해하고 명료하게 볼 수 있었다. 불쾌한 심사평을 발견하면 나도 모르게 무시했던 의견이나 관점이 있는지 검토할 필요가 있다는 생각도 하게 됐다.

세월이 흐르면서 저자, 편집자, 다른 심사위원을 대상으로 자신을 과시하려는 심사위원도 있다는 것을 알게 됐다. 그런 심사위원은 심사 과정을 원고의 수준을 높이는 게 아니라 자신의 재주를 자랑하는 기회로 삼는다. 자부심 강한 전문가가 통찰력이 있으면 쉽게 다른 사람의 시선을 끈다. 심사위원이 자신의 지식을 뽐낸다고 해서 우리가 심사를 위해 새로운 분야를 완전히 알아야 할 필요는 없다. 편집자가 요구하는 일에만 집중하면 된다.

심사위원이 우리 글을 이해하고 공감할 거라는 기대는 하지 말아야 한다. 심사 과정을 거치는 과정에서 글쓰기에 관련된 갖가지 문제가 터져나오리라는 점을 받아들이자. 글의 완성도를 높이는 데 도움이 될 심사위원들의 제안을 겸허한 자세로 받아들이자. 자신이 연구하는 분야의 한쪽 조그만 귀퉁이에서 심사 과정을 거친 덕분에 글이 더 좋아졌음을 고맙게 여기자.

22장

글이 안 써지는
몇 가지 이유

과제 관련 글쓰기로 긴 시간을 보내다 보면 미처 예기치 못한 정체기를 겪는데, 말하자면 글을 쓰는 기세를 잃어버리는 것이다. 다른 외부 원인을 찾을 수 없고, 언제부터 그랬는지도 확실하지 않다. 하지만 무언가가 닥친 건 확실하다. 한동안 일정에 맞춰 순조롭게 진행되던 글이 어느새 멈췄다.

글이 안 써지는 건 정말 끔찍한 일인데, 특히 임박한 마감 기한에 맞춰 계획을 세워놓았을 때는 최악이다. 하지만 얼마든지 일어날 수 있으며 때로는 피할 수 없다. 글이 주춤거리다가 좋은 결과로 이어지기도 하므로 이런 상태에서도 연구할 수 있어야 한다.

내 경험에 의하면 글이 안 써지는 경우는 대략 네 가지였다. 유형에 따라 다른 일이 일어난다. 즉 글쓰기가 안 되는 경우는 일시적 부진writing lull, 정신적 저항감psychic resistance, 구조적인 문제structural problem, 깊은 혐오profound loathing라는 네 가지 상황이 가능하다. 언급한 순서대로 이어지는 일화를 보고 자신이 처한 상황이 어디에 해당하는지 알아보자.

과제 관련 글쓰기가 진행되지 않을 때는 먼저 세 가지 길들이기 방법을 사용해보자. 매일 짧게라도 과제 상자와 감정 환기 파일을 썼는데도 여전히 활기를 되찾을 수 없다면, 단순한 **부진** 상태다. 글쓰기에 필요한 에너지는 반복적으로 차오르다가 잦아들곤 하는데, 특히 마감에 맞춰 제출한 직후나, 수정본 제출을 요청받았거나, 일정 기간 생산성 있게 글을 쓰고 난 후에는 그런 경향이 뚜렷해진다. 의욕이 안 생길 때는 억지로 글을 쓰려고 하기보다는 의도적으로 구조화한 글쓰기 휴가를 계획하고 실천하는 게 좋다.

이때 잠시 과제를 멈추기는 하되 다시 복귀할 자세는 되어 있어야 한다. 검토하고 압축하고 메모하는 등 "좋은 항해"라고 할 만한 일을 다 하고 나서 짧은 휴가가 끝나면 "복귀 환영" 모드로 돌아간다. 정해진 기간에는 의식적으로 글을 쓰지 않는 게 좋다(생각하거나 마감도 걱정하지 말자). 이 기간은 일주일 정도가 적당하다. 일주일 이상도 가능하지만 약간 위험할 수 있다. 자기가 정한 기간에는 글쓰기를 완전히 멈춰야 한다. 철저하게 글쓰기 생각을 하지 않아야 한다.

이렇게 글쓰기와 분리되어야 휴식을 취할 수 있다. 의식적으로 글을 쓰던 일상을 멈추고, 특히 글이 안 써진다고 자신을 비난하지 말아야 한다. 이렇게 짧게나마 구조화된 휴가를 보내면 다시 글을 쓰는 데 필요한 에너지가 차오른다. 기운이 나고 과제도 살아난다. "글쓰기 휴가" 동안에도 과제와 관련된 아이디어가 떠오르면 메모는

해두는 게 좋다. 이 시점에서 목표는 단기 휴가를 보낸 뒤 재충전되어 산뜻한 정신으로 복귀하는 것이다.

휴가에서 복귀하고도 지지부진하다는 느낌이 계속되면 일시적인 부진이 아니라 두 번째 유형인 글쓰기에 대한 **저항감**이라고 봐야 한다. 이때는 감정 환기 파일을 쓰자. 과제와 자신에 대한 속마음을 파악할 때까지 과제 글쓰기는 하지 않는 게 좋다. 평생의 대작, 정돈된 책상, 사기꾼 증후군, 적대적인 독자, 다른 사람과의 비교, 완벽한 첫 문장, 자료 수집에 대한 강박 가운데 해당하는 게 있는지 살펴본다. 만약 스스로 글쓰기에 저항하고 있다면, 감정적으로 휩쓸리며 드라마를 연출하지 말고 숙련공의 태도를 강화해야 한다.

이러한 노력에도 아무 변화가 없다면, 일시적 부진이나 저항감이 아니다. 휴가를 보내고 미신을 정리해서 기분이 나아졌는데도 여전히 글이 써지지 않는다면 연구 과제 그 자체에 본질적인 문제가 있음을 직관적으로 알 수 있다. 다시 글을 쓰려면 잘못된 부분을 고쳐야 한다. 이 경우는 세 번째 유형인 **구조적인 문제**다. 연구 과제에 문제가 있는 것이다.

구조적으로 문제가 있는 과제 글에 계속 덤비면 시간과 에너지가 허비된다. 아무리 일정, 개요, 분량 기준에 맞춰도 구조적인 문제가 더 심해지고, 통찰력도 생기지 않는다. 구조적인 문제로 글이 안 써지면, 이제껏 지켜온 계획을 전면 수정해야 한다. 19장에서 다룬 방향 잡는 방법을 쓰자. 진정으로 관심이 있는 것을 알려주는 경쾌한 리듬은 어디에서 느낄 수 있는가? 연구 과제에 무엇이 필요한가? 호기심을 유지하며 유연한 태도로 대안을 모색해 과제에 집중하고. 관련 계획을 세우고 발전시키자. 이것은 "끝까지 이를 악물고 견디기"

와는 정반대 해법이다.

나는 박사학위 논문을 쓴답시고 몇 달이나 허투루 보내면서도 구조적 문제로 글이 안 써지는 것인 줄 몰랐다. 논문 계획서에 포함된 장별 개요에 따르면 내 논문은 1950년대와 1960년대에 벌어진 컨트리음악의 상업화 과정을 다루게 되어 있었다. 첫 장은 매체 생산 측면에서 이론적인 문제점과 방법적인 고찰을 살펴보고, 이어서 다음 장에서 대중음악 산업의 역사를 살펴볼 계획이었다. 특히 패치 클라인Patsy Cline의 음반 경력을 중심으로 컨트리음악의 역사를 검토하여, 기관 투자자가 대중문화에 끼친 실질적 영향력을 고찰하는 데 목적을 두었다. 마지막으로 대중문화의 상업화가 어떻게 전개되었는지 결론지으며 마무리할 계획이었다.

나는 이전에 우리가 알고 있는 것, 이해하는 것, 믿는 것이 글을 쓰는 과정에서 어떻게 바뀌는지 심각하게 생각해본 적이 없었다. 그런데 그것이 바로 우리가 하는 연구 과제가 예측하지 못하는 방향으로 형태를 달리하며 변이하는 이유다. 내 논문의 개요도 글을 쓰다가 달라질 수도 있다. 전제를 토대로 하여 작성한 것이었다. 그리고 의식하지 못하는 사이에 나는 별로 원하지 않는 방향으로 논문을 쓰고 있었다.

대중음악 산업의 역사를 다루는 2장을 시작하려는 시점이 되자, 글을 쓰기가 싫어졌다. 갑자기 핵심을 벗어났다는 생각이 들었다. 하지만 논문계획서에는 2장이 필요한 것 같아 포함했고, 이를 위해 몇 달 동안 조사도 했다. 힘겹게 쓰다가 어느 순간 글이 써지지 않았고, 그 뒤로 더는 나아가지 못했다. 그러던 어느 날, 갑자기 2장을 빼야겠다는 생각이 들었다.

이제 내 박사학위 논문은 산업화 과정이 대중문화의 고유한 형태를 상업화하는 과정에 대한 사례 연구가 아니게 되었다. 업계에 일어났다고 추정되는 모종의 변화와 관련하여 관계자들이 컨트리음악의 고유성을 어느 정도 이해하는지 조사하는 연구로 바뀌어 있었다. 대중음악의 역사에 일어난 전체적인 변화를 한 장이나 할애하여 자세히 다룰 필요가 없었다. 구조적인 문제로 글을 쓰지 못하면서, 나는 문화가 조정되는 과정에서 "업계의 세력"으로 추정되는 무언가가 아니라 신념의 작용을 밝히는 데 초점을 맞춰 논문을 진행해야 한다는 것을 알게 됐다. 이리하여 새롭게 논문을 쓰는 사명을 정하고 나자, 개인적으로도 흥미 있고, 미디어학에도 유의미한 연구가 됐다.

학술적인 글은 연구를 강화하기 위해 무언가를 포함하거나 제외하며 쓴다. 다른 사람의 조언도 당연히 필요하지만, 결국 잘못된 점을 정확히 깨닫는 주체는 다름 아닌 글 쓰는 사람 자신이다. 배경 연구를 비롯한 관련 정보는 모두 조사해뒀으니 이를 정리하고 요약만 하면 되는 상황이라, 내가 게을러서 산업 역사를 안 쓰는 건 아니었다. 글이 멈춘 것은 어느 때부터인가 그 장이 논문에 맞지 않는다는 걸 알았기 때문이었다. 글이 안 써지는 동안 논문에서 내가 하고자 했던 말이 무엇이었는지 명확해졌다. 그 장을 빼버리고 나니, 내 논문에서 문화 생산 연구를 해석하는 새로운 접근법이 뚜렷하게 드러났다.

"부진"이나 "저항감"을 해결하는 전략을 써도 글쓰기에 진전이 없다면, 구조적인 이유가 원인일 수 있다. 잘못된 부분을 찾아 바로잡으면, 새롭게 통찰력을 얻고, 학술적으로도 공헌하며, 에너지까지 얻어 계속 글을 쓸 수 있다.

단순한 부진일 뿐이니 휴식을 취할 것인지, 글쓰기에 대한 미신에 빠져 저항하고 있는 것인지 판단하자. 이도 저도 아닌데도 계속 허둥대고 있다면 구조적인 문제다. 그렇다면 오히려 괜찮은 상황이다. 글을 다시 쓰고 연구의 질도 높이는 방향으로 과제를 재조정하자.

이상으로 글이 써지지 않고 정지되는 유형 네 가지 가운데 셋을 살펴봤다. 가장 위험한 유형인 극도로 다루기 힘들고 끈질긴 **혐오**만 남았다. 만만치 않은 유형이라 다음에 이어질 장에서 따로 다루겠다.

23장

위험한 과제는
포기하라

난항에 빠진 글을 구제하는 전략을 전부 써봐도 여전히 글이 써지지 않으면 어떻게 해야 할까? 무슨 수를 쓰더라도 과제에 대한 혐오감을 극복하지 못하면 어떻게 할 것인가? 휴식을 취하고 다시 글을 써보고 연구 과제를 다시 구성하며 아무리 노력을 해도 여전히 싫은 감정이 사라지지 않는다면, 위험한 부진이다. 내 생각에는 이때는 과제를 포기하는 편이 좋다. 포기하기로 하면, 그 상황에서 벗어나 다른 글을 쓸 수 있다.

무서운 충고인 건 나도 안다. 특히 박사학위 과정 수료생이나 정년교원은 더 끔찍할 것이다. 그렇다 해도, "과제를 포기하는 것"도 선택지로 두어야 한다. 그래야만 학자로서 쌓은 경력을 살릴 수 있다.

내가 아는 상태가 좋지 않은 학자들은 대부분(그런 지인이 좀 많은 편이다) 위험한 부진 상태에 빠진 채로 오랫동안 버티고 있다. 미궁에 빠진 과제로 인해 전문가로서 성장하지 못하고 파탄에 이르렀다.

어떤 정년 트랙 교수는 학술지 논문으로도 게재되지 못한 저술을 두고 수년간 설명했다. 초고 수준이라 준비가 되지 않았다며 개요를 계속 선보이고 일련의 전문적인 심사만 받았다. 같은 학과 교수로서 우리는 그가 책을 쓰고 있다며 진부한 변명을 하면 믿어주려 했다. 20년 넘는 세월 동안 그는 수치스러워했고, 우리는 그런 그를 엄호했다. 어느 교수는 그동안 글도 거의 출판하지 못했고, "그 책"을 쓸 시간이 이제야 생겼다며 퇴임했다. 하지만 그 후에도 책은 나오지 않았다.

국가에서 지원하는 저명한 연구비를 받은 뛰어난 동료 교수는 (의욕에 찬 중견 교수로 수십 년 전에 시작한) 자신의 야심작에 대해 절대 언급하지 못하게 됐다. 연구비를 지원받은 이후 책 쓰는 일은 멈췄고, 관련 학술지 논문만 게재했다. 그러다가 전임 관리직으로 이직했다.

(심리학 교수였던) 내 아버지도 오래전에 출간 계약까지 한 입문 교과서를 결국 완성하지 못했다. 우리의 어린 시절은 완성하지 못한 책이 드리운 그늘에 가려 행복하지 않았고, "그 책을 써야만" 한다는 생각에 사로잡혔던 아버지는 넘치는 아이디어를 자신의 발전을 위해 제대로 활용하지 못했다. 출판사는 저술에 도움이 되라고 연두색 아이비엠 셀렉트릭IBM Selectric 타자기까지 지원했다. 어떤 편집자는 아버지의 강의를 받아적어 책을 구성하는 장으로 만들어보겠노라고 제안하기도 했다. 하지만 아버지는 비슷한 개요와 계획안만 거듭 낼 뿐 거기서 더 나아가지 못했다. 그 입문 교과서는 아버지에게는 위험한 부진 상태에 놓인 연구 과제였기에 더는 완성도 중단도 할 수 없었던 것이다.

수많은 박사학위 과정 수료생이 박사학위 논문에 관해 이야기하고 생각하고 꿈까지 꾸면서도 논문을 완성하지는 못한다. 걸핏하면 앞당겨지던 마감에다 수치심과 죄책감으로 얼룩진 수년을 보내고도 말이다. 내 동료 교수들이나 아버지와 마찬가지로, 박사학위 과정 수료생들 역시 일정을 잡고 기술적 지원이나 유용한 조언까지 받지만, 연구 과제에 무언가 인생을 망가뜨릴 치명적인 문제가 있었다.

정작 학술지 논문이나 책을 쓰지 못하면서도 완성하는 데 커다란 의미를 두는 정년 트랙 교수들이 있다. 분명 그들은 무언가 개인적으로 대가를 치르며 연구 과제를 위해 조사하고 초고까지 썼을 것이다. 시간이 지나면서 글쓰기가 진행되는 듯 보이지만, 사실 이들은 위험한 부진 상태에 빠진 것이며, 자신을 심하게 수치스러워하며 연구 과제, 자신, 직업까지도 점점 혐오하게 된다. 그러다 정말로 "글을 쓰지 못하게" 된다.

글쓰기 과제가 위험하다고 판단되면 소중한 시간을 버리기 전에 그만두자. 무섭지만 해방감을 주는 말이다. 무언가 보상이 확실한 일을 하는 편이 최선이고, 그래야만 한다. 그 "무언가"는 학술적 글쓰기가 아니어도 좋다. 학술적으로 다른 방향에 있는 일도 좋고, 학계에 필요한 지적 기술이나 조직력을 요구하는 다른 직업도 좋다. 우리에게는 언제나 선택의 여지가 있고, 어떤 선택을 하더라도 글을 쓰다 위험한 부진에 빠진 채 버티는 것보다는 보람도 있고 가치 있을 것이다.

위험한 부진 상태에 휘말린 사람은 에너지를 소진하고 허약해진다. 혐오스러운 연구 과제에 매여 있느라, 대안을 모색하거나 실행하는 건 상상도 하지 못한다. 이걸 치워버려야만 살 수 있다. 만일 위험한 부진을 겪고 있다면, 거기서 탈출하는 상상을 하며 감정 환기 파일을 쓰자. 가장 덜 무서운 선택은 혐오스러운 연구 과제 작업을 중단하고 최대한 신속하게 재미있는 글쓰기 과제로 갈아타는 것이다. 간단하고 보람 있으며 원래의 글쓰기 리듬을 되찾게 해줄 일을 찾아 시작하자. 심사와 수정을 받을 수 있는, 자신이 진정으로 좋아하는 견고한 연구 과제를 택하자. 지금 혐오스럽다고 생각하는 연구 과제는 몇 달 혹은 몇 년 뒤에 다시 하기로 결정하자.

"잊고 있기"로 결정해도 자유로워지지 않을 수 있다. 너무 오랫동안 속박되어 있다 보니 여전히 묶여 있는 듯한 기분이 드는 것이다. 그런 기분을 떨치기 어렵다면, 위험한 연구 과제를 상징적으로 매장해야 한다. 작별 카드까지 써서 관련 자료와 함께 모두 상자에 넣자. 쓰레기통에 던져버리거나 장작불에 넣고 태워버리고 싶을 수도 있는데, 물론 그것도 가능하다. 그런 방법이 너무 극단적이라면, 상자를 작업실에서 치우자. 그렇게 비운 자리에서 다른 연구 과제나 학술적인 일이 아닌 다른 일을 하자.

위험한 연구 과제에 계속 매여 있는 이유는 뭘까? 이해관계 때문일 수 있다. 그만두면 부담할 위험이 너무 크다고 판단하기에 이 연구 과제든 뭐든 꼭 해내겠다고 결심하는 것이다. 이 과제를 출판하지 못하면 모든 게 끝장난다고 믿기도 한다. 삶이 무너지는 게 뻔히 보여도, 포기에 따르는 수치심과 고통을 감내하지 않으려 한다. 학계에서 버티면서 여기까지 오는 데 시간과 에너지와 돈을 엄청나게 들였다. 그렇게 희생한 대가를 이렇게 "버릴 순" 없다.

위험한 남녀관계에서 벗어나지 못하는 사람들도 같은 논리를 펼친다. 이혼하면 "친구들이 어떻게 생각하겠느냐"면서 폭력적인 배우자와 살아간다. 학자들은 학계에서 성공하는 데만 몰두한 나머지 다른 형태의 삶은 상상하지 못하는 경향이 있다. 학자라는 정체성이나 학술적 세계에 속해 있다는 소속감에 흠집이 날 것이 두려워 글쓰기 과제가 아무리 위험해도 차마 중단하지 못하는 것이다.

자신의 마음에서 들리는 소리를 잘 듣고 숙고해야 한다. 위험한 연구 과제를 그만두고 새로운 과제로 넘어가면 어떤 일이 벌어질지 모른다. 하지만 속박당하며 비참해하던 우리가 정신적·정서적·지적으로 자유로워지면 선택의 폭이 굉장히 넓어질 것은 확실하다. 싫어하는 연구 과제를 억지로 계속하면, 앞서 예로 들었던, 생산성이 없어 수치스러워하는 동료들이 걸었던 길을 따라가게 될 수도 있다.

정말 이 연구 과제를 포기하면 내 인생이 끝장나는지 진지하게 질문을 던지자. 연구하고 공부하며 보낸 세월이 완전히 사라지는 건지 스스로 묻자. 학계를 떠나면 실패자가 된다고 믿는다면, 위험한 연구 과제를 그만두는 것이 "경력 면에서 자살"하는 것과 마찬가지라고 생각할 수 있다. 하지만 우리가 여기까지 올 수 있었던 건 그만큼 충분한 재능, 기술, 능력이 있었기 때문이다. 그러니 도리로나 책임으로나 우리가 꼭 해야 한다고 믿지만, 죽을 듯이 힘든 일을 그만두더라도 저편에서 다른 무언가가 우리를 기다리고 있지 않을까? 캠퍼스만 나가면 우리가 그동안 학계에서 "성공하려는" 과정에서 못 보고 놓친 즐거운 일이 잔뜩 기다리고 있다.

나는 그동안 여러 번 위험한 부진 상태에 빠졌지만, 이 두 가지 덕분에 벗어날 수 있었다. 바로 연구 과제를 상자에 넣어두는 것(눈에 띄어서 나를 괴롭히면 안 되니까)과 행복한 대체 인생을 상상하는 것이다. 바로 지금도 우리 집 서재 문을 나가면, 내가 한때 열정적으로 진행했던 연구 과제들이 담긴 상자 여섯 개가 수직으로 쌓여 있다. 열정이 사그라지면서 의무감에 괴로워하며 하던 과제도 있다. 재구성하기를 포함하여 글이 써지지 않는 상황에서 할 만한 다양한 일을 시도해봤고, 학회 발표용 논문이나 이제까지 한 연구를 바탕으로 학술지 논문으로 써보기도 했다. 하지만 지금은 책으로 출판하려 했던 연구 과제들이 상자에 들어 있어 내 시간과 에너지를 낭비하지 않아도 되니 행복할 뿐이다.

생산성을 올려보겠다는 의무감으로 이제 관심도 없는 연구 과제에 아직도 매여 있으면 어쩔 뻔했을까? 기껏해야 애착도 없는 글만 대량 생산했을 것이다. 무엇보다 방향을 바꾸지도 못하고 내키지 않는 글만 써야 했을 테니 글쓰기를 계속하기 힘들었을 것이다. "글을 쓰지 못한다는 게" 수치스럽고 부끄러운 나머지 결국 학계를 떠나지 (혹은 후회하며 머물렀을지도 모르겠다) 않았을까 싶다. 위험하게 변해버린 연구 과제를 놓아버리는 데는 용기가 필요하지만, 그래도 꼭 해야만 한다.

(아이비리그급 대학에서 방문 교수로 있었던) 첫 번째 직장에서 나는 박사학위 논문은 밀어놓고 새 책 집필을 시작했다. 이미 컨트리음악의 고유성과 상업화에 대해서는 쓰고 싶은 만큼 썼다. 이제는 진부하기 짝이 없는 한물간 주제 같았다. 어쨌든 그 당시 나는 좀더 일반적인 주제에 관심이 있었는데, 사람들이 생각하는 미디어의 영향력에 관한 것이었다. 미디어의 영향력에 대한 대중의 관점 때문에 좌절했고, 새로 근무하게 된 대학에서 미디어를(미디어학과에 대해서도) 잘 모르면서 무시하는 경향을 접하며 놀랐다. 그런 상황에서 관심이 생긴 주제에 대해 마음껏 글을 썼더니, 현대 사회와 미디어에 대한 믿음을 주제로 한, 첫 번째 책으로 출간하게 됐다.

글쓰기는 정말 보람 있고 즐거운 일이다. 글쓰기 덕에 내 연구 분야에서 유명한 대학원이 있는 명문 대학교 여러 곳에서 정년 트랙 교수가 될 수 있었다. 내가 쓴 글이 출판되어 자부심을 가질 만한 책으로 나왔다. 사실 그건 "박사학위 논문을 첫 저서"로 출판해야만 한다는 생각을 버렸기에 가능했다. 그보다는 그 시점에 내가 관심 있는 주제에 대해 글을 썼고, 그러다 보니 흔들림 없이 기세를 유지하며 쓸 수 있었다.

몇 년이 지나자, 어떤 교수가 박사학위 논문을 다시 연구해보라고 권했다. 그때는 그럴 기분이 들었다. 내 논문은 생각을 거듭하여 최신 정보에 맞춰 보충하고 수정한 끝에, 두 번째 책이 되어 세상에 나왔다. 그 후로는 줄곧 내가 쓰고 싶은 주제로 책, 학술지 논문, 일반 논문을 써서 출판하거나 게재할 수 있었다. 모든 건 "방해되는" 연구 과제를 과감히 중단하고 다른 길을 찾았기 때문에 가능했다.

학술계가 아닌 세상에서 살며 만족하는 내 모습을 상상해본 적도 있다. 그러자 드라마 주인공이 된 듯한 극적인 감정을 배제할 수 있었고 부담 없이 편안하게 글을 쓰고 출판할 수 있었다. 특히 초짜 시절에는 전부 포기해도 괜찮다고 스스로 되뇌며 불안감을 달랬다. 그러자 위험한 과제를 과감히 그만두고 관심이 생기는 글쓰기를 새로이 택할 수 있었다.

끔찍하게 싫어하는 연구 과제라면 과감히 중단하라는 조언은 특히 신입의 입장이거나 요즘처럼 직장을 구하기 힘든 시기에 무책임하게 들릴 수도 있다. 그러나 싫은 것을 떠나보내고 나면 더 좋은 것이 올 때가 많다. 완성하고 싶지 않은 연구 과제에 묶여 있다는 건 가혹한 일이다. 위험한 상태에 빠져 꼼짝하지 못하고 있다면, 연구 과제를 떠나보낼 수 있어야 한다. 다른 연구 과제를 쓰거나 아예 다른 삶을 살아보는 것도 좋다. 고통스러운 일을 그만두면 어떤 일이 일어나는지 한번 알아보자.

24장

과제를 잠시
미뤄도 된다

학술 연구는 다른 글에 주의력을 분산하지 않고 연구 과제 하나에 집중할 때 가장 잘된다. 하지만 이런 호사를 누리기는 거의 불가능하다. 우리는 대부분 마감일이 거의 비슷한 글쓰기 과제 여럿을 마감이 임박한 정도에 따라 조절하며 동시에 한다. 그러나 생산성과 글의 수준은 둘 다 중요하므로, 모든 과제 글을 **마치** 과제 하나만 하는 듯한 집중력으로 써야 한다.

글쓰기 과제를 진행하는 양상은 학문 분야마다 다르다. 인문학에서는 하나에 집중하는 경우가 많지만, 과학은 과제 글 하나만 쓰는 경우는 드물다. 사회과학은 이 둘의 중간 정도라고 할 수 있다. 그러나 힘든 이유가 전공 분야 때문만은 아니다. 종종 **자청해서** 여러 편의 글을 한꺼번에 맡기도 한다. 꼭 잡고 싶은 기회가 와서 맡거나, 각기 일정이 다른 학자 여러 명과 협업하여 글을 쓰기도 한다. 연구 과제들의 마감일이 같다거나, 여러 과제를 한꺼번에 쓸 수 있다고 잘못 계산하는 등 여러 이유로 기한에 맞추지 못한다. "빨리 쉽게" 하나 더 써서 일단 전문적인 심사를 받으려 하기도 하고, 실망스러운 연구 과제를 진행하다가 마무리 짓지 않고 새로운 과제를 하나 더 시작하기도 한다.

여러 글쓰기 과제를 동시에 진행하면, 글을 주저하면서 시간을 보내는 걸 생산성이 좋다고 착각하게 된다. 동료들에게 설명하거나 연간 심사 목록에 올릴 때는 진행 중인 연구가 많은 것 같다. 하지만 결국 진행하는 글이 많다고 글쓰기 생산성이 좋은 게 아니라는 걸 알게 된다. 제출 기한에 맞추느라 미친 듯이 쓰며 근근이 완성한 글은 무언가 덜 된 느낌이다. 동시에 여러 연구 과제를 진행하다 보면 마치 다 익지 않은 요리가 소스나 장식도 얹지 않은 채 손님에게 나가지 않도록 현장에서 미친 듯이 요리하는 즉석 요리사가 된 듯하다.

동시에 많은 글을 써야 할 때는 가장 중요한 과제에 A 시간을 할당한다. 그리고 이 과제를 연구 과제 상자에 보관하고 매일 놓지 않는다. 나머지 과제는 덜 중요하므로 B 시간과 C 시간을 할당한다. A 시간이 가능해질 때까지 보류하는 과제다.

과제를 보류하는 이유는 다양하다. 마감 기한이 여유가 있거나, 쓰기가 수월하거나, 자료나 피드백이나 협업 작가의 기고가 추가로 필요할 때 보류한다. 최우선 연구 과제를 제출했거나 심사받는 중이라면, 보류해둔 과제에 착수한다. 언젠가 하고 싶은 연구 과제와 확신이 서지 않는 연구 과제도 순서상 뒤로 간다. 다수의 연구 과제를 나중으로 보류해두는 일을 요령 있게 하면, 글쓰기의 생산성이 전반적으로 오른다. 반면에 서툴게 처리하면 후순위 연구 과제들로 스트레스를 받으며 헤매다 결국에는 글이 난항을 겪게 된다.

과학 분야 연구 과제는 최우선 과제와 후순위 과제로 나누어 분류하기가 쉽지 않다. STEM(과학Science, 기술Technology, 공학Engineering, 수학Math) 관련 분야는 공동 연구를 활발하게 하고 연구비 의존도가 높으므로 자주 과학자들의 연구 사이클이 겹친다. 아이디어를 개발하고, 연구비에 지원하고, 보고서를 작성해 발표하고, 학회 발표와 학술지 게재를 위한 논문을 쓰고, 최종 제출 때까지 수정을 거듭하며 일정이 겹치곤 한다. 잘나가는 연구실 소속 과학자들은 한꺼번에 다양한 연구를 진행하는 것처럼 보이는데, 여러 요소를 각기 다른 시간표에 맞춰놓고 연구 과제들을 한꺼번에 진행하기 때문이다.

그런데 자세히 관찰하면, 엄청나게 바쁜 과학자도 최우선 연구 과제와 후순위 연구 과제를 구분한다는 것을 알 수 있다. 최우선으로 하는 연구 과제와 공동 연구원에게 위임하거나 B 시간과 C 시간에 하는 연구 과제가 따로 있다. A 시간에 마땅한 노력을 여러 연구 과제에 동시다발적으로 쏟는다면, 연구원이 지치고 연구도 혼란스러워져 진척이 더뎌진다.

인문학 저술은 단독 저술이 많아 자신의 속도에 맞춰 특정 연구 영역에 집중하기에 좋다. 인문학은 대개(늘 그런 건 아니다) 학회 논문이나 학술지 논문을 한 번에 하나씩 써서 편저에 실리는 논문(북챕터)이나 책으로 낸다. 과학자와 인문학자는 문제가 생기는 이유가 다를 수 있는데, 전자는 진행하는 연구가 너무 많고 후자는 하나에 집중하기 때문이다. 연구 과제 하나에만 몰두하면 글이 느려지거나 안 써지거나 딴 데로 새기 쉽다.

사회과학자들은 협동 연구를 하기도 하고 단독 연구를 하기도 한다. 다른 단계에 있는 다수의 연구 과제를 진행하느라 정신이 없을 때도 있다. **그리고** 주제 하나에만 집중하느라 싫증이 날 수도 있다. 하지만 어떤 분야든 생산성 문제를 해결하려면, 최우선 연구 과제에 집중하고 그에 맞춰 후순위 연구 과제는 효율적으로 진행해야 한다.

후순위 연구 과제에는 두 가지 유형이 있는데, 이미 많은 과제를 하고 있어 미룰 수밖에 없는 연구 과제와 앞으로 정말 하고 싶은 연구 과제다. 최우선 연구 과제와 따로 분류되긴 했으나 두 유형은 창의력 측면에서 서로 다르다.

현실적인 이유로 지금은 못하지만 정말 좋아하는 연구를 찾았으니 생산성을 올리고 싶은 학자에게는 긍정적이다. 이 유형의 과제는 별도로 분류해두고, 영감이 떠오르거나 관련 자료가 보이면 메모하고 참고문헌도 작성해 파일에 보관한다. 최우선 연구 과제를 하다가 관심 있는 후순위 연구 과제와 관련된 자료를 찾으면 그걸 모으면서 조금씩 진척한다.

후순위 연구 과제가 있으면 내게 새로운 선택권이 생기고, 흥미로운 접근법도 발견하게 되고, 앞으로 연구 방향을 잡는 데도 좋다. 지금 맡은 과제를 얼른 마치고 새로운 연구를 시작하고 싶어진다. 이 연구 과제가 끝나도 할 일이 있다니 힘이 난다.

후순위 연구 과제가 없는 동료들도 있다. 계속 저술을 게재하거나 출판하고 있지만 별로 열정은 없다. 그냥 자신의 연구 분야에 있는 한쪽 조그만 모퉁이에서 같은 주제를 다양한 버전으로 써낸다. 우선순위는 상관하지 않고 다수의 연구 과제를 진행하는 동료들도 있다. 언제나 각기 다른 단계에 있는 연구 과제 서넛 정도는 쓰고 있다. 하지만 충분히 집중하지 않으므로 거의 완성하지 못한다.

정말 하고 싶어서 보류해둔 연구 과제를 잊지 않고 진척하려면 굉장한 요령이 필요하다. 과제에서 손을 떼지 않으면서, 마치 스튜를 오래 끓이며 한 번씩 "살짝 저어" 놓듯이 참고문헌, 아이디어, 개요, 뒷받침하는 자료를 조금씩 모은다. 제루바벨은 《시계태엽의 뮤즈》에서 특정 주제에 대한 아이디어가 떠오르거나 자료가 보일 때마다 모으며 몇 년을 보내다가 때가 되면 강의나 학술지 논문이 아닌 다음 책으로 냈던 경험을 알려준다. 후순위 연구 과제와 관련하여 때때로 써둔 메모를 체계적으로 정리하고 모으다가, 때가 되면 후순위 과제를 꺼내 우선순위로 삼아 집중해서 쓴다는 것이다.

연구 과제를 우선순위에 따라 분류하지 않고 한꺼번에 모두 진행하면 몇 달이라는 귀한 시간을 허비할 수 있다. 가장 흔한 부작용은 관심이 분산되어 연구 진척이 느려진다는 점이다(사회과학 분야에 특히 많다). 글을 쓸 때 기진맥진해서 집중이 안 되기도 하는데, 이건 진짜다. 상황상 가장 불안한 과제를 먼저 하지만, 아무것도 "출시하지" 못한다. 글을 쓰면서도 최고의 기량을 못 낸다는 느낌이 들어 연구 과제를 각각 다른 날에 쓰기도 하고, 여러 연구 과제를 같은 시간대에 조금씩 쓰기도 한다. 그러다 글쓰기를 훼방하는 악마들이 나타나고 미신에 사로잡힌다. 글쓰기가 두려워 피하기 시작한다.

후순위 과제라는 선택권이 있는 상태로 최우선 연구 과제를 정하면 훨씬 효율적으로 연구할 수 있다. 상황에 대응하는 식으로 연구하는 게 아니라, 선제적으로 하기 때문이다. 시간과 에너지를 어디에 쏟을지 결정하면 좋은 글을 쓰는 데 필요한 세 가지 요소인 규칙성, 느긋함, 주의 집중이 충족된다. 우선순위에 따라 연구 과제를 분류하면 고도의 집중이 필요한 과제를 가장 먼저 하게 된다.

후순위 연구 과제를 정해놓으면 다음 연구를 잊지 않고 제대로 할 수 있다. B 시간과 C 시간에는 후순위 연구 과제들이 여전히 보글보글 끓고 있는지 확인한다. 재구성이나 다시 정리할 필요가 있는가? 또는 경쾌한 리듬은 들리는가? 후순위 연구 과제를 스튜를 요리하듯 가볍게 뒤적여도 보고, 양념도 한두 가지 치고, 끓도록 내버려두자.

또 다른 관점에서, 후순위 연구 과제의 효용성은 모닥불을 피울 때 쓰는 "불쏘시개"와 같다고 할 수 있다. 장작은 나란히 놓으면 잘 타기 때문에 굵은 장작 옆에 잔가지들을 불쏘시개로 놓는다. 굵은 장작인 최우선 연구 과제가 잘 타지 않아 좌절할 때 후순위 연구 과제라는 잔가지를 태우면 불꽃이 옮겨붙어 활활 타오른다. 최우선 과제를 의욕적으로 하기 위해 후순위 과제를 전략적으로 이용하는 것이다.

내가 쓴 최초의 대규모 연구 과제인 컨트리음악의 고유성과 상업화 과정에 대한 논문도 이런 식으로 썼다. 일단 글을 다시 쓸 수 있게 되고, 구조적인 약점에서 비롯된 문제를 해결하고 나자, 하루에 두 시간에서 네 시간 정도 생산성 있게 일할 수 있었다. 개요에 맞춰 착실히 글을 써나가며 확실하게 진도를 나갔다. 그러다가 갑자기 내 타자기 생각이 났다.

그 시절에는 1950년대에 나온 투박하게 생긴 IBM 전자 타자기를 썼는데, 다들 잘 아는 상징적인 디자인의 셀렉트릭 타자기 전에 나온 모델이다. 날마다 시끄러운 웅성거리는 소리 가운데서 곰팡내를 맡으며 키보드를 두드렸다. 1980년대 초반이라 이미 컴퓨터가 널리 보급되어 있었다. 종이에 쓴 글을 타자로 쳐 초안을 작성하고, 거기에 펜과 연필로 수정한 뒤, 타자로 친 수정본을 학교에 있는 컴퓨터로 다시 쳐서 최종본을 작성하던 시절이다. 나는 점점 사라져가고 있는 타자기의 역사가 갑자기 궁금해졌다. 타자기가 신문물이던 시절은 어땠을까?

타자기와 타자의 역사를 조사하고 싶은 열망이 마구 솟았다. 거의 아무도 연구하지 않은 주제고 새로운 통신 기술의 역사에 관한 연구 업적이 있는 지도교수 아래 있으니 내게 딱 맞는 연구 주제 같았다. 짧은 학술지 논문이나 책을 쓸 수 있을지도 모른다는 생각이 들었다. 지겨운 컨트리음악 논문보다는 훨씬 재미있으리라 확신했다.

(그때는 인터넷이 없어서) 나는 도서관으로 신나게 달려갔다. 50년 동안 아무도 대출한 기록이 없는, 멋진 장정의 초기 비서 업무 편람 전집이 서고 깊숙한 곳에 꽂혀 있었다. 타자기는 여성이 비즈니스 세계로 진출하게 된 계기였다. 사무업계에 혁명도 일으켰다. 고대 로마의 겉옷인 토가toga를 걸친 여성이 새 타자기를 번쩍 들고 당당하게 구름 위로 올라가는 모습을 표지에 담은 타자기의 역사에 관한 책도 발견했다. 새 기계의 놀라운 성능 덕분에 "펜에 종속된 노예"로 살던 인간이 마침내 해방되었다는 광고도 있었다. 완성 단계에 다다른 논문보다는 이쪽이 내가 진정으로 쓰고 싶은 연구 과제였다.

다행히 이전에 참고문헌을 조사하다가 지금 하는 논문 주제를 발견했을 때도 이와 비슷한 희열을 느꼈다는 기억이 났다. 최우선 과제가 되면 "타자라는 신기술"이라는 연구 과제도 논문처럼 무덤덤해지고 익숙해질 것이고, 새로운 관심거리가 나타나면 잊힐 수도 있겠다 싶었다. 결국 연구 과제를 바꾸거나 둘을 동시에 진행하는 대신, 의욕을 불러일으키는 새로운 주제를 이용해 논문을 마치는 편이 낫겠다는 판단을 내렸다.

불쏘시개라는 개념은 바로 이때 생각해낸 것이다. 이후로도 수년 동안 반짝거리는 새로운 연구 주제를 발견할 때마다 연구 열정이 마구 샘솟았다. 그러나 그럴 때마다 "굵은 장작" 연구 과제가 완성되면 미래에 보상으로 하자고 마음을 다잡았다. 불쏘시개 연구 과제를 정해놓으니 마음속에서 지적 탐구에 대한 열망이 사그라지지 않았다. 아이디어도 있고 나중에 연구하여 글로 쓰고 싶은 주제도 있다니 안심이 됐다. 그래서 박사학위 논문을 마지막으로 다듬던 어느 날 오후(B 시간)를 할애해 타자기의 역사를 조사했다. 책을 훑어보고, 참고문헌 목록을 만들고, 사진을 복사하고, 하고 싶은 연구 문제 목록도 작성했다. 논문 자료와 섞이지 않게 접이식 파일 하나를 따로 마련해 모든 자료를 보관했다.

논문 마지막 장을 의무적으로 쓰며 버티던 시절에 타자기 연구 과제는 자신에게 주는 선물이자 휴식이자 B 시간에 받는 보상이었다. 새로운 것을 발견하거나 자료 조사 중에 구미 당기는 연구 주제를 찾아내며 느끼는 흥분과 멀어진 지는 이미 오래였다. 그 당시의 나는 그런 기회가 얼마나 자주 올지 확신이 없었다. 논문이 끝나도 연구 과제가 하나 더 대기하고 있다는 생각에 안심되고 힘이 났다.

아직도 타자기의 역사에 관한 책은 쓰지 못했다. 하지만 자료는 접이식 파일에(결국에는 노란색 통으로 옮겨졌다가 연구 과제 상자에 안착했다) 보관하고 있다. 사무 업무, 사회적 관습으로서의 타자, 신기술로서의 타자기를 역사적으로 조명한 학술지 논문은 몇 개인가 썼다. 마음만 먹으면 책을 낼 정도로 자료를 잔뜩 모아놓긴 했지만, 현재로서는 후순위 연구 과제에 배정하지도 않았다. 그래도 타자기 연구 과제 덕분에 박사학위 논문을 완성할 수 있었고 다른 보람 있는 경험도 했다.

후순위 연구 과제가 생산성 있는 저자가 되는 데 얼마나 도움이 되는지는 여러 가지 은유로 표현할 수 있다. 새롭고 다양한 자료를 만들어내는 매개체인 페트리 접시에 비유할 수도 있다. 내 경우는 타자기 연구 과제 덕분에 성역할이 분화된 사무실 업무의 역사, 비서 직이 없어진 후 일어난 눈에 띄지 않는 결과, 디지털 편집에서는 사라진 편집일에 관심이 생겼다. 또한, 후순위 연구 과제는 식욕을 돋우는 식전 빵처럼 다른 연구 과제들을 확장하고 성장하는 데 도움이 됐다. 퇴비 더미와 같이 여러 연구 과제를 키웠고, 부품 가게처럼 다른 연구 과제의 기능을 향상하는 요소가 되었다. 후순위 연구 과제는 뷔페처럼 다양한 선택이 가능해서 강의, 세미나, 학회 논문, 학생의 과제로 요긴하게 쓸 수 있었다.

후순위 과제는 넘치지 않게 잘 살피고, 뭉근히 끓이고, 한 번씩 저어주기만 하면 이상에서 언급한 모든 역할에 쓰일 수 있다. 아무리 후순위 과제가 하고 싶더라도, 여유 있는 태도로 규칙적으로 최우선 과제에 충실해야 한다. 마녀의 노래에 홀려 뱃길을 벗어나는 선원처럼 내가 타자기에 관한 책을 쓰고 싶다는 욕망에 굴복했다면, 아마도 논문을 완성하지도, 박사학위를 취득하지도, 이후에 더 많은 책을 내지도 못했을 것이다. 이른바 "연쇄 열광주의자"가 되었을 터이니 대규모 연구는 끝맺을 수 없는 사람이 됐을 것이다. 생산성 있는 학자가 되려면 최우선 연구 과제를 완성하기 위해 후순위 과제를 이용할 줄 알아야 한다.

다양한 연구 과제를 한꺼번에 수행하면 집중력을 잃고 지친다. 한 가지 주제에 몇 년이나 집중하면 흥미를 잃는다. 수혈이 환자를 살리듯 새로운 연구 과제는 학자와 연구 분야를 되살린다. 때가 올 때까지 새로운 연구 과제를 뒤에 두고 계속 보글보글 끓일 수 있으면, 그 중요성에 감사하며 의욕적으로 연구하게 될 것이다.

25장

방학과 안식년에는
존재함에
집중하라

학기 중에 해야 하는 업무에서 벗어나기만 하면, 시간이 많아져서 글을 쓰고 휴식하며 다른 일까지도 해치울 수 있을 것 같다. 그런데 정작 단기방학, 여름방학, 안식년이 끝날 즈음이면 우리는 해놓은 일이 거의 없다는 사실에 실망하기 일쑤다. 그렇게 고대했던 기간이 연구 과제를 못 마치고 다른 목표도 달성하지 못한 채 후회로 끝난다. 왜 그런 걸까?

처음에는 최대한 글쓰기와 휴식으로 "일이 없는 시간"을 보낸다는, 다소 모호한 계획을 열심히 세운다. 쉬면서 뒹굴거리고도 싶고, 직업적으로나 개인적으로나 뚜렷한 결과물도 내고 싶다. 휴가가 끝날 무렵에는 원고도 완성되어 있고, 책상에 쌓아둔 일도 다 처리하고, 자기계발도 하고, 휴식하며 즐거운 추억도 만들었을 것이다. 며칠 정도 시간에 얽매이지 않고 살아보고도 싶다. 모두 나름 괜찮은 목표지만 서로 어긋난다. 게다가 그렇게 쉽게 할 수 있는 일들이 아니다.

(안식년sabbatical의 어원이 되는) 안식일Sabbath이라는 개념을 살펴보면 왜 이 목표들이 어긋나는지 이해할 수 있다. 진정한 안식일에는 아무런 노동 활동도 하지 않아야 한다. 이날은 행동doing이 아닌 존재함being에 몰두하며, 말하자면 환경을 창조하고 변화하고 개선하기 위한 노력을 하는 게 아니라 그냥 있으면서 감사히 보내야 한다. 유대인의 전통에 따르면 (글쓰기를 포함하여) 적극적으로 노력하는 것은 모두 노동이다. 안식일은 친구와 가족과 즐겁게 지내며 기도와 명상으로 보내야 한다.

금요일 일몰 무렵 초를 켜고 기념일 음식을 차리면 안식일이 시작된다. 토요일 해가 질 때까지 계속되다가, 휴식에서 일상으로 돌아가는 의식을 행하며 안식일은 끝난다. 일과 휴식을 분리하고 힘겨운 일과 심신을 회복하는 일을 구분하면서 내 삶은 변했다. 안식일 전통을 지키지 않던 시절에는 일주일 내내 꼬박 일하며 "생산성"을 올려야 했고, 단 하루도 쉰다는 건 상상도 하지 못했다. 안식일을 지키기로 한 후로 단기방학, 여름방학, 안식년이 학문 연구에 긍정적인 영향을 끼친다는 사실을 알게 됐다.

토요일에 채점이나 다른 일을 하지 않기란 당연하게도 너무 쉬워서, 나는 매주 토요일을 즐겁게 기다렸다. 전혀 내키지 않아도 "해야 하는" 일을 제쳐놓을 수 있다니 유대인 전통이 정말 마음에 들었다. 하지만 이메일 확인이나 수업 준비처럼 "필요한" 일은 괜찮은 걸까? 여전히 토요일마다 나는 그런 의문으로 마음 졸였다. 마감이 눈앞인데 "아무 일도 하지 않고" 하루를 보내도 될까?

아무 일도 하지 않기로 정해둔 "휴식날"이 오자 아무래도 이메일 확인, 수업 준비, 연구, 자잘한 일상 업무, 세탁, 청소, 각종 고지서 납부 등의 일을 처리하고, 가족이나 친구와도 어울리고, 운동이나 취미 활동 역시 해야 할 것 같았다. 생산성을 내야 할 하루를 젼부 잃어버린다는 생각에 속상하기도 해 학교 업무를 처리하는 것도 쉬는 것도 아닌 채로 어영부영 하루를 보냈다. 토요일 저녁이 되자 하루를 온전히 쉬면서 보내지 못했다는 후회가 밀려왔다. "그냥 존재"할 수 있게 "행동"을 완전히 중단하고 싶었다. 단기방학, 여름방학, 안식년을 보낼 때도 이와 똑같이 몸부림치면서 보냈다.

학계에서 휴식을 취하는 방법에는 세 가지 유형이 있는 것 같다. 첫째, **중노동자 모델**workhorse model인데, 어떤 학자는 비현실적인 마감 기한에 맞추기 위해 몇 주 동안 매일 많은 시간을 글쓰기로 보낸다. 둘째는 **정돈된 책상 모델**clear-the-decks model인데, 학기를 바쁘게 보내다 보면 결과적으로 발생하는 부산물을 먼저 처리해야만 글쓰기가 가능하다는 것이다. 마지막이 **방학 모델**vacation model이다. 연구와 관련된 모든 일을 접고 일단 휴식을 취하고 싶은 생각이 간절하며, 푹 쉬고 나면 글이 잘 써지리라고 확신하는 학자들이 이에 해당한다.

안타깝게도 중노동자 모델을 따르면 너무 힘이 드는 바람에 반발심이 생겨 글을 쓰기가 싫어진다. 휴식이 필요한데 쉬지 않고 죽어라 일하려니 화가 난다. 우리의 책상은 언제나 일거리로 가득할 수밖에 없으므로 정돈된 책상 모델은 망상에 불과하다. 글쓰기 말고도 온갖 일을 하느라 바쁘고 불안감은 더 심해진다. 방학 모델이 소용없는 이유는 조금이라도 즐기려 들라치면 일을 해야 한다는 생각이 우리의 의식에 침투하기 때문이다. 일하자니 놀고 싶고 놀자니 일해야 할 것 같으니, 둘 다 전념하기 힘들다.

그렇다면 어떤 선택이 가능할까? 억지로 글을 쓰거나, 딴 일을 먼저 한 뒤에 글을 쓰거나 휴식을 즐기면서도 글까지 쓰는 것 가운데 꼭 하나를 선택해야만 소중한 휴가를 보낼 수 있는 건 아니다. 앞서 말한 세 가지를 모두 목표로 세우고 단기방학, 여름방학, 안식년을 보내면 되지 않을까 한다. 이 기회에 생산성 있게 글을 쓰고, 심신을 새롭게 회복하기도 하고, 긴장을 풀고 온전히 휴식도 취하면 되는 것이다. 글쓰기, 글쓰기가 아닌 다른 일, 휴식이라는 세 가지 목표 가운데 아무것도 뺄 필요가 없다. **세 가지 목표가 모두 들어가도록 휴가를 구성하자.**

그렇게 하기란 의외로 어렵다. 글쓰기를 내가 선택한 일, 즉 싫지만 억지로 하는 게 아니라 자주 즐겁게 할 수 있는 일이라고 규정할 수 있는가에 달려 있기 때문이다. 그럴 수 있다면, 우리는 완벽한 휴식 시간이 보장되고, 즐거운 활동이 가능하고, 생산적인 학술적 글쓰기까지 하는 삶을 살게 된다. 단기방학, 여름방학, 안식년, 그리고 심지어 학기 중에도 그렇게 살 수 있다.

다시 말하자면, 학기 중에 있는 단기방학이나 휴가가 진정으로 "일이 없는 시간"은 아니라는 점을 받아들여야 한다. 그 기간은 안식일처럼 "다른 종류의 시간"인 것이다. 그렇다. 강의나 학사 업무는 없지만, 여전히 가족과 친구, 집안일과 취미, 꿈과 희망은 있다. 여전히 우리는 편히 쉬며 심신을 회복해야 하는 동시에 생산성도 내고 싶다. 그런데 휴가 동안은 강의나 기타 업무로 너무 바빠서 "진정한 글쓰기"를 못한다고 핑계 대기가 힘들다.

그러므로 학기 중에 하듯이 불가능한 기한을 맞추려고 장시간 글쓰기 계획을 잡거나 더 나은 삶을 위한다며 야심 찬 계획을 수립하는 등 힘든 일정으로 자신을 압박해서는 안 된다. 그러면 너무 바빠서 쉴 수가 없다. 대단한 일을 해야 한다는 환상은 버리자. 그 대신에 실제로 가능한 일, 즉 글쓰기, 회복하기, 심신을 새롭게 하기를 위해 시간·공간·에너지를 확보하자.

단기방학, 여름방학, 안식년에는 숙련공의 태도를 따르고, 길들이기 방법을 사용하고, 근거 없는 미신을 인지하고, 악마들과 친해지고, 지원 체제를 제대로 활용하기가 더 힘들다. 이제 우리의 길을 막는 훼방꾼이 없으니 특별한 조처를 할 필요가 없다고 생각하기 때문이다. 그러나 바로 이런 생각에 빠지는 것 자체가 우리를 방해하는 미신이다. 휴가 동안 달성할(동시에 서로 상충하는) 목표를 이루는 데 필요한 시간·공간·에너지는 갑자기 요술처럼 생기지 않기 때문이다.

안식일을 지키기 시작하면서 나는 일과 관련된 문제로 머릿속이 얼마나 자주 쉽게 복잡해지는지, 말하자면 진정한 휴식을 취하는 게 얼마나 힘든지 알게 됐다. 강의를 계획하고, 학사 업무를 처리하고, 학술지 논문 개요를 잡고, 학생들의 문제를 고민하고, 자잘한 일을 처리하고, 옷장을 정리하고, 고지서를 납부하고, 할 일 목록을 점검하다가 소중한 토요일이 끝나버리면, "이번 한 번만" 이렇게 보내는 거라고 다짐한다. 현재 이 순간 일어나는 일들을 제대로 누리는 데 집중하려고 거듭 노력해야 한다. 아직은 고민하고, 계획하고, 잡일을 처리하고, 할 일 목록을 살피는 일을 어떻게 하면 미룰 수 있는지 배우는 중이다. 누구나 "일하는 모드"를 끄고 "안식일 모드"에 따라 시간을 보낼 줄 알아야 한다. 이것이 정말로 중요하다.

학교 업무가 없는 기간에 "이번 한 번만" 부탁한다며 사소한 업무 관련 과제를 맡아달라는 부탁을 받을 때가 있다. 그 부탁을 수락하면 쉬면서 회복하기 힘들어질 것이다. 그러니 못 하겠다고 거절해야 한다. "안식일 모드" 혹은 "여름방학 모드"를 최대한 활용하고 싶다면, 학과 회의, 위원회 업무, 원고 심사, 학생 상담, 기타 학기 중 과제는 하지 말아야 한다. 그에 비해 상대적으로 사소한 일인 (자유 시간이 많은 줄 알고 수락한) 강의나 학사 업무만 맡아도 집중하기 어려워지거나 화낼 일이 생길 수 있다. 교원은 단기방학, 여름방학, 안식년에는 아무 일도 하지 않을 권리가 있다. 게다가 대부분 나중에 해도 별 무리가 없다.

휴가의 시작과 끝은 완전히 모든 걸 중단하고 쉬어줌으로써 학기의 끝과 휴가의 시작이라는 전환기를 확실히 구분하는 게 좋다. 안식일과 마찬가지로 "다른 종류의 시간"으로 전환한다는 점을 확실히 해야 한다. 전환을 기념하는 의식은 뭐든 괜찮다. 예컨대 파티를 열어도 좋고, 수련회를 가도 좋고, 매일 영화를 봐도 좋고, 가족 여행을 떠나도 좋다.

봄, 가을, 겨울에 있는 단기방학을 시작하는 당일과 안식년이 시작하는 주와 끝나는 주는 쉬는 날로 정하자. 이때는 일정을 완전히 비워야 하고, 쉬면서 즐겁게 보내는 일 말고는 다른 할 일이 없어야 한다. 구체적인 계획도 필요 없다. 유대인의 안식일처럼 아무 일도 하지 않는 데만 몰두해야 한다. 존재함을 감사하고 기쁘게 받아들이는 시간으로만 보내자.

이렇게 전환점을 기념하는 의식을 하면 여유 있는 일정으로 넘어가기 수월해진다. 나는 여름학기의 수입은 대부분 최대한 많은 시간 글쓰기에 집중하며 여름 휴가를 보내는 비용으로 다 썼다. 5월과 6월 초가 되면 벌써 여름방학이 끝난 듯한 느낌이 들고, 쉬면서 기운을 회복하면서 연구가 아닌 일까지 해치우려고 미친 듯이 초조했다. 6월 중순부터 7월까지는 가족 활동이나 여행으로 글쓰기에 시간을 별로 못 쓴다는 게 불안했다. 7월이 끝나기 전 몇 주는 조용하고 여유 있게 글을 쓸 수 있는데도, 8월 초에 이르면 학기 전에 할 일이 많다면서 방학을 헛되이 보냈다는 후회에 휩싸였다. 나는 쉬지도 못했고, 심신이 새로워지지도 않았으며, 글도 별로 못 썼다.

진정한 휴식true rest과 회복 작업restorative work의 차이점은 뭘까? 나는 안식일을 지키면서 그 둘을 구분할 줄 알게 됐다. 둘은 흔히 비슷하게 쓰이지만, 사실은 다르다. 진정한 휴식은 구조화되지 않고 비어 있어야 한다. 잠, 몽상, 명상, 취미 독서, 음악 듣기, 놀러 다니기, 빈둥거리기를 하며 보내는 것이다. 다른 목적이나 목표 없이 그냥 있는 시간이자 그 자체로 평화롭게 보내며 만족하는 시간이다. 혼자서도 보낼 수 있고 다른 사람과 함께 있어도 괜찮다. 하지만 학문적이든 아니든 무언가 성취하는 일은 아니다. 현대인이 이런 식으로 시간을 보내기란 쉽지 않다. 우리는 이런 휴가를 간절히 원한다. 그런데도 그리 오래 즐기진 못한다.

회복 작업은 목적이 있어 선택한 일이므로 보람 있는 과업을 성취해야 한다. 무언가를 비우고 개선하고 정리하고자 하는 욕구에서 하는 일이다. 활기를 찾게 되는 종류의 일이기도 하다. 영성적인 전통에서는 그런 종류의 일은 비장한 각오로 하는 게 아니라 그냥 즐겁게 하는 일이라고 본다. 사람들은 회복 작업을 하기 위해 안식일을 옷 정리, 테라스 만들기, 테니스 연습 등으로 보낸다. 더 나은 상황이 되고 싶어 무언가를 만들고 짓고 개선하고 정리한다. 자아와 삶과 영혼이 자랄 수 있게 터전을 마련하는 것이다. 현대 사회에서는 회복 작업을 할 만한 시간을 내기가 어렵다. 학계 사람들에게는 회복 작업에 시간·공간·에너지를 쓸 기회가 있는데, 바로 대학의 방학이다.

그렇다면 휴식이나 회복 작업을 학술적 글쓰기와 어떻게 병행한다는 걸까? 이 책은 글쓰기를 겁내지 않고 기분 좋게 하자는 취지로 썼다. 여기서 추천하는 전략이나 방법을 활용하면, 글쓰기를 억지로 하는 일이 아니라 자신이 선택한 일로 볼 수 있고, 에너지를 고갈시키는 일이 아니라 회복시키는 일로 여기게 된다. 그러나 학기 중이든 방학이든 저절로 그렇게 되는 게 아니다.

어떤 여건에서도 우리는 시간·공간·에너지를 확보해 과제 글쓰기를 해야 한다. 학기 중에는 에너지 상태에 따라 시간대를 A, B, C로 분류하자. 매일 15분 동안 글을 쓰고, 연구 과제 상자를 사용하고, 감정 환기 파일을 쓰자. 강의가 없어 시간에 여유가 생기면 글쓰기 시간의 앞뒤로 시작과 마무리를 확실히 하여 짧은 시간이라도 글쓰기에 전념하자. 대부분 글을 쓸 때 하루에 몇 시간 이상 집중하기가 어렵다. 글을 쓸 때마다 장소와 방법이 중요하다는 점을 잊지 말고, 여전히 "기운이 있을 때" 글을 마무리하자.

여름방학과 안식년은 여행을 떠날 수 있고 길게 쉬면서 회복할 수 있는 귀중한 시간이다. 방학에도 매일 일정에 맞춰 글을 써야 할까? 방학에 하는 글쓰기는 "안식일에 일하는 것"과 같을까? 매일 글 쓸 시간을 정해두면 방학이 더 즐거워지는 사람도 있고, 매일 무언가에 몰두하느라 휴가를 못 즐기는 사람도 있다.

방학 동안 글을 쓰는 문제는 마감 기한이 임박한 정도에 따라 결정해야 한다. "일하지 않는" 여행을 즐기기가 어렵다면, 매일 시간을 정해 글을 쓰고 나머지 시간은 후련한 마음으로 즐기면 된다. 그러나 짧게라도 매일 글을 쓰는 것이 "학기 중 모드"와 다름없다고 느낀다면, 일부러라도 쉬어야 한다. 나는 여름방학과 안식년을 주별로 블록 표시하여 일정을 계획하는데, 글 쓰는 주들 사이에 가족 여행이나 친구와 보내는 주를 간간이 배치했다. 마감 기한을 맞출 수만 있다면, 내게는 가장 효과적인 방법이다. 몇 주를 글쓰기 주간으로 지정해 표시하고 잘 지키므로 죄책감도 안 생긴다.

내가 주관하는 여름방학과 안식년을 위한 워크숍에서는 "달력 날수 계산하기"라는 유용한 방법을 알려준다. 참석자 전원은 달력을 받아 휴가, 여행, 기타 할 일을 하는 날과 온전히 휴식만 하는 날을 정한다. 그다음에, 두세 시간 동안 글 쓰는 시간이 지정된 날을 정하고 며칠인지 센다. 글 쓰는 날은 며칠이나 될까? 결과는 놀라웠다. 글쓰는 날의 수가 생각보다 훨씬 적기 때문이다. 참석자들은 글 쓰는 날은 다른 일로 방해받지 않게 지켜야 한다는 사실을 깨닫게 된다.

세 가지 목표를 균형 있게 배분하여 실행 가능한 일정을 짜고 달력에 표시하자. 이때 자신이 가진 에너지의 변동 폭이 크다는 점도 고려해야 한다. 가장 창의력이 왕성한 시간이나 주를 A 시간으로 정하고 그 시간에 글을 쓰자. B 시간은 회복하며 즐거운 활동으로 보내고, C 시간은 푹 쉬자. 하루를 A, B, C 시간으로 나눠 활동할 수도 있고, 한 주를 단위로 삼아 글쓰기, 회복, 진정한 휴식을 지정해 휴가를 구성할 수도 있다. 휴가의 시작과 마무리 시점은 확실히 해야 한다. 연구 과제를 하다 쉬고 있다면, 다시 글쓰기를 시작할 때는 22장에서 제시한 조언을 따르도록 하자.

글쓰기, 휴식, 회복으로 보낸 시간을 기록하여 이 세 가지 목표를 모두 지키도록 노력하자. 일일 계획표 거꾸로 쓰기를 하는 것이다. 정확하게 어느 정도의 시간을 어떤 활동으로 보냈는지 파악하기는 쉽지 않다. 여름방학이나 안식년에는 해놓은 일이 없다는 생각에 감정적으로 되기 쉽다. 하루하루를 실제로 어떻게 보내는지 자세히 기록하면 세 가지 목표가 어떻게 진행되는지 파악하기 좋다.

가장 유용한 방법은 여름방학(혹은 안식년) 지원 그룹을 만들어 글쓰기와 회복과 휴식에 주력할 수 있게 도움을 받는 것이다. 학기를 마치기 전에 모임을 구성하여 그 세 가지 영역에서 현실적인 목표를 구성원들과 함께 세우자. 그러면 효과적으로 글을 쓰고, 휴식하고, 회복할 수 있도록 서로를 돕는 일에 주력할 수 있다.

모임은 27장에 제시된 교원 글쓰기 그룹의 지침을 따르고 일정을 잡는 것이 좋다. 모임에서 동료에게 우리가 세 가지 목표를 모두 실천하지 못하는 이유를 찾아달라고 부탁하는 것도 나쁘지 않다. 그리고 글쓰기뿐 아니라 심신 회복 활동과 진정한 휴식을 방해하는 장애요소를 극복하기 위해 동료의 조언을 경청하며 도움을 구하자. (시간이 부족하다거나 할 일이 많다거나) 핑계를 찾지 말고, 냉정하게 상황을 파악해야 한다.

고대하던 휴가가 시작되면, 시간이 무한정하지 않다는 점을 염두에 둬야 한다. 매일 많이 쓰겠다든가, 자잘한 일들이 다 정리되거나 학기 중에 누적된 피로가 회복되면 글을 쓰겠다든가 하는 모호한 태도는 안 된다. 강의나 학사 업무가 없으면 훨씬 수월하게 글이 써지리라 기대하지만, 오히려 학술적인 글을 쓰기에는 더 힘든 상황일 수 있다.

다음은 단기방학, 여름방학, 안식년을 최대한 유용하게 활용하는 방법이다.

1. 매일 짧은 시간 글쓰기, 연구 과제 상자, 감정 환기 파일 쓰기 등 세 가지 길들이기 방법을 검토하고 다시 전념한다.
2. 글쓰기, 휴식하기, 회복하기라는 세 가지 영역에서 현실성 있는 목표를 세운다.
3. "학기 모드"로 돌아가야 하는 일은 단호히 거부한다.
4. A 시간은 글쓰기, B 시간은 비학문적인 회복 작업, C 시간은 휴식에 할당하고 에너지의 양을 고려하여 (매일, 매주, 매달) 일정 계획을 짠다.
5. 확실하게 "일을 중단한" 기간을 휴가 시작과 마무리 무렵에 둔다.
6. 달력을 정해 글쓰기(그리고 휴식과 회복)로 지정한 날을 표시하고 날수도 센다.
7. 세 가지 영역이 매일 진행되는 상황을 기록한다.
8. 자신을 지지하는 동료들과 목표, 장애 요소, 성공적인 결과 등에 관한 이야기를 나누고, 함께 목표 달성에 도움이 되는 점과 방해가 되는 점을 찾는다.

5부

혼자
쓰지 마라

글은 혼자서 쓴다. 소설가 스티븐 킹의 표현대로
글 쓰는 사람은 "기꺼이 닫아놓을 수 있는 문"을
닫고 자신의 세계에 틀어박혀야 하는데, 그 때문에
아무도 들어오지 못한다. 공동 저술도 실은 개인이
하는 일이다. 자신의 원하는 방식으로 원하는
내용을 표현하는 말을 찾는 일은 혼자서 해야 한다.
문장을 만들면서 만족하지만, 그 과정은 외롭다.
그런데 혼자서 글을 쓰지 않아도 된다는 걸 아는
사람은 별로 없다. 학술적 글쓰기 과정은 대부분
동료와 함께할 수 있다. 연구 결과, 내용 진행,
출판 경험, 자신이 쓴 글에 대한 감상은 모두
다른 사람과 함께할 수 있다. 학술적인 글을 쓰는
이들과 어울리면, 혼자 앉아 글과 씨름하며 느끼는
고립감이 누그러진다. 글쓰기 지원군은 기적 같은
도움을 준다.
이 장은 학계에서 글쓰기 지원군을 구축하고
활용하는 법을 알려준다. 학술적인 글을 쓰며
느끼는 외로움은 자신과 비슷한 사람들과 교류하는
과정에서 극복할 수 있다. 교원 글쓰기 그룹은
전통적인 글쓰기 그룹과는 상당히 성격이 다르다.
이런 모임을 결성하거나 이미 있는 모임에 가입하자.
학술적 글쓰기에 필요한 자료가 많아지고 있으므로,
나처럼 자신이 재직하는 대학교에 글쓰기 지원
프로그램을 만들 수도 있다.

26장

글쓰기에
고독한 늑대는
없다

처음으로 직장을 구하러 다니던 내게 어떤 교수님이 "둥지를 떠날" 준비는 됐냐고 물어보셨다. 무슨 둥지를 말하는 건지 몰라 대답을 제대로 하지 못했다. 그동안 나는 박사학위 과정을 편안한 둥지처럼 느낀 적이 없었기 때문이다.

그러나 대학원에 다니고 있던 우리는 최소한 동질 그룹에 속해 있었다. 대학원 과정이 둥지 같진 않아도 그때는 비슷한 사람들이 내 곁에 있었다. 그중 누군가와는 평생의 아군이 될 수도 있었다. 서로에게 힘이 되어 신규 교수로서 경험하는 충격을 함께 극복할 수도 있었을 것이다. 시간이 많이 지난 후에는 글을 쓰고 출판하며 서로 도울 수도 있었을 것이다. 하지만 나는 그런 누군가가 없어 그런 도움을 주고받지 못했고, 그럴 수 있다는 상상도 하지 못했다.

나처럼 사람들이 모두 홀로 이 길을 걷는 건 아니다. 다정한 친구, 든든한 멘토와 함께 박사학위 과정을 보내는 사람도 있다. 자신을 지지하는 동지와 함께 학자의 길을 걷는 사람도 있다. 그러나 모두 그렇진 않다. 공부하는 사람들은 혼자 연구하며 지내기를 좋아한다. 자신이 노력하면 학문적으로 성공할 것이고, 혼자서 열심히 연구할 줄 알기 때문에 결국에는 "성공할 것"이라는 것도 안다.

전통적으로 학계 문화는 공동체의 지지보다 개인적인 성취를 중요하게 여긴다. 불행히도 학계의 구직 시장 상황이 좋지 않다는 건 동료 간의 경쟁이 치열하다는 것을 뜻한다. 직장을 찾는 과정은 제로섬 게임과 같아 직장, 연구비, 최고의 학술지에 게재하기, 권위 있는 패널로 초대받기 등 극히 한정된 자리를 놓고 많은 사람이 경쟁한다. 경험, 성격, 환경 등 무수한 이유로 많은 이들이 혼자 고독하게 지내며, 여기저기에서 일시적으로 조언을 구하기는 해도 계속 도움을 주고받는 안정적인 관계는 거의 없다.

학계에 자리 잡은 이상 조언을 구한다는 건 자격 미달이라는 통보를 받는 것과 같다. 이 직업에 대해서 모든 걸 이미 알고 있어야 하는 걸까? 열심히 연구하고 신임 교원으로 착실히 근무하면 다른 사람의 도움이 없어도 성공할 수 있을까? 승진하기 위해 인맥을 관리하고, 자신만의 브랜드를 만들고, 전략적으로 다른 사람들과 동맹 관계를 맺어야 하는 회사와 학계가 다른 게 있을까?

다르기도 하지만 동시에 비슷하기도 하다. 데일 카네기Dale Carnegie 의 수업을 들으며 친구를 사귀고 사람들에게 영향력을 미치는 법을 배우라고 권하는 게 아니다. 다들 상담 지원을 위한 그룹을 만들어야 한다고 주장하는 것도 아니다. 다만 학계가 어떤 식으로 돌아가는지, 어떤 식으로 연구하고 출판하고 인지도를 쌓는지 서로 알려주자는 것이다.

학문적으로 동맹 관계가 되면 서로 도우면서 관심 영역을 파악하고, 효과적으로 조사하고, 기분 좋게 글을 쓰며, 더 수월하게 출판하게 되므로 학문적인 성과가 더 좋아진다. 서로 동지가 되니 글을 쓰다가 부닥치는 장애가 있어도 나동그라지지 않는다. 글을 쓰면서 겪는 시행착오와 시련은 누구도 피할 수 없다는 사실을 받아들이며 숙련공의 태도에 따라 최선을 다하게 된다.

다음 장에서 자세히 다루겠지만, 교원 글쓰기 그룹에서 내가 목격한, 학술적 글쓰기에서 부닥치는 힘든 일과 보상을 동료들과 함께하는 경험이 가져온 변화는 진심으로 놀라웠다. 그러나 고립감을 극복한다는 건 글쓰기 그룹에 가입하는 일만을 의미하지 않는다. 이 모든 과정에서 학문적인 지원을 주고받는 행위가 어떤 가치가 있는지 알게 되었다는 것 자체가 중요하다. 상호 관계를 구축하는 과정이 학문 연구를 하는 데 얼마나 도움이 되는지도 역시 중요하다.

나는 직장을 잡은 후 처음 2년간 작은 규모의 수사학과rhetoric department에서 갈등을 겪으며 보냈다. 그때 나는 이 과에서 처음으로 임용된 미디어학 전공 학자이자 여성이었다. 학과장의 요청이 있었음에도 학과의 다른 교수들은 나에 대해 반발했고, 나는 논문을 수정하고 새로운 강의를 개설하고 뉴미디어 연구 수업을 개발하고 도서관 장서를 늘리고 학회를 계획하는 등 여러 활동을 통해 나라는 사람이 그들에게 위협이 되지 않는다는 사실을 피력하려 노력했다. 여기에 더해, 새 책도 쓰기 시작했다. 다른 학과 소속의 친구를 몇 명 사귀면서 나름 잘 지냈으나 학문적인 동지는 한 명도 없었다. 그때는 생산성 있는 학자가 되는 일은 (그리고 언제나 그 상태로 있으려면) 전적으로 자기 하기 나름인 줄 알았다.

안타깝게도 이 분야에서 영향력이 있는 학자였던 나의 박사학위 논문 지도교수는 제자가 학계에서 기회를 잡을 수 있게 이끌어줄 의향이라곤 조금도 없었다. 학문의 귀재는 혼자 힘으로 인정받는 법이라고 강조하기도 했다. 교수는 제자들이 인정받도록 돕느라 여념이 없는 자신의 동료들을 좋게 보지 않았다.

당시 다른 대학에서 근무하는 조교수들이 나와 함께 박사학위 과정에 있었지만, 학회에서 잠깐 인사만 할 뿐이어서 이들과 어떻게 인맥을 만들 수 있을지 알 길이 없었다. 부담을 주고 싶지 않았고 그들이 내게 도움이 될지도 확실치 않았다. 누군가와 함께 가르치고 글을 쓴다는 생소한 영역을 모색한다는 것은 상상도 하지 못한 채 그저 혼자 방황했다. 그때는 연차와 무관하게 누구든 어떤 형태로든 도움받을 자격이 있다는 생각은 미처 하지 못했다.

저명한 연구 중심 대학교에서 박사학위 과정을 가르치는 정년 트랙 교원이 된 뒤 상황이 약간 나아졌다. 선임 교수들은 (모두 남자였다) 프로그램을 확장하고 대학원생을 지도하느라 바빠서 이미 알 만큼 아는 듯이 보이는 신임 교원에게 신경 쓸 틈이 없었다. 나와 함께 신임 교원이 된 동료들 역시 정년 심사를 통과한다는 목표에 집중하고 있던 터라 서로에게 친절했고 연민을 느끼기까지 했지만, 진정한 동지로 발전하기는 힘들었다. 돌이켜보면 우리는 선임 교수들과 동료 교수들에게 능력 있어 보여야 한다고 생각했던 것 같다.

협업을 많이 하는 학과에서 오히려 고립감을 느끼기도 한다. 교원 글쓰기프로그램 책임자로서 내가 비공개로 상담하는 과학 관련 학과 조교수들은 당장 연구 과제 프로그램을 운영하고 연구비를 지원받아야 하는데, 그 방법을 조언해줄 사람이 없었다. 박사학위를 받은 지 얼마 되지 않아 홀로 활동 중인 이들은 연구실을 운영해본 적조차 없었다. 그래서 내게 연구비 신청이나 논문을 게재할 만한 연구를 함께할 사람을 어떻게 찾는지도 물었다. 하지만 나는 그들의 전공에 대해 아는 바도 없고, 연구실을 운영해본 적도 없다.

또한 강의 중심 대학에 있었거나 다른 직장에 있다가 학계에 들어온 교수들도 있다. 이들에게도 정년 심사 및 승진 과정에 대해서나 글을 쓰고 게재하고 출판하는 법에 대한 조언이 필요하다. 내가 일반적인 도움을 주려 해보지만, 연구비, 학회, 학술지와 관련한 정보라면 자기 분야에서 성공한 학자에게 자문하는 편이 좋을 것이다. 자기 분야에서 활동하는 사람들과 만나는 효율적인 방도가 있어야 한다.

눈에서 떠나면 마음에서도 떠난다는 말처럼, 대학원이라는 "둥지를 떠나고" 나면 가르침을 받았던 교수들과의 인연은 더 지속되지 않는 경우가 많다. 예전에는 그랬더라도, 더는 교수들에게 우리가 쓴 글을 읽어보거나 논평해달라고 청하지도, 학술지 게재에 도움을 받지도, 글을 쓰는 데 영감이나 조언을 구하지 못한다. 지도교수들 역시 연구하고, 새로운 제자들을 키워야 한다. 아직 직장을 정하지 못한 대학원 친구들에게 조언을 받기도 어렵다. 같은 과든 아니든 정년 트랙으로 들어온 동료 교수들은 정년 심사를 위해 매진하고 있다. 다른 사람을 도울 시간이 있는 사람이 과연 있을까? 도움을 요청할 곳이 없는 건 당연하다.

그런데도 왜 서로 도와야 하는가? 서로 도우면서 고립감을 극복한 학자는 건강하게 정상적으로 살며 생산성도 있기 때문이다. 도움을 주고받으면, 불행하고 스트레스에 짓눌리고 정신병증이 있고 글이 안 써지는 학자가 될 가능성이 줄어든다. 지지하는 인간관계에 둘러싸인 학자는 수월하게 연구하고, 생산성 있게 글도 쓰고, 효율적으로 출판하고, 자신의 학문 분야에서 좋은 결과를 거둔다.

대학원 동기들과 서로 끌어주고 조언하며 이 길을 함께하는 운 좋은 사람들도 있다. 연줄이나 인맥이 중요함을 알고 도와주는 선배가 있는 사람들도 있다. 자신이 쓴 글을 읽어주고, 출판 과정에서 조언해주고, 연구비 선정이나 원고 심사에서 자신을 추천해주고, 패널로 학회에서 논문을 발표할 수 있게 도와주는 누군가가 있는 사람은 잘나간다. 그들이 쓴 책은 동네 사람들이 다 나서서 염려하고 쓰고 출판하는 과정을 도운 듯 감사의 글만 몇 쪽이나 된다.

우리도 그러려면, 어떻게 해야 할까? 어쩔 수 없는 고독감은 어떻게 극복해야 할까? 학과를 바꾸거나 학과가 바뀌거나 조교수, 방문교수, 혼자 연구하는 학자라서 성공을 도와줄 사람이 없다면 상황은 더 나쁘다.

먼저, 자신이 처한 상황을 정확하게 인지해야 한다. 우리는 혼자서 글을 쓰고, 세미나에 참석하고, 강의실에 들어가고, 학회에서 발표한다. 우리는 도제로서 경력을 쌓는 중이며 자신이 하는 일에 정통한 전문가로 대우받는다. 그러나 다른 사람들과 도움을 주고받으며 연대하면 더욱 크게 발전할 수 있다. 다음은 옛날의 나는 몰랐던, 동료들에게 주고 싶은 학술적 글쓰기에 대한 조언이다.

내가 처한 위치에 걸맞게 글쓰기와 출판 규준을 정확히 파악하자. 아무것도 모른 채 소문만 믿고 어림짐작하지 말자. 게재나 출판을 하려면 어느 정도 수준으로 글을 써야 하는지, 어디에 투고하는지, 연구비를 신청할 때 주의할 점은 무엇인지, 어떤 학회에 참석해야 하는지, 어떤 학술지나 편집자에게 연락해야 하는지 등에 대해 동료 교수들에게 물어봐도 된다. 그리고 경력이 쌓이면, 아는 것들을 다른 사람들에게 가르쳐주자.

재직하는 대학에서 학문적으로 함께할 동지를 찾자. 비슷한 연구 주제로 저술하는 사람들을 찾아보자. 그들이 쓴 저술을 읽고 함께 차도 마시면서 비공식적으로 지도받을 수 있는지 살펴보자. 간결한 언어로 신중하게 특정 사안에 대한 조언을 요청하고, 가능하다면 조언을 따르자. 대부분 교수는 학교에 자신의 연구를 이해하고 존중하는 사람이 있다는 사실에 기뻐하며, 필요하다면 기꺼이 조언해준다.

내 연구 분야에 있는 사람들 가운데 동지가 될 만한 사람에게 연락하자. 누구의 연구를 주로 인용하고 인정하는가? 그런 사람이 있다면, 직접 연락하여 우리가 읽어본 특정 저술을 간단히 언급하고 우리 자신의 연구와 어떤 점에서 연결점을 찾았는지 알리자. 거짓으로 꾸며서 말할 수 있는 영역이 아니므로 자신이 진정으로 이해하고 존중하는 학자여야 한다. 그리고 학회에서 만나거나 패널로 초빙하거나 학교로 초대하자. 이미 저명한 학자도 자신의 연구를 칭찬하면 기뻐하고, 자신을 인정해주는 다른 학교 교수에게 감사하기 마련이다. 자신의 관심사를 칭찬하고 배우고 싶어 하는 사람을 만나면 보람을 느끼는 법이니 다른 사람의 관심사에 대해서도 그렇게 배려해주자.

내가 찾은 동지에게 나와 동지가 되면 좋은 점을 확실하게 알려주자. 동지와 유의미한 관계를 구축하자. 상대방의 연구를 많이 논의하고 인용하며, 이들의 연구를 관심이 있을 만한 지인들에게 소개하자. 기회가 될 때마다 관련 학술지 논문과 학회 자료 링크를 보내고, 도움이 될 만한 기회를 찾으면 알려주자. 학문적인 인맥은 상호작용을 통해 만들 수 있으므로 조언을 받지만 말고, 진정한 동지가 될 수 있도록 노력해야 한다.

학회에서 같은 분야에 있는 사람들과 학문적인 연대를 쌓자. 학회는 "학술적 공동체"와 같아 우리의 지식에 관심이 있고 우리가 겪는 힘든 과정을 이해하는 사람들과 직접 만나는 기회다. 학회에서 학문적 인맥을 만들자. 학회에서 괴짜처럼 구는 사람들 이야기를 자주 들을 텐데, 우리는 그러지 말아야 한다. 특히 경력을 시작한 지 얼마 안 된 신입이라면, 과도하게 즐기거나 방에 틀어박히거나 대학원 친구들하고만 어울리거나 자기 학과 사람하고만 이야기할 수도 있다. 그러다가 나중에는 학회에 가지 않게 될 수도 있다. 하지만 학회에 참석함으로써 자신의 분야에 관심을 가지고 생산성을 올리면서 학문적으로 공헌하고 인맥을 쌓는 게 좋다.

학회를 자신의 연구 분야에서 유명한 편집자와 직접 이야기를 나누는 기회로 활용하자. 학술 서적과 학술지 편집자는 특정 분야에서 효율적으로 출판하는 법을 잘 아는 똑똑한 사람들이며 중요한 인적 자원이다. 우리가 찾고 있는 바를 묻고, 그들이 어떻게 결정하는지 보고, 원고 심사를 하겠다고 자원하면서 학술 출판 과정을 배워라. 책과 학술지 편집자들은 학회에서 새로운 아이디어를 발견하고 저술가와 심사위원을 발굴한다. 가능한 한 편집자를 많이 만나고 우리가 함께 생산성 있게 일할 준비가 되어 있음을 알려라.

원래 학계 사람들은 공동체를 만들자는 말은 흔쾌히 하지만 행동으로 옮기지는 않는 편이다. 이제는 변해야 한다. 서로 지지한다는 건 아부를 떨거나 이익이 되는 사람을 골라 사귄다는 뜻이 아니다. 이제는 진심으로 서로를 지지하는 관계를 맺으면서 좋은 연구를 해야 할 때다.

27장

과정을 지원하는
글쓰기 그룹을
만들자

글쓰기 그룹은 어디에 중점을 두느냐에 따라 내용 비평을 하는 그룹과 글쓰기 과정을 지원하는 그룹으로 나뉜다. 창작 글쓰기 프로그램은 이른바 "워크숍"을 중시한다. 그리하여 참석자가 자기가 쓴 글을 읽으면 나머지 사람들은 논평하고 의견을 제안하며 진행한다. 이것은 학술적인 글을 쓰는 사람이 바라는 방향은 **아니다**.

학계에서 내용 비평을 받을 기회는 넘쳐난다. 대학원생은 최종 제출 전에 인쇄 과정에서 심사를 맡은 교수나 지도교수에게 내용에 관한 피드백을 받는다. 교수는 신뢰하는 동료에게 의견을 달라거나 출판에 필요한 조언을 부탁할 수 있다. 투고한 후에는 익명으로 하는 동료 심사에서 자세하게 특정 사항에 대한 조언을 받고 논문의 내용과 형식을 수정한다.

따라서 문외한이 즉석에서 반박하며 내놓는 피드백은 필요하지 **않다**. 내용을 평가하는 글쓰기 그룹에 들어가서는 안 된다. 내용 평가는 동료 심사를 통해 훨씬 더 신뢰할 수 있고 명확하게 받을 수 있다. 학술적인 글을 쓰는 사람은 글쓰기 과정 자체를 버틸 수 있게 지지해줄 사람들이 필요하다(현실에서는 거의 지원이 없으니까). 중요한 것은 서로 도움을 주고받으면서 글을 완성하는 것이다. 그렇게 해서 글을 다 쓰면, 그때는 수정을 거치며 완성본이 나올 수 있게 서로 버팀목이 되어줘야 한다.

알다시피 지금 학계와 같은 환경에서 생산적으로 글을 쓰기는 힘들다. 이런 이유로 이 책도 글의 형식이나 내용이 아니라 학술적 글쓰기 **과정**에 중점을 두는 것이다. 적대적인 글쓰기 환경에 적극적으로 대응하여 성공을 거둘 수 있도록 서로 지지하며 최대한 준비 태세를 갖춰야 한다.

하지만 무언가를 잘 안다고 해서 요술처럼 곧바로 행동으로 이어지는 것은 아니다. 어떤 방법이 생산성을 올리는 데 효과적인지, 어떤 근거 없는 미신에 사로잡혀 방해받는지, 어떻게 내 안에 있는 악마에 대처할지 안다고 글이 저절로 써지는 게 아니다. 그러므로 과정을 지원하는 글쓰기 그룹에 참여하여 글쓰기 목표를 설정하고, 스스로 그 목표를 달성하는 과정을 규칙적으로 살피고, 구성원들에게 보고하며 계속 글을 써나가야 한다.

나는 몇 년 전부터 매주 교원 글쓰기 모임을 하고 있다. 털사대학교 교원글쓰기프로그램이 지원하는 여러 글쓰기 그룹 중 하나다. 현재 털사대학교 교원글쓰기프로그램은 책을 쓰는 그룹(모두 정년 트랙 교수들로 구성된) 하나, 정년 트랙 교원 그룹 하나, 안식년과 여름방학을 대비하는 혼합 교원 그룹 둘로 구성되어 있다. 모든 글쓰기 그룹은 다음의 지침을 따르며 자체적으로 운영된다.

내용이 아니라 과정에 집중한다. 일차적인 목적은 구성원 각자가 자신이 세운 글쓰기 목표를 달성하고 다음 모임에 참석할 수 있도록 돕는 일이다.

알맞은 규모를 유지하며 정해진 시간을 엄수한다. 네 명에서 여섯 명 정도가 가장 이상적이며, 효과적인 피드백을 위해 여섯 명 이상은 안 된다. 모임은 한 시간을 넘지 않아야 하며, 한 달에 최소 한 번은 모인다. 매주 모이는 편이 좋다(그리고 권한다).

집이나 카페가 아니라 학구적인 환경에서 모인다. 사교나 스트레스 해소를 위한 모임이 아니므로 글쓰기에만 집중한다.

글쓰기 목표 달성 여부와 상관없이 모임은 꼭 참석한다. 글을 쓰지 못했다면, 모임에 와서 쓰지 못한 이유를 알아본다. 글을 썼다면, 참석하여 다른 구성원들에게 영감을 주며 돕는다.

현실적인 목표를 설정한다. 예를 들어 매일 쓴 글자 수, 매일 쓴 쪽 수, 매일 책상에 앉아 있는 시간, 매일 연구 과제를 꺼내 봤는지, 어떤 연구 과제를 참조했는지 등과 같은 목표를 세운다.

공유하는 노트북에 목표를 쓴다. 각 구성원은 모임에서 구체적이고, 자신이 직접 선택한 글쓰기 계획에 전념한다.

모두에게 공평하게 시간을 분배한다. 모든 구성원은 주어진 시간(5~10분) 동안 자신이 어떻게 글쓰기 목표를 세우고 노력했는지 이야기하고, 나머지 구성원들은 다음 주에 해봄 직한 일들을 제안한다. 특정 사람이 혼자 길게 이야기하면 안 된다. 말하는 이가 주제에서 벗어날 때만 개입한다.

비밀을 지킨다. 모두가 솔직하게 털어놓을 수 있도록 "그룹에서 들은 말이 그룹 밖으로 새어 나가는 일은 없어야 한다."

우리 글쓰기 그룹은 학교 도서관에 있는 세미나실에서 모임을 하고, 수업 시간에 맞춰 매 학기 모임 시간을 조정한다. 처음에는 범용 글쓰기 태블릿을 사용했으나, 지금은 반짝이는 (교원글쓰기프로그램 사무실에 있는) 연구실 노트북에 각 구성원의 주간 글쓰기 목표를 적는다. 각자가 매주 글쓰기 목표를 적음으로써 자신의 "몫"을 다한 후, 노트북을 다음 사람에게 넘긴다. 이런 식으로 다음 구성원이 글쓰기 주간을 어떻게 보냈는지 기록한다.

우리 글쓰기 그룹 사람들은 지난 몇 년 동안, 거의 죽을 뻔했던 치명적인 차 사고, 자녀의 심각한 질환, 학과장의 사망, 부당한 법적 소송, 긴급한 가족 문제로 감행한 대륙 횡단 여행, 그 밖에도 직장, 가족, 주택 보수, 건강과 관련된 일상적인 문제 등 많은 난제를 함께 겪었다.

우리는 어떤 문제가 일어나더라도 모임과 글쓰기를 계속한다. 구성원들이 책에 들어가는 챕터를 완성하고, 학회 논문을 투고하고, 학술지 논문이 채택되고, 칼럼을 시작하고, 출판 계약을 하고, 책을 출판하는 과정에서 어려운 일은 서로 도왔고 기쁨은 함께했다. 다른 구성원이 맡은 글쓰기 과제를 챙기면서 서로 친해졌다. 우리는 구성원들이 여러 책무 가운데 우선순위를 정하고 균형 있게 삶을 이끌도록 서로 돕는다. 구성원들이 어떤 식으로 글쓰기를 회피하는지도 알고 있고, 글은 안 쓰고 딴짓을 하는 모습도 자주 봤다. 우리는 각자가 왜 글을 쓰는지 혹은 못 쓰는지 잘 알게 됐다.

글쓰기 모임에서 구성원들의 주의를 흩트리는 세 가지는 아무리 하고 싶더라도 멀리해야 한다. 바로 내용 비평, 개인 상담, 학계에서 떠도는 가십이다. 모임을 잘하려면 효과적으로 주제에 초점을 맞추고 시간을 엄수해야 한다. 내용 피드백을 원하는 구성원은 다른 동료를 소개하거나 직접 해줘도 되지만, 글쓰기 모임에서는 절대 하지 않는다. 감정적인 지지가 필요한 구성원이 있다면, 따로 만나 깊은 이야기를 나눈다. 대학의 정치 관련 이야기는 나중에 식사를 하거나 술을 마시며 자세히 하면 된다. 글쓰기 그룹을 성공적으로 이끌고 싶다면, 누구나 직장에서나 살면서 문제가 생길 수 있다는 점은 인정하되 모임의 중점은 매주 글쓰기 목표를 달성하는 데 두어야 한다.

우리 글쓰기 그룹 구성원들은 역사학, 커뮤니케이션, 영어학 등 각자 전공이 약간 다르면서도 상당히 비슷하다. 다른 글쓰기 그룹도 비슷하게 구성되어 있고, 그 외에 미술사, 심리학, 인류학, 언어학, 정치학, 수학, 간호학, 컴퓨터과학, 법학과 같은 전공도 있다. 분야별로 요구 조건은 다르지만, 글쓰기로 씨름하는 이유는 매우 비슷하므로 서로를 이해하며 돕는다.

원래 나는 글쓰기 그룹을 다양한 직급의 교원으로 구성하는 것에 반대했다. 비전임 교원은 자신의 발언이 미칠 파급 효과를 고려하게 되므로 자유롭게 말하기 어렵다고 생각했기 때문이었다. 하지만 전임 교원과 비전임 교원이 함께 활동하면서 좋은 결과를 내는 글쓰기 그룹들도 있다. 비밀 엄수 조항을 잘 지키면 직급에 상관없이 효과적으로 활동할 수 있다는 사실이 긍정적이라고 본다. 그래도 학술적 글쓰기 그룹은 경력 면에서 비슷한 구성원으로 형성하는 편이 더 효율적이라고 보는데, 낙담하거나, 좌절하거나, 자기를 불신하는 등 다양한 감정을 그룹 모임에서 편하게 털어놓을 수 있기 때문이다.

재직하는 대학에 글쓰기 그룹이 없으면, 이 책에서 제안한 지침을 참고하여 신설해보자. 기존의 글쓰기 그룹에 가입했는데, 구성원들이 과정이 아니라 비평에 주력하고 있다면 써놓은 글을 평가하는 게 아니라 글쓰기를 완성하는 데 초점을 두자고 제안하자.

글쓰기 그룹에 들어가면 무슨 일이 있어도 글을 계속 써야 한다는 책임 의식이 생긴다. 구성원들의 도움을 받으면 자신의 글에서 나타나는 패턴, 글쓰기에 대한 미신, 글쓰기를 방해하는 악마들을 파악하고, 효과적인 조언 방법도 알게 된다. 글을 쓰다가 방향을 잃거나 의기소침해지면 함께한 사람들에게 위로받고, 좋은 일이 생기면 그 과정을 함께 기뻐할 수 있다.

가입한 글쓰기 그룹이 자신과 맞지 않는다는 생각이 들면, 이 책에서 조언한 지침을 적용하며 한 번만 더 노력해보자. 글을 못 써서 몸부림치던 대학원생 시절 나는 논문 지원 그룹에 들어갔는데, 이때 굉장히 낙담하고 용기가 꺾인 경험이 있다. 다 같이 막연히 절망만 하는 분위기가 너무 슬프고 진저리난 나머지, 나는 거기서 나와 혼자 해결 방안을 찾아야겠다고 결심했다.

비정년 트랙 교수 시절에도 어떤 글쓰기 그룹에 들어갔는데, 이 모임은 내용 비평에 중점을 두었고 내 연구에는 방해가 됐다. 전임 교수가 되고 나서 비문학 글쓰기 그룹에 가입하기도 했지만 역시 내용 비평을 주로 했고(워크숍 모델) 연구에 도움이 되지 않았다.

아무리 구성이 잘된 교원 글쓰기 그룹이어도 늘 효율적이진 않다. 구성원 한 명이 흐름을 지배하며 다른 구성원들을 무시하기도 하고, 서로 경청하거나 따뜻하게 반응하지는 않으면서 그냥 모임만 하기도 한다. 스트레스로 취약해진 사람은 쉽게 화를 내고 충돌한다(자기가 쓴 글에 대해 대부분 사람이 이렇게 반응하거나 그럴 때가 있다). 자신과 잘 맞지 않는 그룹이면 탈퇴하고 새로운 그룹을 만드는 게 낫다. 무언가 안 맞는다는 느낌이 드는 구성원이 한 사람이라도 생기면, 앞서 살펴본 지침을 잘 지키며 그룹이 초심으로 돌아가도록 노력하자.

이전에 글쓰기 그룹에서 좋지 않은 경험이 있었으니 앞으로도 그럴 거라고 단정하지는 말자. 교원 글쓰기 그룹을 잘 활용하면 학자로서 경력에 의미 있는 변화를 가져올 수 있다. 여태까지 나는 거의 혼자서 글을 썼고 학술지 논문이나 책 출판도 혼자 하고 있지만, 돌이켜보니 혼자라서 더 힘들고 외로웠던 것 같다.

글쓰기 모임을 하면서 글 쓰는 방향을 잡고, 나를 응원해주는 사람들도 만나고, 새롭게 각오도 다진다. 글쓰기 과정을 통해 동료들을 알아가면서 많이 배우고 영감을 받는다. 이제 더는 글쓰기나 학자라는 직업 때문에 외롭다고 느끼지 않는다. 이 장에서 살펴본 지침들을 토대로 학술적 글쓰기 지원 그룹을 만들고, 신뢰하는 동료들과 글쓰기를 임무로 삼고, 서로 영감을 주고받고 격려하자.

28장

대학에
글쓰기 지원 체계를
조성하자

여러 방법으로 자신이 재직하는 대학에서 교원의 글쓰기를 지원할 수 있다. 같은 전공끼리 혹은 전공이 다르더라도 교원 몇 명으로 구성된 소규모 교원 글쓰기 그룹을 신설할 수 있다. 비공식적으로 글쓰기 수련회를 주관하거나, 조용한 교원 글쓰기 공간을 확보하거나, 글쓰기로 보내는 안식년 지원 모임을 만들거나, 도서관에 글쓰기 관련 장서를 구비할 수도 있다.

대학에 정식 글쓰기 프로그램을 설립하는 것은 그만한 가치가 있다. 게다가 교원글쓰기프로그램은 비교적 저렴한 비용을 들여 상대적으로 좋은 효과를 거둘 수 있으므로 투자 가치가 충분하다. 충분한 지원을 체계적으로 투입하면 이와 같은 정식 교원글쓰기프로그램을 설립할 수 있다. 예를 들어 글쓰기 그룹, 글쓰기 수련회, 글쓰기 전용 공간, 여름방학 및 안식년 계획 짜기, 글쓰기 관련 도서와 학술 논문 구비가 가능하다. 교원글쓰기프로그램은 앤 엘렌 겔로 Anne Ellen Geller와 미셸 에오디스Michele Eodice가 공동 편집한《교원 작가와 함께 일하기Working with Faculty Writers》를 참고하여 설계했다. 교원글쓰기프로그램의 가장 좋고 현실적인 예를 기술한 겔러와 에오디스의 에세이 총서는 현장 전문가가 현실에 근거한 조언을 생생하게 전달하며 도움이 필요한 이들을 격려한다. 교원 글쓰기 지원 체계를 조성할 만한 가치가 있는지 궁금해하는 대학 경영자에게도 이 책은 충분히 도움이 될 것이다.

틸사대학교 교원글쓰기프로그램을 개발하고 지도하는 일은 놀라울 정도로 수월할 뿐 아니라 보람도 있었다. 석좌교수이자 선임 교수인 나는 수업 시간을 줄이는 대신 아이디어, 시간, 에너지를 기부하기로 하고 이 일을 맡았다. 프로그램을 시작한 해는 그 정도로 수업을 줄여도 큰 도움이 되지 않을 만큼 일이 많았지만, 그래도 그 덕에 워크숍과 개별 상담을 제공하며 프로그램을 "성장"시킬 수 있었다. 하지만 더 규모가 큰 대학에서 더 광범위하고 특화된 교원글쓰기프로그램을 운영하려면 책임을 맡은 교수의 수업 시수를 전면적으로 줄여주거나 전임으로 임명하는 편이 좋을 것이다.

나는 틸사대학교 헤네케교수학습센터에서 교원글쓰기프로그램을 시작할 수 있어 운이 좋았다. 많은 대학에 교원을 위한 교수지원센터가 있으므로 이를 통해 교원글쓰기프로그램을 시작하는 것도 좋다. 그러나 글쓰기 프로그램이 독립적으로 운영되거나 아니면 특이하게도 학부생이나 대학원생을 위한 글쓰기 지원센터와 겸하게 될 수 있다.

처음에는 교원과 학생을 한꺼번에 대상으로 하는 글쓰기 지원 프로그램이 좋아 보일 수 있지만, 나는 추천하지 않는다. 아마 교수들은 학부생이나 대학원생을 위해 마련된 프로그램에 참석하지 않을 것이다. 교수들은 글쓰기 문제로 씨름한다는 사실을 부끄럽게 여기는 경향이 있는 데다 주로 교정에 초점을 맞춘 학생 중심의 프로그램을 함께한다면 한층 더 불편할 것이다. 그러므로 대학 관리자들은 다양한 연차의 교원들이 겪을 만한 특정한 글쓰기 난제들을 해결할 수 있도록 별도로 지원해야 한다.

내가 개발하고 제안한 털사대학교 교원글쓰기프로그램은 2년에 걸친 실험적인 계획이었다. 학술적 글쓰기에 진지하게 관심이 있었지만, 나는 그 분야에 경력이 없었고 전문가도 아니었다. 다만 나를 비롯하여 많은 학생과 교원에게 오랫동안 도움이 된 글쓰기 방법을 발견했을 뿐이다. 이 분야에서 최고의 책을 반복해서 읽었고, 다른 사람들에게도 도움이 될 만한 프로그램들도 저렴한 비용에 개발했다.

교원글쓰기프로그램이 여러 학문 분야에 걸쳐 도움이 될 수 있도록 각 단과대학 학장들을 개별적으로 면담하여 조언을 구했다. 또한 학과장들과 만나 계획을 설명하고 어떤 글쓰기 지원이 교수들에게 가장 필요한지를 조사했다. 헤네케센터 소장을 비롯한 대학 본부 행정팀의 도움에 힘입어 한 학기 안에 공간을 마련하고, 장서를 갖추고, 글쓰기 그룹, 워크숍, 수련회, 개인 상담과 같은 서비스를 제공한다는 계획을 공식적으로 밝혔다.

처음에는 교원글쓰기프로그램에 털사대학교의 단과대학 네 곳이 참여했다. 새로 설립된 건강과학대학의 요청으로 학과의 특정한 요구에 맞게 프로그램을 개발했다. 전반적으로는 장서를 수집하고, 워크숍이나 수련회를 개최하고, 신규 교원 및 기존 교원들을 지원하는 글쓰기 그룹을 구성해 지원하는 일을 한다.

우리 대학의 프로그램에서 성공을 거둔 사항을 채택하는 대학이 점점 늘고 있다. 다음은 소규모 대학에 알맞은 교원글쓰기프로그램의 주요 요소를 간단하게 설명한 것이다. 규모가 더 큰 대학에 맞게 변형할 수 있고, 더 작은 대학은 좀더 비공식적인 형태로 실시할 수 있다. 어떤 환경이라 하더라도, 아래의 요소를 갖추면 단시일에 만족스러운 결과를 얻을 수 있다.

책, 학술지 논문, 웹사이트와 같은 교원 글쓰기 자료집을 조성하자. 털사대학교 프로그램에는 이 책에 수록된 참고문헌을 소장하고 있지만, 매년 많은 글쓰기 책이 출간된다. 소장 도서는 열람할 수 있고, 다락방(다음 내용을 보라) 선반에 있는 책은 3일간 대출할 수 있다. 방문자는 학술지 논문이나 워크숍 자료를 복사해서 가지고 나갈 수 있다. 모든 글쓰기 책이 학술적 글쓰기를 다루는 건 아니므로 잘 선택해야 한다. 다양한 분야를 다루는 책으로 찾아보자. 특정 동료에게 도움이 되는 자료를 찾으면 알려주고, 다른 사람들이 현재의 연구 동향을 파악할 수 있게 자신의 새로운 자료도 공개하자.

글쓰기와 프로그램 관련 활동을 할 수 있도록 지정된 공간을 마련하자. 털사대학교 프로그램은 헤네케교수학습센터 바로 맞은편에 있는 도서관의 작은 사무실을 개조해 공간을 마련했다. 작은 창문이 하나 있고 천장이 경사진 방에는 책장이 두 개가

놓여 있다. 우리는 이 방을 "다락방"이라고 명명하고, 플로어 램프, 가죽 소파, 의자 2개를 배치했다. 낮에는 자유롭게 드나들 수 있게 열어놓았고, 밤에는 교원이 요청하면 사서가 열어준다. 바로 옆에 있는 창고 벽장은 냉장고, 전자레인지, 커피메이커를 들여놓고 탕비실로 이용한다. 다락방에는 글쓰기 관련 서적과 관련 자료가 소장되어 있고, 여기에서 교원들이 개별적으로 들르거나, 소규모 글쓰기 그룹이 모임을 하거나, 동료 교수들과 내가 비공개 상담을 한다. 프로그램 참가자들이 이용하도록 지정된 중심 장소다.

다양한 선택 사항을 제공하자. 사람마다 원하는 바가 다르므로 생산성을 올리는 글쓰기 기법 몇 가지만 배우려고 올 수도 있고, 한 해에 서너 번 워크숍 참석을 원할 수도 있다. 특정 연구 과제를 하면서 그룹 모임을 통해 계속 지원받고 싶을 수도 있고, 개별적으로 조언받고 싶어 할 수도 있다. 따라서 내용 비공개 원칙을 보장할 뿐만 아니라 가입을 통해 얻고자 하는 목표나 모임을 하는 빈도나 형태 측면에서도 다양한 선택이 가능해야 한다. 자신이 글을 쓰는 과정에서 겪는 고충을 정직하게 인정하기란 매우 힘겨운 일이므로 워크숍이나 그룹 모임에 빠지거나 개인 상담에 오지 않으려 하는 경우가 많다. 그렇더라도 생산성을 올리며 글 쓰는 기법을 다루는 책, 링크, 워크숍 자료는 읽어보거나 검토할 수 있고, 그러다 보면 나중에 다른 선택사항을 시도할 수도 있다.

매년 일련의 워크숍을 주최하자. 우리 학교는 학기당 2회, 즉 한 해에 워크숍을 4회 운영하며, 신입 회원과 기존 회원을 모두 모집한다. 각 워크숍은 "시간·공간·에너지 확보하기" "글을 못 쓰게 하는 미신들" "안 써지는 연구 과제 대처하기" "대중 학자 되기"를 주제로 진행된다. 소규모 그룹일 때 화기애애하게 잘 운영되지만, 대규모 세미나도 가능하다. 다른 대학의 글쓰기 프로그램도 우리 대학과 비슷한 워크숍과 함께 학문 분야별로 특화된 글쓰기 조언, 학술지 논문 수정하기와 다시 제출하기, 미루는 습관 극복하기, 편집자와 작업하는 요령 등에 대한 세미나를 제공한다. 그리고 앞으로 특정 단과대학에 맞춰진 선택 사항과 디지털 글쓰기 기술에 대한 워크숍을 주최할 계획이다.

워크숍은 이후 단기 글쓰기 프로그램으로 확장된다. "시간·공간·에너지 확보하기" 워크숍에 참석한 교원들은 이후 몇 주 동안 모임을 계속하며 워크숍에서 배운 기법들을 활용해 상황을 보고한다. "글을 못 쓰게 하는 미신들" 워크숍의 참석자들은 이어지는 모임에서 특정 연구 과제를 다시 쓰거나 그만두는 문제에 대해 서로 도움을 주고받는다. 워크숍이 끝난 후 상당한 시간이 지나면, 성공적인 결과를 얻은 참가자들은 서로 소식을 나눈다. 워크숍이 끝나고 이런 식으로 단기 모임을 조직하는 것은 매우 긍정적이다. 정규 글쓰기 모임을 진행하는 일은 구성원이 자율적으로 결정해 운영해야 한다는 점에 유념하자.

정규 글쓰기 그룹을 프로그램의 실질적인 주축으로 하여 운영

한다. 누구에게나 똑같이 효과적인 글쓰기 그룹이란 있을 수 없고, 그룹이 영원히 지속될 필요도 없다. 글쓰기 그룹은 깊은 의미로 남기도 하고 지루하고 무의미하게 끝나기도 하는 등 시간에 따라 진화한다. 교원글쓰기프로그램 센터장이 정규 글쓰기 그룹 형성과 모임 시간을 조정하고, 모임 장소와 지침을 제공하고, 구성원 사이에 갈등이 생겼을 때 중재할 수는 있다. 하지만 그룹 구성원들의 판단에 따라 자율적으로 모임을 이끌고 그룹 구성원도 선발해야 한다. 교원 글쓰기 모임 참가자들이 원하는 그룹을 만들고, 그런 그룹에 가입하거나, 자신에게 맞는 그룹에서 계속 활동할 수 있도록 필요에 따라 그룹을 다시 구성하거나 재편하기를 권장한다.

교원 글쓰기 공간을 지정하여 운영하자. 교원들은 대학 도서관에 있는 조용하고 이용자가 별로 없는 교원 열람실에서 글을 쓴다. 교원글쓰기프로그램과 공식적인 관계는 없으나 센터에서 가까운 이상적인 장소다. 대학 차원에서 캠퍼스 안에 장소를 지정해 교원이 몇 시간 동안 방해받지 않고 글을 쓸 수 있게 제도적으로 지원하면 글쓰기에 크게 도움이 된다.

반나절이나 종일 프로그램을 제공하는 정기 수련회도 반응이 좋다. 체계적으로 구성된 시간 내에 글쓰기와 관련된 정보를 활용하여 미리 설정해둔 글쓰기 목표를 달성한다는 개념에서 나왔다. 졸업식 행사 직후부터 시작해 여섯 시간 동안 진행된 여름방학 계획을 위한 수련회가 특히 성공적이었다. 글쓰기에서 생산성을 올리는 도구와 방법들을 검토하고, 달력을 배포한 뒤, 여름방학의 세 가지 목표인 글쓰기, 휴식하기, 회복하기를 구분하고, 각각 일정을 잡고, 실행에 전념한다. 조용하고 방해받지 않는 시간을 포함해 실제로 어느 부분까지는 글쓰기 과제를 시작하여 여름 동안 어느 정도까지 달성할지 정한다. 그리하여 참가자들은 조언을 받고, 계획을 세우고, 진행하는 연구 과제의 상황을 파악하고, 여름방학 글쓰기 목표를 달성하도록 격려받으며 워크숍을 마친다.

다른 대학의 글쓰기 프로그램도 앞서 소개한 선택 사항들과 비슷하게 규모만 달리하여 운영하거나, 더 나아가 토요일 내내 한 장소에 틀어박혀 글만 쓰거나, 캠퍼스 밖의 장소에서 숙박하면서 진행하거나, 매달 엄격하게 운영하는 하루짜리 글쓰기 캠프를 주최하기도 한다. 그렇게 하면 대학에서 교원글쓰기프로그램의 존재감이 확실해질 수도 있다. 그뿐만 아니라, 글쓰기가 안 되는 교원이 연수, 수련회, 지옥 훈련 캠프와 같은 프로그램에 참여함으로써, 마치 방전된 자동차 배터리에 긴급 전력을 넣어 시동을 거는 듯한 강력한 충격을 받아 글쓰기를 다시 시작할 수도 있다. 이와 같은 프로그램은 해방감이나 동지 의식을 절실하게 필요로 하는 교원에게 좋은 기회가 될 수 있다. 그러나 이렇게 오랜 시간 몰입하는 형태의 글쓰기 "탈출"만으로 학술적 글쓰기에 진정으로 필요한, 스트레스는 낮고 보상은 큰 상황을 조성하기는 어렵다.

아직 잘되고 있지 않지만, 우리는 여러 가지 시도를 계속하고 있다. 다락방에 간식을 마련해 자유 방문 시간을 운영했지만, 시작한 주부터 찾아오는 사람은 거의 없었다. 매주 서너 번 오후에 회의나 상담을 잡아 다락방에서 주최하기도 했다. 규모가 더 큰 대학이라면 매주 프로그램 센터에서 오픈 하우스 운영 시간을 정해놓고 간식과 함께 편안한 분위기로 대화를 나누거나, 매주 혹은 매달 특정한 주제를 정해 운영하면 더 좋을 것이다.

특정 학과마다 교원 글쓰기 멘토를 맡아줄 교원이 필요하지만 (무보수인 데다가) 직함이 없는 일을 기꺼이 맡아서 하겠다는 이를 찾기는 어려울 것이다. 도움을 구하는 비전임 트랙 교원이나 신임 교원이 있으면 그들을 보호하기 위한 비공개 상담 프로그램도 필요하다. 현재 나는 학장들과 함께 어떤 분야에서 왕성하게 글을 게재하거나 출판하는 학자를 파악하고 있고, 내게 요청이 들어오면 비공개 원칙을 준수하면서 요청자들과 함께 저술이 글쓰기 규준에 맞는지 검토한다.

연차는 있는데 자신의 글이 난항에 빠졌다고 인정하지 않는 전임 교원을 돕는 일이 가장 어렵다. 현재 교원 글쓰기 지원센터는 전반적인 인문학 분야와 사회과학을 전공으로 하는 신임 교원이나 혹은 일시적으로 글을 못 쓰거나 중단한 교수를 주요 대상으로 한 프로그램을 운영하고 있다. 수년간 출판이나 게재를 하지 못하고 있는 교수나 과학 분야에서 글쓰기에 부담을 가진 교수들을 지원하기 위해 새로운 프로그램이 필요한 상황이다.

예상보다 훨씬 큰 성공을 거둔 사업은 털사대학교 교원이 저술한 학술적 에세이 총서 출간이다. 과학 분야에서 탁월한 저술가인 우리 대학 기계공학과 교수가 제안하여 시작한 일이었다. 학부 학생 대상으로 과학적인 현상을 쉽게 풀어쓴 책을 출간하자는 의도였다. 털사대학교 교원글쓰기지원센터가 주관한 "대중 학자 되기" 워크숍 참석자들과 추천을 거쳐 선발된 교수들이 (학장과 교무처장을 포함하여) 개인적으로 쓴 학술 논문을 엮어 털사대학교 출판사에서 《연구하는 삶The Life of Inquiry》을 출판했다. 이 책은 우리 대학의 입학 준비생들이나 신입생들에게 배부된다.

대학 차원의 교원글쓰기프로그램은 다른 이니셔티브들과 협업해 유명한 학자들을 초빙하고, 생산성 있는 학술적 글쓰기 분야의 전문가와 함께하는 워크숍을 제공하고, 매년 출판 기념회를 개최할 수 있다. 교원글쓰기프로그램을 통해 구성원들이 글쓰기 기술을 주고받고 서로 지지하면서 관계를 맺게 되므로 일반적인 동료 관계를 형성할 수 있다.

현재 재직하는 대학의 특성과는 무관하게, 이상에서 언급한 구성 요소에서 둘 이상을 선택하여 개발하면 될 것이다. 글쓰기 지원 프로그램 사업은 일련의 조건이 갖춰지면 훨씬 수월하게 진행된다. 이때 조건이란 대학 본부의 지원, 관심 있는 동료들, 이용 가능한 공간, 열정을 가지고 추진하는 담당자 등을 말한다. 하지만 우리가 처한 환경이 힘들고 심지어 위험하다 하더라도, 최소한 글을 쓰기 위한 조건은 개선할 수 있다. 현실적으로 가능한 방식으로 글쓰기 프로그램을 만들어보자. 유용한 관행이 있는지, 어느 정도로 지원받을 수 있는지 알아보고, 캠퍼스 안에 있는 글쓰기 공간을 확보하고, 워크숍과 수련회를 개최하다 보면 보람을 느끼고 흐뭇해질 것이다. 크고 작은 생각으로 들뜨고 불안하겠지만, 일단 저질러야 한다.

드디어 대학들이 학술적 글쓰기를 돕는 지원 프로그램의 필요성을 인지하기 시작했다. 전통적인 학계 문화를 고집하면 학술적 생산성이 증진되기는커녕 저해된다는 것이다. 글쓰기에 대한 잘못된 미신에 사로잡힌 교수들이 혼자 몸부림치게 내버려두는 건 잔인한 짓이다.

학자들은 사실상 "글을 쓰고 출판 또는 게재하면 된다"라는 말만 들었다. 지원이라곤 없는 환경에서 최선을 다해 글을 쓰면서 버텼다. 이해관계로 인한 부담은 굉장하고, 글을 쓰고 출판하는 과정은 비밀스럽게 감춰져 있고, 언제나 "잘해야 한다"는 압박감에 시달리지만, 그 과정에서 힘들어하는 건 수치스러운 일로 여겼다. 이쯤 되면 우리가 도움을 청하지도, 힘들다고 솔직히 인정하지도 못하는 건 당연하다. 글을 쓰다가 번아웃이 오거나, 난항에 빠지거나, 저항감을 느끼는 경험 따위는 개인적으로 해결할 일로 치부되었다. 이제 이런 관행은 변해야 한다. 그리고 변할 수 있다.

생산성 있는 글쓰기는 스트레스는 낮고 보상은 큰 상황에서 마음에 드는 연구 과제와 연관된 글을 자주 쓸 때 가능하다. 원래 글쓰기란 스트레스가 많고 자주 하기 힘든 일이라고 여기는 풍토는 바뀌어야 한다. 학계라는 것이 원래 글쓰기에 관해 아무 지원이 없는 환경이지만, 다양한 전략을 활용한다면 좀더 자주 수월하게 글을 쓸 수 있다.

그러려면 세 가지 길들이기 방법을 활용하고, 시간·공간·에너지를 확보하고, 글쓰기를 방해하는 미신을 제대로 파악해야 한다. 글 쓰는 기세를 유지하고, 도움을 주고받는 방법을 찾아야 한다. 나 역시 영감과 지혜를 나누는 동료들 덕에 쉼 없이 나아갈 수 있었다. 털사대학교 교원글쓰기프로그램은 교수들이 필요로 하는 자원, 개인 상담, 워크숍, 글쓰기 그룹을 제공한다. 환경이 어떻든 상관없이, 동료들이 서로에 대한 이해와 격려를 주고받을 때 누군가 요술을 부리기라도 한 듯 엄청나게 긍정적인 일들이 일어난다.

학술적 글쓰기 과정을 분명하게 밝히는 일은 많은 이에게 득이된다. 다행히 "진정한" 학자라면 혼자서 모든 일을 처리할 수 있어야한다는 학계의 믿음이 흔들리기 시작했다. 대학이 교원글쓰기프로그램에 대한 비중을 조금씩 늘리고 있다는 것은 혼자 치욕을 감내하며 조용히 몸부림치는 "생산성이 떨어지는" 이들을 방관하던 관행이무너지기 시작했다는 증거다.

학계에 발을 들인 이상 어쩌면 지성을 추구하는 목가적인 삶에서 멀어졌는지도 모른다. 그러나 한결같은 저술 활동을 통해 보람을 느낄 수 있다면 학자로서 이 길에 들어설 때 품었던 이상을 충실하게 실천하는 삶을 살 수 있다. 글을 자주 수월하게 쓸 수 있으면 학문연구에 더욱 전념하게 된다. 학문적 생산성이 있는 학자는 열정적으로 가르치고, 학과에 공헌하고, 불쾌한 학계 환경에서 비롯되는 난제를 극복하기가 더 수월하다.

앞으로도 부족한 자원, 부당한 관행, 짜증 나는 사내 정치 등 문제는 끊이지 않고 일어날 것이다. 학계에 대해 가지고 있던 환상에서 깨어나 배신당했다는 느낌이 드는 일이 계속 생길 것이다. 그러나 글쓰기를 방해하는 장애를 극복하고 글 쓰는 과정을 누리기 위해 우리가 연대한다면, 오랫동안 바란 이상적인 학계의 모습을 어느 정도 이룰 수 있다. 이 책은 학자들의 글쓰기를 돕고자 썼지만, 그것에 그치지 않고 학자의 삶에서 가장 존경스러운 부분, 즉 학술적 글쓰기를 무슨 일이 있어도 해낼 수 있도록 돕고자 한다.

대중 학자를 위한
글쓰기

마지막 장을 첨가하는 이유는, 더 많은 대중과 소통할 수 있는 글쓰기는 약간의 훈련과 격려만 있으면 가능하기 때문이다. 우리도 좀더 기분 좋게 글을 쓰는 생산성 있는 학자가 될 수 있다. 대중 학자가 된다는 건 시도해볼 가치가 있는 일이다. 특히 학술지 논문이나 학술서를 힘들게 써낸다 해도 누군가 그걸 읽어볼 가능성이 희박하다는 사실이 실망스럽다면 더욱 그러하다.

　일반인이 보기에 학자들은 소수의 독자를 겨냥하여 별일 아닌 주제로 난해한 글을 쓴다. 이른바 현실 세계에서는 무가치한 일에 공헌하며 과도한 보수를 받는 지식인처럼 보인다. 학문 연구를 이해하고 존중하는 이들조차 전통적인 학술적 글쓰기 형식이 쓸데없이 모호하다고 비판한다. 헬렌 소드Helen Sword의 《세련된 학술적 글쓰기

Stylish Academic Writing》와 스티븐 핑커Steven Pinker의 《스타일의 이해The Sense of Style》는 학술적 글쓰기를 덜 어색하고 모호하게 쓰는 법에 대해 조언하는데, 우리에게 진정으로 필요한 책이다.

아무리 명료하게 쓴 학술서라도 일반 독자가 읽기에는 까탈스러울 수 있다. 어떤 면에서 보면 학자들은 일반인들을 배제하는 글을 쓰도록 훈련받았다. 결국 현실과 동떨어지고 인간미 없고, 아는 사람만 이해하도록 쓴 글을 읽는다는 건 누구에게나 무의미하고 힘든 일이다. 의식하든 의식하지 않든, 우리도 소수의 독자만 읽을 것 같은 논문이나 책을 쓰느라 한정된 시간과 에너지를 쏟아붓는 건 싫다. 힘들게 그럴 이유가 있을까?

이와는 달리, 학술 저널리즘은 대학 바깥에 있는 관심 있는 대중과 소통하려고 하는 글쓰기다. 이는 실제로 세상에 변화를 일으킬 수 있는 연구 결과와 주장에 대한 글쓰기다. 대중은 자연과학 글쓰기, 사회과학 글쓰기, 인문학 글쓰기를 통해 학문 연구를 이해하고 가치를 인정하게 된다.

요즘 세상에는 학술 저널리즘이 절실히 필요하다. 특히 인터넷으로 연결된 요즘은 객관성, 신뢰도, 논리, 타당성 등의 학술적 가치는 검증되지 않았으나 그럴듯하게 들리는 메시지가 넘쳐난다. 소비자, 시민, 유권자로서 우리는 누군가의 이익을 대변하는 이야기를 읽고 오류투성이의 추론이나 선택적인 근거를 접하는데, 그마저도 대부분 제대로 이해하지 못하게끔 의도적으로 조작된 정보다. 일반인들이 이해하는 글을 쓸 수 있는 학자는 사회가 아니라 학술 공동체의 일원이기에 이런 점에서 훨씬 유리하다.

학자들은 진실 여부를 평가하고 근거를 수집하거나 발견하도록 교육받는다. 그리고 이렇게 학습한 학문적 기술을 세상과 학자가 세상에서 하는 역할을 검토하는 데 활용했다. 그러나 학문적인 지식이 부족한 언론인들은 오랫동안 학술 연구를 무시하거나 선정적으로 보도했다. 우리가 타당한 조사 결과, 정확한 사회과학적 증거, 신중하게 해석한 분석을 세상에 내놓을 방법을 못 찾으면, 대중은 오도되고 학계 사람들은 연구를 왜곡하는 미디어로 인해 좌절하게 될 것이다.

효과적인 학술 저널리즘은 대중 토론에 정보를 제공할 수 있다. 기후 변화, 이민, 사생활, 기술의 발전이 끼치는 영향은 학자들이 수집하고 제공한 근거를 토대로 하여 논쟁해야 할 사안이다. 학자들은 다른 학자들을 위해 연구 결과를 특정한 학술적 양식에 맞춰 쓰도록 교육받았지만, 일반 독자를 겨냥하여 논리적인 주장과 타당한 근거를 제시하는 방법 **역시** 배울 수 있다. 그러려면 독자층에 맞춰 글을 달리 쓸 줄 알아야 한다.

나는 신경과학 박사학위 과정을 그만두고 저널리즘 석사학위 과정을 시작하면서 과학 글쓰기를 할 수도 있다고 막연히 생각했다. 그때 저널리즘학과는 일간지에 글을 기고하는 법을 가르쳤는데, 그건 내 목표가 아니었다. 결국 미디어학과를 택했지만, 대중을 위해 글을 쓰겠다는 생각은 변한 적이 없다. 그리고 지금이 바로 학술 저널리즘에 종사할 수 있는 절호의 기회다.

전문적 지식을 갖춘 학자가 폭넓은 대중과 소통할 수 있게 돕는 서사 전략들이 있다. 하지만 최소한 세 가지 이유로 대중을 위한 글쓰기에 저항감을 느낄 수 있다. 첫째, 어떻게 하는지 잘 모른다. 둘째, 정년 보장과 승진에 도움이 되지 않는다. 셋째, 대중을 위한 글쓰기가 학술 연구를 지나치게 단순화하거나 선정적으로 이용할까 봐 두렵다.

건강한 학술 저널리즘은 학문적 결과를 명료화하고 재조명할 뿐, 왜곡하거나 선정적으로 이용하지 않는다. 안타깝게도 많은 저널리스트와 편집자들이 학술 보도를 "뉴스"로 포장해 다양한 방법으로 근거를 왜곡하고 연구를 웃음거리로 전락시킨다. 학자들은 이러한 저널리즘의 작태에 분노하고 좌절하여 대중 담론에 참여하기를 주저한다. 그러므로 우리에게는 대중에게 다가가 지식을 제공하는 더 좋은 방도를 찾을 의무가 있다. 학자들은 우리가 하는 연구를 여러 방식으로 설명할 역량을 이미 갖추고 있으나, 앞으로는 더 많은 일반 독자에게 다가갈 수 있어야 한다. 만약 우리가 이 일을 할 수 없다면, 일반적인 출판 과정에서 일어나는 속사정을 잘 알고 있고 서사 기법에도 정통하며 학문적인 배경까지 갖춘 언론인을 찾아 의뢰해야 한다.

지금이 학계에서 일반 대중으로 독자층을 넓히기에 가장 적절한 시기다. 대학 출판부는 지적 욕구가 있는 독자층을 넓히려 하고, 업계 신문은 근거를 토대로 하여 잘 쓴 글을 찾고 있다. 학자들이 정년 심사 통과를 위하여 여전히 전통적인 방법으로 학술서를 출간하는 반면에, 대학 경영진은 대중 학자가 학교 운영에 긍정적인 영향을 미친다는 사실을 인지하기 시작했다. 사설을 쓰고, 잡지 기사를 쓰고, 베스트셀러를 출간하고, 그 분야의 전문가들에게 많이 인용되는 교수가 있으면 대학에 직접적으로 이득이 생긴다고 판단한다. 퇴직한 후에도 대중에게 잘 알려진 학자가 있으면 손해보다 이득이 더 많다는 계산이다.

신문, 잡지, 책을 좋아하는 사람들을 위한 글쓰기는 학술적 근거를 선택하고 배열하여 시사점을 알려주는 일이다. 나는 대학원생 시절에 매달 출간되는 공학 뉴스레터에 기고했다. 공학도는 아니었지만, 연구자들에게 질문하는 요령이 있었다. 예를 들어 이런 질문을 던진다. "파티에서 만난 누군가가 연구에 관해 물어보면 어떻게 답할 건가요?" 연구자가 그 질문에 어떻게 기술적으로 반응하는지에 따라 기사의 중점을 어디에 둘지 감을 잡았다. 내 기사는 그들의 연구가 미치는 영향력을 중점적으로 다루었다. 다음과 같은 식이었다. "결과가 증명하는 것과 증명하지 못하는 것은 무엇인가요?" "어떻게 그것이 가능한가요?" "결과가 지금의 지식을 어떻게 바꾸죠?"

한 달에 그런 기사를 여러 꼭지 쓰면서 나 같은 일반인도 연구의 가치를 이해할 정도로 정확하게 연구를 설명하게끔 공학자들을 도왔다. 공학자들은 내 기사가 실리기 전에 기술적으로 정확한지 검토했다. 내 목적은 학자들의 연구 결과가 그들의 영역을 넘어 세상에서 알맞게 자리 잡는 것과 그들의 연구가 미치는 영향력이 명확히 드러나게 글을 쓰는 것이었다. 공학자들이 자신의 연구에 대해 궁금해하는 사람들에게 건네주려고 뉴스레터를 가지고 다닌다는 말을 들으면 마음이 뿌듯했다.

학문 연구를 폭넓은 대중과 소통하며 설명하는 건 가능하다. 단 학자들에게 익숙한 학술적인 양식에 맞춰 글을 쓰지 말고, 좀 더 관심을 끄는 방식으로 근거를 제시하고 주장을 펼쳐야 한다. 학자들이 알고 있는 지식을 일반인이 이해하기 쉽게 전달해야 한다.

대중과 소통하는 학자가 되려면 어떻게 해야 할까? 대중 담론에 이미 참여해 좋은 반응을 얻고 있는 동료들과 어울리는 것도 하나의 방법이다. 자신의 연구 분야에서 대중에게 잘 알려진 학자가 있는지 살펴보자. 그 학자는 어떻게 해서 사람들에게 알려졌는가? 그 일이 보람이 있는가? 학자로서 명성에는 어떤 영향을 끼쳤는가? 대중과 연결되는 건 적성에 맞는가? 적성에 맞는다면, 어떤 식으로 이 학자들이 우리에게 도움을 줄 수 있는가? 이런 문제에 대해 대중 학자들이 하는 조언을 경청하자.

다른 방법으로는 대중 논쟁에 열심히 참여하는 학자들의 커뮤니티에 가입하는 것이 있다. 학자전략네트워크the Scholars Strategy Network와 같은 사이트는 논문이나 인터뷰를 싣고, 학자들을 격려하고 교육하기도 한다. 이와 같은 커뮤니티들은 학자와 연구 분야에 대한 최신 정보로 목록을 업데이트해 전문가에게 자문하고자 하는 언론인에게 제공한다. 사람들이 관심을 두는 현안과 이에 대한 정확한 근거를 제공하는 수단인 것이다. 이러한 네트워크를 잘 활용하면, 오피니언 기고문을 작성하고 게재할 때 또는 연구를 정확하게 기사에 실어줄 실력 있는 언론인을 찾을 때 도움이 될 것이다.

또한 학문적 소양을 갖춘 비문학 작가와 함께 작업하는 방법도 가능하다. 마음에 와닿는 책이나 학술지 논문을 쓴 일반 작가를 발견하면 연락해보자. 편집자는 주목할 만한 새로운 콘텐츠를 발굴하는 데 생계가 달려 있으므로 글감이 될 소재가 있는 프리랜서 작가는 유리하다. 특히 요즘은 학문적 소양을 충분히 갖춘 고학력 작가들이 급속도로 변화하는 출판계에서 살아남기 위해 치열하게 경쟁하고 있다. 이들이라면 충분히 비문학 글쓰기 기법을 훌륭하게 구사하며 학술 저널리즘에 편승할 수 있다.

그뿐만 아니라, 직접 대중과 소통하는 글을 쓰는 방법도 있다. 학자이자 작가로서 견실한 학술 연구를 출간해 독자층을 더 넓히고자 하는 대학 출판부나 출판 업계에 발탁되는 것이다. 자신의 연구에 일반인이 관심을 가지게 할 방법을 대학 출판부 편집자와 모색하자. 책을 쓸 만한 아이디어는 있으나 어떻게 전개해야 할지 모르겠다면, 상업성 있는 비문학 전문 출판 업계의 에이전트를 찾아갈 수도 있고, 급변하는 상업 출판 시장 동향을 알려줄 노련한 편집자를 찾아 유료 상담을 받는 것도 좋다.

비문학 글을 쓰는 방법, 요령, 일반적인 방향성을 알려주는 온라인 수업이나 학회를 활용할 수도 있다. 이 방법은 도움이 되지 않을 수도 있는데, 온라인 수업이나 학회는 대부분 서사 논픽션literary nonfiction(사실을 토대로 이야기를 정확하게 서술하는 글쓰기 장르-옮긴이)을 쓰는 출판 경험이 없는 작가를 대상으로 하기 때문이다. 일반 독자에게 자신의 연구 분야를 알리려고 글을 쓰는 학자를 위한 수업은 아니지만, 상업 출판에서 주로 쓰는 서사 기법이나 정보를 습득할 수 있다.

아무리 오랫동안 학술적인 글을 써온 학자라 하더라도 재교육은 필요하다. 글쓰기 연차가 낮은 학부생도 독자의 관심을 끌기엔 너무 과장된 글투가 있다. 비문학 글쓰기를 수강하는 학부생들 가운데는 형용사나 다른 묘사 없이 수동태와 구조화된 형식으로 글을 쓰도록 교육받은 학생들이 눈에 띄곤 한다. 독자와 거리를 띄우고 방어적인 태도로 글을 쓰는 습관을 버리고, 정확하고 흥미 있게 학술적 서사를 전달하도록 학부생들을 교육하느라 몹시 애를 먹는다.

털사대학교 교원글쓰기프로그램에서 운영하는 "대중 학자 되기" 워크숍은 신문의 여론면 기고문 작성부터 시작한다. 원래는 전통적인 사설을 쓰는 여성 칼럼니스트를 위해 설립된 글쓰기 공동체인 기명논평프로젝트the Op Ed Project(theopedproject.org)에서 조언을 구했다. 기명 논평과 관련된 실무자들이 설득력 있는 사설을 쓰는 요령을 알려주므로 대중을 위한 글쓰기에 핵심이 되는 요소들을 파악하고 활용하는 데 도움이 된다.

성공적인 기고문은 일화, 주장, 근거라는 세 가지 요소를 갖추고 있다. 전형적인 논평 기사면은 일화로 시작하여, 전반적인 주장을 펼치고, 여러 가지 관련 핵심 사항을 통해 근거를 제시한다. 일반적인 기고문도 "확실히 해두기 위한" 문단에 반론까지 확인해 포함한다. 결론에서는 앞서 서술한 일화나 중심 주장을 한 번 더 언급한다.

언론 기고문의 구조는 단순하지만 효과적이다. 기고문을 게재하는 것은 대중에게 학자를 알리는 아주 좋은 방법이다. 지역 신문 편집자들은 그 지역에 맞는 관점과 전문가를 원하고, 중앙지의 칼럼 편집자는 자격을 갖춘 기고자가 논쟁의 여지가 있는 주장, 신중하게 선택한 의견, 근거를 갖춰 쓴 글을 선호한다. 안타깝게도 학자는 근거를 제시할 줄만 알 뿐, 의견을 주장하지도, 이야기나 일화를 전달하지도 않는다.

잡지 기사나 책처럼 분량이 매우 많은 비문학 글도 일화, 근거, 주장이라는 세 가지 기본 요소로 구성된다. 수준 높은 비문학 논문이나 북챕터(편저에 실린 논문)를 펼치고 내용이 아니라 구조를 분석하면 확인할 수 있을 것이다. 이야기 서술, 근거 제시, 주장 전개를 각각 다른 세 가지 색으로 표시해보자. 그러면 한눈에 서사 일화(주장을 끌어내고 근거로 뒷받침하는)가 비문학 작품에서 중심 역할을 담당한다는 사실이 드러날 것이다.

모든 종류의 비문학 글쓰기도 앞서 설명한 세 가지 요소로 가닥가닥 직물을 짜듯 얽혀 있다. 학자인 우리는 증거를 인용하는 일에 익숙하고, 노골적으로 무언가 주장하기가 쉽지 않으며, 이야기나 일화를 언급하는 데 미숙하다. 반면에 일화나 이야기에 익숙한 일반인들은 주장을 따라가다가 학자가 즐기는 방식을 따라 제시된 근거를 만나면 불편해할 수 있다. 그러므로 학자가 대중과 소통하려면, 명확한 주장을 펼치고 근거를 효과적으로 제시하면서 이야기를 전달해야 한다. 이에 도움이 될 만한 책 두 권이 있다. 마크 크레이머Mark Kramer와 웬디 콜Wendy Call이 공동으로 편집한 《진짜 이야기를 쓰다 Telling True Stories》(최시현 옮김, 알렙, 2019)는 비문학 글의 연구, 구성, 형식에 대한 전문가의 조언을 담고 있다. 그리고 로이 클라크Roy Peter Clark가 쓴 《글쓰기 도구Writing Tools》는 학술적 글쓰기에서는 거의 쓰이지 않으나 독자의 관심을 끌 수 있는 50가지 서사 기법과 요령을 소개한다.

어느 분야든 상관없이, 비전공자가 좋아하지도 이해할 수도 없는 형식으로 학술 저술의 출판만 염두에 두고 글을 쓴다면 대중이 이해하게끔 도울 수가 없다. 비문학 출판 업계는 지적인 재미와 호기심을 끄는 정보를 갖춘 학자를 기다리고 있다. 자신이 가진 전문성, 전문인으로서 경력, 글쓰기 능력을 활용하여 세상에 더 큰 변화를 주도하고 싶다면, 대중 학자의 길을 탐색해보라고 권하고 싶다.

나는 털사대학교의 전폭적인 지원에 힘입어 교원글쓰기프로그램을 설립하고 운영하게 됐다. 센터장으로서 깊은 감사의 마음을 전하고 싶다. 특히 설립 과정에서 격려, 조언, 행정적 도움을 준 우리 대학의 헤네케교수학습센터 원장 데니스 더튼Denise Dutton, 교무처장 로저 블레즈Roger Blais, 학장 칼파나 미스라Kalpana Misra, 로런 와그너Lauren Wagner, 재닛 케언스Janet Cairns에게 감사를 드린다.

미디어학과 동료 교수인 마크 브루인Mark Brewin, 존 카워드John Coward, 벤 피터스Ben Peters는 내가 교원 글쓰기 업무에 전념할 수 있도록 지원을 아끼지 않았다. 특히 벤의 열정적인 격려는 큰 힘이 됐다.

이전에 내 연구에 도움을 아끼지 않았던 텍사스주립대학교의 라디오텔레비전영화학과 대학원생들과 털사대학교 우수학생프로그램Honors Program의 학생들에게 감사의 뜻을 전한다. 무엇보다 이 책을 쓰도록 영감을 준 인디애나대학교의 역사학자 에드 리넨탈Ed Linenthal에게 감사드린다. 에드는 수업 자료였던 "우리가 글쓰기를 주저하게 하는 미신Myths We Stall By"을 책으로 내보라고 조언했다. 격려의 한 마디가 가진 잠재력은 엄청나다.

이 책은 많은 이들의 격려와 지지에 힘입어 세상에 나올 수 있었다. 내가 책을 완성할 수 있게 격려해준 털사대학교 동료들에게 감사를 드린다. 제니퍼 에어리Jennifer Airey, 수전 체이스Susan Chase, 린 클러터Lynn Clutter, 래드 엥글Lad Engle, 에두아르도 파인골드Eduardo Faingold, 랜디 풀러Randy Fuller, 앨 하크니스Al Harkness, 브라이언 호스머Brian Hosmer, 제니 이쿠타Jennie Ikuta, 홀리 레어드Holly Laird, 페기 라이센비Peggy Lisenbee, 리 앤 니컬스Lee Anne Nichols, 크리스텐 오어털Kristen Oertel, 커스텐 올즈Kirsten Olds, 터리사 발레로Teresa Valero, 케이트 웨이츠Kate Waits, 헬렌 장Helen Zhang을 비롯해 비공개로 상담한 분들께도 감사를 드린다. 털사대학교 밖에서 만난 라비 마크 분 피처먼Rabbi Marc Boone Fitzerman과 "콜로라도대학인이여 글을 쓰자!"의 설립자인 크리스티나 퀸Kristina Quynn, 레이 블랜턴Ray Blanton, 캐런 크리스텐슨Karen Christensen, 데이비드 D. 펄머터David D. Perlmutter, 수 레드우드Sue Redwood에게도 특별한 감사를 드린다.

학계 온라인 뉴스 사이트인 '대학교육 연대기Chronicle of Higher Education'의 온라인 구직 코너인 '이력서Vitae'와 편집자 가브리엘라 몬텔Gabriela Montell에게 감사의 마음을 전한다. 가브리엘라는 내가 이 책의 아이디어를 위한 에세이를 사이트에 게재하도록 도와주었다.

시카고대학교 출판부는 이 책이 세상에 나오는 데 가장 큰 역할을 해주었다. 편집자 데이비드 모로David Morrow와 메리 라우르Mary Laur 를 비롯해 편집을 도와준 수전 자킨Susan Zakin, 원고 편집자 루스 고 링Ruth Goring, 제작 담당 스카이 애그뉴Skye Agnew, 디자이너 케빈 퀸치 Kevin Quanch, 홍보 담당자 로런 살라스Lauren Salas에게 감사를 드린다.

감사하게도 나는 학술적 글쓰기의 가치를 중시하는 가정에서 자 랐다. 평생 나를 지지해준 어머니 재닛 케프너 젠슨Janet Kepner Jensen께 감사드린다. 나의 형제들인 마이클 젠슨Michael Jensen와 데이비드 젠슨 David Jensen에게도 감사를 전한다. 마이클은 학술서 출판에 대해, 데 이비드는 과학 글쓰기에 대해 조언해주었다. 이 책은 고인이 된 나의 사랑하는 아버지 도널드 D. 젠슨Donald D. Jensen에게 바친다. 아버지는 자녀들에게 영감을 주셨고, 특히 내가 글을 쓰며 난관에 부딪힐 때 마다 격려와 조언을 아끼지 않으셨다.

마지막으로 사랑하는 남편 크레이그 월터Craig Walter와 두 아들 찰 리Charlie와 톰Tom에게 깊이 감사한다. 내가 서재 문을 닫아두고 집필 하는 내내 가족들은 변함없이 격려해줬다.

나의 웹페이지(jolijensen.com)를 방문하는 독자들에게도 감사드린다.

Abbott, Andrew. *Digital Paper: A Manual for Research and Writing with Library and Internet Materials.* Chicago: University of Chicago Press, 2014.

Ballon, Rachel. *The Writer's Portable Therapist: 25 Sessions to a Creativity Cure.* Avon, MA: Adams Media, 2007.

Bane, Roseanne. *Around the Writer's Block: Using Brain Science to Solve Writer's Resistance, including Writer's Block, Procrastination, Paralysis, Perfectionism, Postponing, Distractions, Self-Sabotage, Excessive Criticism, Overscheduling, and Endlessly Delaying Your Writing.* New

York: Jeremy P. Tarcher / Penguin, 2012.

Becker, Howard S. *Tricks of the Trade: How to Think about Your Research While You're Doing It.* Chicago: University of Chicago Press, 1998.

―――. *Writing for Social Scientists: How to Start and Finish Your Thesis, Book, or Article.* 2nd ed. Chicago: University of Chicago Press, 2007.

Belcher, Wendy Laura. *Writing Your Journal Article in 12 weeks: A Guide to Academic Publishing Success.* Thousand Oaks, CA: SAGE, 2009.

Benson, Philippa J., and Susan C. Silver. *What Editors Want:*

An Author's Guide to Scientific Journal Publishing. Chicago: University of Chicago Press, 2013.

Billig, Michael. *Learn to Write Badly: How to Succeed in the Social Sciences.* New York: Cambridge University Press, 2013.

Boice, Robert. *Professors as Writers: A Self- Help Guide to Productive Writing.* Stillwater, OK: New Forums, 1990.

Bolker, Joan. *Writing Your Dissertation in Fifteen Minutes a Day: A Guide to Starting, Revising, and Finishing Your Doctoral Thesis.* New York: Henry Holt, 1998.

Clark, Roy Peter. *Writing*

Tools: 50 Essential Strategies for Every Writer. New York: Little, Brown, 2006.

Elbow, Peter. *Writing with Power.* New York: Oxford University Press, 1998.

Elbow, Peter, and Pat Belaroff. *Sharing and Responding.* 3rd ed. New York: Oxford University Press, 2000.

Ellis, Sherry, ed. *Now Write! Nonfiction: Memoir, Journalism, and Creative Nonfiction Exercises from Today's Best Writers and Teachers.* New York: Jeremy P. Tarcher / Penguin, 2009.

Fox, Mary Frank, ed. *Scholarly Writing and Publishing: Issues, Problems and Solutions.* Boulder: Westview, 1985.

Friedman, Bonnie. *Writing Past Dark: Envy, Fear, Distraction, and Other Dilemmas in the Writer's Life.* New York: HarperCollins, 1993.

Geller, Anne Ellen, and Michele Eodice. *Working with Faculty Writers.* Boulder: University Press of Colorado, 2013.

Germano, William. *From Dissertation to Book.* Chicago: University of Chicago Press, 2005.

———. *Getting It Published: A Guide for Scholars and Anyone Else Serious about Serious Books.* 2nd ed. Chicago: University of Chicago Press, 2008.

Gibaldi, J., and D. G. Nicholls. *MLA Handbook for Writers of Research Papers*. New York: Modern Language Association of America, 2011.

Goodson, Patricia. *Becoming an Academic Writer: 50 Exercises for Paced, Productive, and Powerful Writing*. Thousand Oaks, CA: SAGE, 2013.

Graff, Gerald, and Cathy Birkenstein. *They Say / I Say: The Moves That Matter in Academic Writing*. 2nd ed. New York: W. W. Norton, 2010.

Greene, Anne E. *Writing Science in Plain English*. Chicago: University of Chicago Press, 2013.

Hart, Jack. Storycraft: *The Complete Guide to Writing Narrative Nonfiction*. Chicago: University of Chicago Press, 2011.

Hayden, Thomas, and Michelle Nijhuis, eds. *The Science Writers' Handbook: Everything You Need to Know to Pitch, Publish, and Prosper in the Digital Age*. Boston: Da Capo Lifelong Books, 2013.

Johnson, W. Brad, and Carol A. Mullen. *Write to the Top: How to Become a Prolific Academic*. New York: Palgrave Macmillan, 2007.

Kaye, Sanford. *Writing under Pressure: The Quick Writing Process*. New York: Oxford University Press, 1989.

Kendall-Tackett, Kathleen A. *How to Write for a General Audience: A Guide for Academics Who Want to Share Their Knowledge with the World and Have Fun Doing It.* Washington, DC: American Psychological Association, 2007.

Keyes, Ralph. *The Writer's Book of Hope: Getting from Frustration to Publication.* New York: Henry Holt, 2003.

King, Stephen. *On Writing: A Memoir of the Craft.* 10th anniversary ed. New York: Scribner, 2010.

Kramer, Mark, and Wendy Call. *Telling True Stories: A Nonfiction Writers' Guide from the Nieman Foundation at Harvard University.* New York: Plume, 2007.

Larsen, Michael. *How to Write a Book Proposal.* 4th ed. Cincinnati, Ohio: Writer's Digest Books, 2011.

Lerner, Betsy. *The Forest for the Trees: An Editor's Advice to Writers.* New York: Riverhead Books, 2000.

Lindsay, David. *Scientific Writing=Thinking in Words.* Collingwood, Victoria, Canada: CSIRO, 2011.

Lamott, Anne. *Bird by Bird: Advice on Writing and Life.* New York: Random House, 1994.

Luey, Beth. *Handbook for Academic Authors.* 5th ed. New York: Cambridge

University Press, 2010.

———, ed. *Revising Your Dissertation: Advice from Leading Editors.* Berkeley: University of California Press, 2008.

Lyon, Elizabeth. *Nonfiction Book Proposals Anybody Can Write: How to Get a Contract and Advance before Writing Your Book.* New York: Perigee, 2002.

Machi, Lawrence A., and Brenda T. McAvoy. *The Literature Review: Six Steps to Success.* 2nd ed. Thousand Oaks, CA: SAGE, 2012.

Moxley, Joseph M., and Todd Taylor, eds. *Writing and Publishing for Academic Authors.* Lanham, MD: Rowman and

Littlefield, 1997.

Neal, Ed, ed. *Academic Writing: Individual and Collaborative Strategies for Success.* Stillwater, OK: New Forums, 2013.

Nelson, Victoria. *On Writer's Block: A New Approach to Creativity.* Boston: Houghton Mifflin, 1993.

Ogden, Evelyn Hunt. *Complete Your Dissertation or Thesis in Two Semesters or Less.* Lanham, MD: Rowman and Littlefield, 2007.

Pinker, Steven. *The Sense of Style.* New York: Penguin, 2014.

Rankin, Elizabeth. *The Work of Writing: Insights and Strategies for*

Academics and Professionals. San Francisco: Jossey-Bass, 2001.

Richardson, Laurel. *Writing Strategies: Reaching Diverse Audiences.* Newbury Park, CA: SAGE, 1990.

Rocco, Tonette, and Tim Hatcher. *The Handbook of Scholarly Writing and Publishing.* San Francisco: John Wiley and Sons, 2011.

Schimel, Joshua. *Writing Science: How to Write Papers That Get Cited and Proposals That Get Funded.* New York: Oxford University Press, 2012.

Silvia, Paul J. *How to Write a Lot: A Practical Guide to Productive Academic Writing.* 6th ed. Washington, DC:

American Psychological Association, 2010.

Staw, Jane Anne. *Unstuck: A Supportive and Practical Guide to Working Through Writer's Block.* New York: St. Martin's Griffin, 2005.

Sternberg, David. *How to Complete and Survive a Doctoral Dissertation.* New York: St. Martin's Griffin, 1981.

Sword, Helen. *Stylish Academic Writing.* Cambridge, MA: Harvard University Press, 2012.

Zerubavel, Eviatar. *The Clockwork Muse: A Practical Guide to Writing Theses, Dissertations, and Books.* Cambridge, MA: Harvard

University Press, 1999.

Zinsser, William. *On Writing Well: The Classic Guide to Writing Nonfiction.* New York: HarperCollins, 2008.

공부하는
사람들을 위한
글쓰기

초판 1쇄 인쇄 2022년 7월 29일
초판 1쇄 발행 2022년 8월 9일

지은이 졸리 젠슨
옮긴이 임지연
펴낸이 이상훈
편집인 김수영
본부장 정진항
인문사회팀 권순범 김경훈
마케팅 김한성 조재성 박신영 김효진 임은비 김애린
경영지원 정혜진 엄세영

펴낸곳 ㈜한겨레엔 www.hanibook.co.kr
등록 2006년 1월 4일 제313-2006-00003호
주소 서울시 마포구 창전로70(신수동) 화수목빌딩 5층
전화 02-6383-1602~3
팩스 02-6383-1610
대표메일 book@hanien.co.kr

ISBN 979-11-6040-845-4 03800